Casamento à Italiana

Nicky Pellegrino

Casamento à Italiana

Tradução
Fal Azevedo

PRUMO
leia

Título original: *The Italian wedding*
Copyright © 2009 by Nicky Pellegrino
Originalmente publicada pela Orion Books, Londres
Imagem de capa: Fernando Bagnola

Todos os direitos reservados. Nenhuma parte desta obra pode ser reproduzida ou transmitida por qualquer forma ou meio eletrônico ou mecânico, inclusive fotocópia, gravação ou sistema de armazenagem e recuperação de informação, sem a permissão escrita do editor.

Direção editorial
Soraia Luana Reis

Editora
Luciana Paixão

Editora assistente
Thiago Mlaker

Assistência editorial
Elisa Martins

Preparação de texto
Albertina Piva

Revisão
Rebeca Villas-Bôas Cavalcanti

Capa, criação e produção gráfica
Thiago Sousa

Assistência de criação
Marcos Gubiotti
Juliana Ida

CIP-Brasil. Catalogação-na-fonte
Sindicato Nacional dos Editores de Livros, RJ

P441c   Pellegrino, Nicky
           Casamento à italiana / Nicky Pellegrino; tradução Fal Azevedo. - São Paulo: Prumo, 2009.

           Tradução de: The italian wedding
           ISBN 978-85-7927-001-7

           1. Ficção americana. I. Azevedo, Fal. II. Título.

09-1313.
                                                         CDD: 813
                                                 CDU: 821.111(73)-3

Direitos de edição para o Brasil: Editora Prumo Ltda.
Rua Júlio Diniz, 56 – 5º andar – São Paulo/SP – CEP: 04547-090
Tel: (11) 3729-0244 – Fax: (11) 3045-4100
E-mail: contato@editoraprumo.com.br / www.editoraprumo.com.br

Receita de Beppi para Melanzane alla Parmigiana

É tão fácil. Por que é que você precisa de receita? Minhas filhas já me ajudavam a fazer quando eram crianças. Você só precisa fazer o molho napolitano. O quê? Quer dizer que não sabe? *Cose da Pazzi!* Tudo bem, vou lhe explicar. Você vai precisar disto:

2 berinjelas
Sal
1 cebola
Azeite
1 lata de massa de tomate
Manjericão
Pimenta
2 ovos
Farinha peneirada
Óleo vegetal
Lascas de queijo parmesão
Um pouco de mozarela ralada

Este é o meu modo de fazer. O melhor, claro. Primeiro, corte as berinjelas em rodelas — nem muito grossas nem muito finas. Adicione sal e deixe-as em uma peneira por uma hora, para escorrer. Em seguida, lave bem com água fria para tirar o sal e seque com um pano limpo, dando tapinhas.

Agora, prepare o molho napolitano. Pique uma cebola bem fininha, frite-a no azeite de oliva e, em seguida, acrescente a massa de tomate. Acrescente manjericão, um pouco de sal e pimenta e ferva o molho por vinte minutos. Agora sua cozinha está com um perfume maravilhoso, hein?

Em seguida, bata dois ovos com um pouco de sal e pimenta. Passe as rodelas de berinjela na farinha, dos dois lados, e mergulhe-as nos ovos batidos. Frite-as em óleo vegetal até ficarem douradas. Ah, e não seja pão-duro com o óleo. *Mangia che te fa bene*, vocês se preocupam demais com o óleo. Derrame de verdade — não é só para pingar.

Disponha as berinjelas fritas em uma travessa rasa — quatro camadas no máximo —, cubra cada camada com um pouco de molho napolitano e bastante queijo parmesão. Coloque por cima a mozarela, e asse durante vinte minutos, a cerca de 150 °C.

(Sim, sim, eu sei que é muita berinjela, mas quem é que vai resistir a provar alguns pedaços assim que saírem da frigideira?) Comentário de Addolorata: *Papa*, não acredito nisso! Não admira que você tenha colesterol alto.

Capítulo 1

O manequim estava apoiado num canto do quarto de Pieta, no sótão. O vestido que ela havia colocado sobre ele não era mais do que um molde de algodão grosseiramente costurado, mas Pieta podia ver o que iria tornar-se. O bordado fino, o caimento da cauda, a faixa amarrada na cintura. Ia ficar magnífico.

Este era o momento de que Pieta mais gostava. Quando tanto o vestido como a noiva estavam carregados de promessas para o futuro. Mais tarde talvez hovesse decepções, ou mesmo corações partidos. Mas, agora, o vestido não era mais do que uma simples forma, e toda a sua beleza ainda estava presa na imaginação de Pieta, era o melhor momento de todos. Normalmente Pieta sabia como seria o vestido antes de conhecer completamente a noiva. A visão do que iria criar com as peças de renda, tule e seda estava quase sempre completa em sua cabeça ao final da primeira consulta. Era mais tarde, nas provas intermináveis, que iria dobrar a noiva à sua vontade, mas persuadindo-a tão suavemente que todas elas sempre achavam que as ideias haviam sido delas. Esqueça as flores de tecido no quadril, nem pensar no comprimento irregular. Sim, sim, é isso o que você quer.

Na prova final, quando a noiva entrava na sala dos espelhos e colocavam sapatos em seus pés e um véu em seu cabelo, Pieta sempre se sentia triste. Estava soltando sua criação para o mundo lá fora, e quem sabe como ela — e a mulher que a usaria — iriam se sair. Porque havia coisas muito piores do que renda rasgada e bainhas sujas, Pieta sabia disso.

Esse vestido, pendurado no manequim em seu quarto, era diferente. Mais importante do que qualquer um que havia partido antes, mais difícil de deixar ir. Pieta sentou-se na cama, jogou-se sobre os travesseiros e fixou o olhar no molde. Esta coisa de aparência simples, era para ser o vestido de noiva de sua irmãzinha, e cada detalhe precisava ser perfeito.

Pieta ouviu uma porta abrir e fechar, e passos sobre o piso de madeira dos andares abaixo. Perguntou-se quem seria. Sua irmã, Addolorata, alvoroçada demais com os planos para poder dormir? Ou sua mãe, que havia ido para a cama horas atrás, mas provavelmente despertara percebendo que havia se esquecido de tomar alguma das pílulas ou poções que estava achando o máximo nesses dias?

Os passos soavam pesados agora, e havia outro ruído — um estrondo e um bater de panelas e louças no armário da cozinha. Devia ser seu pai, Beppi, então. Ele estava muito agitado, a mente e o corpo muito excitados, para conseguir dormir uma noite inteira. É claro que estaria na cozinha, em nenhum outro lugar De manhã, quando Pieta descesse para preparar sua primeira xícara de café preto forte, haveria massas recém-feitas secando na mesa da cozinha, ou um caldeirão cheio de molho de tomate e carne cozinhando lentamente.

Como se já não houvesse comida suficiente. Havia feixes de suas massas secas, enrolados com cuidado em toalhas de linho, no armário da cozinha, e recipientes com seus molhos e sopas, cuidadosamente rotulados por sua mãe, guardados no fundo do *freezer* horizontal. Mesmo assim, Beppi continuava a cozinhar.

Pieta amava a comida que seu pai fazia, mas era sempre demais. Às vezes ela sonhava em deixar o casarão de quatro andares onde todos viviam, ir morar sozinha e fazer suas próprias refeições. O jantar seria uma simples sopa de acelga suíça, aromatizada com um pouco de *bacon*, e degustada em paz, em vez das extravagantes porções servidas por seu pai, em meio ao ruído e barulho que as acompanhavam.

Bocejando, Pieta deu uma última olhada para o tule de algodão. Mentalmente, ajustou um pouco o decote e alargou as alças. Depois, apagou a luz, enroscou-se debaixo das cobertas, fechou os olhos e em poucos minutos estava dormindo.

Na manhã seguinte, bem cedo, Pieta desceu as escadas e encontrou a cozinha exatamente como havia previsto. Tiras amarelas de *fettucine* ocupavam uma ponta da longa mesa de pinho, polvilhadas com farinha e espalhadas de forma irregular. A outra ponta estava coberta de finas tiras de lasanha, e no meio havia um ínfimo espaço, onde a mãe de Pieta, Catherine, havia colocado sua tigela de cereais e uma caneca de chá.

Pálida e cansada, o cabelo grisalho puxado severamente para trás, enrolada em seu roupão florido, Catherine levava a colher de cereal à boca, desinteressada.

— Bom dia, *mamma*. Como se sente hoje? — Pieta empurrou a porta da cozinha e pegou o pote de café.

— Nem bem nem mal.

— Quer um pouco de café?

— Não, não, eu só posso tomar chá pela manhã, você sabe disso.

— Catherine cutucou com um dedo irritado os pedaços de massa que cobriam a mesa. — E, de qualquer forma, não sei onde você vai se sentar para tomar seu café. Olhe para isto!

— Tudo bem. — Pieta encolheu os ombros. — Só quero um café e um cigarro. Eu sento no degrau da porta.

— Fumando, sempre fumando. — Catherine lamentou. — Quando vai parar, hein? Sua irmã não fuma. Não sei o que fez você começar.

Todas as manhãs era a mesma coisa. Sua mãe era sempre a primeira a acordar e sentar-se com o jornal, cacarejando as más notícias enquanto o leite penetrava em seus sucrilhos. Pieta a encontrava na mesa da cozinha, a boca torcida, como se estivesse comendo algo ligeiramente amargo, e geralmente ela lia em voz alta uma história que a tivesse particularmente desagradado.

Quando trabalhava até tarde no restaurante, Addolorata normalmente descia e juntava-se a Pieta para um rápido café e uma tragada de seu ilícito cigarro antes de voltar para a cama e dormir mais um pouquinho.

Mas era quando seu pai, Beppi, levantava que toda a casa parecia despertar. Se ele estivesse de bom humor, irrompia pela porta da cozinha, livrava-se da tigela de cereal meio comida de sua esposa largando-a ruidosamente na pia e se servia de café, tudo isso enqunto dizia: — Bom dia, minha *bella Caterina*, e bom dia, Pieta. Você está aí fora, fumando? Entre e tome seu café como uma boa menina antes de ir para o trabalho.

Era diferente quando acordava de mau humor. Nessas ocasiões, ele se arrastava pela cozinha, apertando a base do nariz entre o indicador e o polegar e gemendo ruidosamente.

Mas nessa manhã era somente Pieta, sentada no degrau, bebendo seu café, olhando para fora, para o pequeno jardim onde seu pai colhia legumes, e escutando a mãe virar as páginas do jornal.

Ao fundo, como sempre, ouvia-se o ruído do tráfego de Londres, mas Pieta mal notou. Ela havia nascido nessa casa alta, nas ruas ao fundo de Clerkenwell, onde morara durante toda a vida. Quando se sentava ali, em seu lugar favorito, os olhos semifechados e o sol da manhã em seu rosto, só ouvia os sons que queria ouvir — pássaros cantando nas árvores do adro da igreja em frente, crianças brincando no pequeno *playground*.

Esse jardim com o muro alto, cada centímetro de sua terra cultivada e fértil, era o lugar mais seguro que ela conhecia. Mas não podia ficar ali a manhã toda. Só mais uma xícara de café, um último cigarro. Sentiu o habitual receio ao pensar no dia que a aguardava.

— Qual é o problema? Você parece um pouco pálida esta manhã, Pieta. — Seus olhos se abriram. Era Addolorata, inclinando-se para tomar o cigarro de sua mão e tragá-lo, avidamente.

— Não há nada de errado. — Pieta endireitou-se e a irmã se acomodou ao lado dela. — Eu só estava pensando em algo, só isso.

— Se preocupando com algo, você quer dizer. — Addolorata, pegando a xícara de café de Pieta para si, deu uma última tragada cheia de arrependimento antes de lhe devolver o cigarro.

As duas garotas não pareciam irmãs. Addolorata lembrava o pai, cheia de curvas, o cabelo encaracolado, rebelde, bochechas redondas e pequenos olhos castanhos. Pieta tinha os olhos mais claros e cabelo mais escuro, que usava curto, a pesada franja encostando nas sobrancelhas. No temperamento também eram completamente diferentes, e, ainda que tivessem brigado por toda a vida, haviam permanecido sempre muito amigas.

—Você vai trabalhar hoje? — Pieta jogou a bituca do cigarro no chão de concreto e pisou-a com a ponta do chinelo.

— Mmm, sim, e preciso chegar um pouco mais cedo. Quero tentar algo novo. Estive pensando em *orechiette* com brócolis e alho-poró cozido em caldo de galinha, umas tirinhas de *bacon*, talvez um pouco de pimenta malagueta e umas gotinhas de limão — a voz de Addolorata soava quase sonhadora quando descreveu o prato. — Por que você não vai ao restaurante para almoçar e eu faço para você?

— Talvez. Vou ver se tenho tempo.

— É só meia hora. Ele não pode esperar que você trabalhe o tempo todo. E, também, tem que entender que você precisa comer.

— Temos noivas o dia todo, para consultas e provas. Tenho que estar lá.

Addolorata olhou nos olhos dela.

— Honestamente, não sei por que você faz isso. Ele rouba as suas ideias, quer você lá o tempo todo, deixa você fazer todo o trabalho.

— Eu sei, eu sei. Mas ele é Nikolas Rose, ele pode fazer o que quiser.

— Deixe-o, Pieta. Trabalhe por conta própria. Você sabe que pode.

— Ainda não. — Pieta sacudiu a cabeça. — Não é o momento certo. Não estou pronta.

— Se é com dinheiro que você se preocupa, *papa* vai ajudá-la.

— Eu sei. Ele me lembra disso pelo menos uma vez por semana. Deixa pra lá, está bem? — Pieta jogou outro cigarro para sua irmã, que o guardou no bolso.

Quase ao mesmo tempo, Pieta ouviu um barulho de panelas na cozinha e sentiu o cheiro de uma cebola fritando. Então, tesoura na mão, seu pai apareceu em busca de ervas frescas, quase tropeçando nas filhas quando irrompeu pela porta traseira.

— Meninas, por que vocês têm que sentar aqui fora, como camponesas, hein? Por que acham que comprei estas cadeiras para a cozinha? Vão, sentem-se nelas como pessoas normais e civilizadas. E, Pieta... — ele levantou a voz — tome o café da manhã. Você precisa comer mais.

— Não dá tempo, papai, sinto muito. Tenho que ir trabalhar.

— Bem, nesse caso, chegue em casa em uma hora razoável hoje. Vou fazer uma bela lasanha e quero toda a minha família em volta da mesa para compartilhá-la comigo — virou-se para ela, contente, agitando no ar seu pequeno maço de ervas recém-cortadas. Pieta beijou-o rapidamente na bochecha. Enquanto atravessava a cozinha e subia as escadas com pressa, para ser a primeira a tomar banho, ouviu sua mãe reclamar:

— Sempre o cheiro de comida nesta casa, Beppi, mesmo de manhã cedo.

Não pela primeira vez, Pieta perguntou-se por que seu pai deixara a Itália, há tantos anos. Por que é que um homem claro e corado se apaixonaria por uma mulher tão desbotada como sua mãe? Mas, afinal, o que faz qualquer homem se apaixonar por qualquer mulher? Pieta tinha quase trinta anos e ainda não sabia a resposta.

Capítulo 2

— Diga-me: qual será o estilo do seu casamento? Era a primeira pergunta que Pieta fazia às noivas. E a resposta era o que lhe dava o primeiro vislumbre de ideia para o vestido que iria criar.

A noiva de hoje era loira, com a pele perfeita, embora tivesse um queixo pequeno demais para ser verdadeiramente bonita e muito pouco cabelo. Ela estava sentada na beirada do sofá branco, na sala dos candelabros, olhando ao redor, para os manequins vestidos e as prateleiras cheias de acessórios, que cobriam as paredes. Pieta acomodou-se em frente a ela, numa cadeira de encosto alto, um bloco de papel sobre o joelho e um lápis na mão.

— Oh, eu esperava... — a jovem noiva parecia confusa. — Nós já vamos começar? Pensei que íamos esperar Nikolas Rose chegar. Não me importo de esperar.

Pieta deu um meio sorriso:

— Desculpe, pensei que haviam lhe explicado. Eu cuido da primeira consulta e dos primeiros esboços. Depois, Nikolas pega o desenho e o refina. É dessa forma que trabalhamos em todos os vestidos de Nikolas Rose. Então, conte para mim... o estilo de seu casamento?

A noiva tomou um gole da taça de champanhe gelado que Pieta havia servido para ela.

— Bem, a família do meu noivo é católica, então, o casamento será em uma igreja muito grande e depois haverá uma festa, com música e dança. Será muito tradicional. Mas a questão é... — ela bebeu um pouco mais de champanhe — que eu quero me sentir glamourosa no dia do meu casamento. Como se estivesse no tapete vermelho do Oscar. É por isso que estou aqui, no Nikolas Rose, porque todo mundo me disse que ele faz os vestidos mais maravilhosos.

O lápis de Pieta já se movimentou por todo o papel em branco.

— Então, queremos algo clássico, mas ainda assim *sexy* — ela refletiu. — Nada muito decotado ou com os ombros à mostra, mas ajustado às suas formas, não acha? Você tem um corpo lindo, seria uma pena não mostrá-lo.

A noiva parecia nervosa:

— Eu trouxe algumas fotos que recortei de revistas, mas não estava certa se o Sr. Rose... — enfiou a mão na bolsa grande e tirou uma pasta cheia de páginas brilhantes.

Pieta colocou a pasta sob o seu bloco de papel.

— Está bem. — disse, seu lápis ainda anotando as ideias. — Nikolas ficará feliz em dar uma olhada. Agora, e quanto às cores? O que gostaria que suas damas de honra usassem? E as flores? Em quais está pensando para o seu buquê?

— Eu... eu não tenho certeza. Há muito em que pensar, não é?

— É verdade. Podemos ajudá-la com ideias em tudo o que você precisar. Então, o próximo passo é tirar algumas medidas rápidas e algumas fotos suas. Assim, logo que eu tiver consultado Nikolas, marcamos outro encontro com você.

Mal tinha colocado a fita métrica ao redor da cintura da noiva quando ouviu-o aproximar-se. Deve ter pensado que ela estava sozinha.

— Pieta, Pieta, Pieta. — Nikolas chamava irritado. — Pieta, você viu o meu...?

Quando percebeu que ela estava com uma cliente, parou e mudou sua expressão. Vestia calça risca de giz justa, uma camisa preta e um longo casaco preto, com uma gérbera vermelha na lapela. Em um movimento suave, travessou a sala, virou a noiva de frente para o espelho, juntou seu cabelo fino e colocou-o no alto da cabeça, fazendo seus comentários:

— Lindo. — Disse ele. — Simplesmente adorável.

— Esta é Helene Sealy — Pieta informou. — Ela vai se casar no próximo verão e será vestida por Nikolas Rose.

— Claro, claro. — Nikolas deixou que o cabelo da noiva se soltasse de seus dedos e deu uma olhada nos esboços feitos por Pieta.

— Vejo-a em algo fluido, um tecido que se mova quando ela se mover, nada muito rígido e formal. Vejo orquídeas brancas em um buquê de mão, amarradas com uma fita verde-menta simples. E talvez o cabelo preso para cima, com algumas flores brancas e folhas verde-claro por aqui, perto da orelha. Sim, sim, adorável. Vou deixar isso com você, Pieta. — Girou nos calcanhares e foi embora tão rapidamente como havia aparecido.

— Era Nikolas Rose? — A noiva parecia deslumbrada.

— Sim, era ele.

Pieta continuou com o que precisava ser feito — as medidas e as fotografias para seus arquivos, o preenchimento d formulários e, por último, entregou à noiva seu cartão de visita, onde se lia "Pieta Martinelli, Assistente de Criação".

— Ah, você tem um nome italiano. — Helene parecia satisfeita.

— Sim, meu pai é italiano.

— Coincidência. Meu noivo também é italiano. Seu nome é Michele DeMatteo. Não é lindo? Logo serei Helene DeMatteo...

Pieta ficou bem quieta e deixou a jovem noiva falar até ter certeza de que possuía o controle completo de si mesma. Isso demorou alguns instantes, e ela se perguntou se dera para perceber que havia algo errado.

— E o seu noivo — disse ela, afinal —, ele sabe que você veio ao Nikolas Rose para fazer seu vestido de noiva?

— Oh, não, claro que não. Será uma surpresa, não é? Uma grande surpresa.

Pieta concordou com a cabeça

— Oh, sim, vai ser uma surpresa. — Disse ela, de forma suave.

— Posso garantir que será.

Saiu de fininho, sem dizer nada a Nikolas. Se ele soubesse que ela estava de saída, teria encontrado inúmeras maneiras de segurá-la e, muito provavelmente faria uma lista de coisas para ela trazer-lhe na volta. E Pieta não podia esperar. Tinha que ir ao Little

| 15

Italy e ver Addolorata imediatamente. Não poderia guardar essa notícia consigo por muito mais tempo.

O Little Italy já fora um restaurante muito pequeno; mal havia espaço suficiente para o garçom se mover entre as mesas. Não havia menu nem escolha. Os clientes comiam o que Beppi decidia cozinhar para eles. Talvez uma sopa de macarrão, seguida de um prato de carne lentamente refogada e condimentada, com um copo de vinho tinto e uma cesta de pão em cada mesa.

No começo, somente italianos comiam lá, mas aos poucos a fama se espalhou, e agora, todos esses anos mais tarde, o Little Italy expandira-se, ocupando as três lojas adjacentes. Havia um grande toldo branco sobre a calçada da frente, com mesas e cadeiras de alumínio, e vasos com arbustos bem cuidados para separar os clientes da confusão do mercado a céu aberto que estava sempre lá nos dias de semana.

Era ali que Beppi, que supostamente se aposentara anos atrás, podia ser encontrado nos dias quentes, jogando cartas com os amigos e mantendo um olho em Addolorata enquanto ela anotava o menu no quadronegro a cada manhã e alimentava os clientes durante todo o dia.

A decoração não havia mudado. As paredes brancas eram cobertas por retratos em preto-e-branco dos velhos tempos: Beppi, criança, comendo espaguete à mesa; a família inteira vestida para a igreja numa mannhã de domingo; Beppi e sua irmã, Isabella, rindo enquanto andavam em uma Vespa emprestada. As mesas eam cobertas com toalhas xadrez vermelho e a comida era servida em grandes tigelas brancas. O Little Italy havia sido assim desde o início.

Agora, aos poucos, Addolorata fazia pequenas alterações, acrescentando novos sabores e texturas aos pratos: um punhado de nozes num risoto cremoso, uma pitada de sementes de cominho em um ragu de cordeiro. Entre um jogo de cartas e outro, Beppi vinha para dentro experimentar uma colherada de molho ou uma concha de sopa, e geralmente nesse momento as vozes se elevavam na cozinha.

Hoje, porém, Pieta encontrou seu pai em sua mesa ensolarada favorita, lá fora, o colete branco posto de lado, profundamente concentrado em um jogo de cartas com Ernesto Bosetti.

—Você está ganhando, *papa*? — ela gritou.

Olhou para cima, franzindo as sobrancelhas.

— Bem, eu poderia ter uma chance se esse *stronzo* parasse de roubar...

Ernesto jogou suas cartas sobre a mesa e as mãos para o ar.

— *Porca la miseria*, trinta anos jogando cartas com você, e você não pode esquecer aquele único erro, tantos anos atrás.

Ele olhou para Pieta e balançou a cabeça.

— Não sei por que continuo a jogar com ele, *cara*, realmente não sei. Enfim, é bom vê-la. Pegue uma cadeira e junte-se a nós para o almoço.

Ela deu um tapinha em seu ombro.

— Eu adoraria almoçar com vocês, mas vou comer com Addolorata. Ela fez um prato novo e quer testar comigo.

— Prato novo? — murmurou seu pai. — Não coma muito agora, Pieta.

Exasperada, ela zombou:

— Mas hoje de manhã mesmo você disse que eu precisava comer mais.

— *Si, si*, mas lembre-se da linda lasanha que preparei para o jantar de hoje à noite. Espero que tenha apetite depois.

— Não se preocupe, *papa*. — Pieta falou por cima dos ombros enquanto entrava. — Sua linda lasanha será devorada, eu juro.

O restaurante estava lotado. Todas as mesas do lado de fora estavam ocupadas e havia apenas uma vazia lá dentro. O barulho era alto, e os garçons, vestidos de branco, corriam de um lado para o outro servindo fumegantes pratos de comida e levando embora os que ficavam praticamente limpos. Os garçons mais velhos tinham bigode, e os jovens usavam cabelos compridos, presos em rabos de cavalo, com brincos de ouro brilhando em suas orelhas.

Frederico era o garçom-chefe e trabalhava lá praticamente desde o início. Servia tigelas de risoto de lula em sua tinta quando notou Pieta. Fez sinal na direção de uma mesa vazia.

— *Ciao, bella*, sente-se. Vou dizer à sua irmã que você está aqui.

Enquanto esperava, ela observou as pessoas saboreando sua comida. A mesa do risoto de lula era formada por clientes habituais. Eles comiam com gosto, limpando as bocas manchadas de tinta de lula com os guardanapos vermelhos e bebendo com vontade seus copos de Chianti. Ao lado deles havia um homem de terno, comendo sozinho enquanto lia o jornal. Estava dando conta de um prato que Addolorata sempre mantinha no menu — perna de veado cozida lentamente em muita cebola e tomate, com um molho suave que escorria sobre grande quantidade de batatas amassadas com alho torrado. Pieta podia dizer, pela expressão no rosto dele, que cada bocado era o paraíso.

Surgiu Addolorata vermelha do calor da cozinha trazendo en suas mãos duas travessas brancas com a massa que estivera aperfeiçoando toda a manhã.

—Tome, experimente. Diga-me o que acha. Fiz muitas versões diferentes, penso que agora acertei.

Pieta provou uma colherada. Parecia mais uma sopa leve, na realidade. O brócolis fora cozido à moda antiga, até ficar macio e romper-se; o alho-poró, frito em azeite de oliva, em seguida refogado delicadamente num pouco do caldo dos brócolis até quase desmanchar. Havia um toque de chili e de limão, um pouco de azeitonas pretas, grosseiramente picadas, alguns pinhões e lascas grossas de queijo peccorino, tudo misturado nas orelhinhas de massa para dar mais sabor e textura.

—Você deixou o *bacon* de fora — Pieta observou.

Addolorata colocou uma colher na boca, inclinou a cabeça e deu de ombros:

— No final, achei que não precisava do sabor do *bacon*. Você gostou?

Pieta provou uma segunda colherada e depois uma terceira:
— Hummm, gostei. Gostei muito. Você deveria definitivamente colocar isso aqui no menu. Sirva com uma grande fatia de pão italiano, assim as pessoas podem aproveitar todo o suco.
— Acha que ficou muito líquido? Será que precisa de um pouco de batata para engrossar?
— Não, não, é melhor assim, *light* e saudável. Não ponha batata na receita, não.
— Ainda assim... — Addolorata mexeu em sua sopa. — Talvez precise de um pouco de *bacon*...
Essa era uma das coisas que dividiam a família. O pai e a irmã viviam para a comida. Podiam comer com gula e discutir sobre comida apaixonadamente o dia todo e metade da noite sem se entediar. Mas Pieta, embora estivesse adorando a sopa de vegetais e macarrão, poderia passar perfeitamente bem com um ovo cozido e torrada.
— Então, o que acha? — Addolorata perguntou. — Ponho *bacon* ou não?
— Deixa isso pra lá. — Pieta se inclinou sobre a mesa. — Tenho novidades.
— Hã? — Addolorata se forçou a deixar de olhar para a tigela de comida. — O quê?
— Recebemos uma nova noiva no ateliê esta manhã. Adivinhe com quem ela vai se casar.
— Me conte.
— Michele DeMatteo.
Addolorata deixou cair a colher dentro da tigela.
— Não! Verdade?
— Verdade.
— Ela sabe quem você é?
— Acho que não.
— Meu Deus, e você vai contar alguma coisa para ela? O velho DeMatteo vai ter um ataque quando descobrir.
Pieta concordou com a cabeça.

— Eu sei, mas não vejo como dizer o que quer que seja. Além do mais, ele já a conheceu.
— Nikolas?
— Sim, ele entrou enquanto eu tirava as medidas da moça. Então, não posso dispensá-la a esta altura, posso? Ele nunca esquece uma cliente. Até já decidiu de que cor será a fita do buquê.
— Então, o que vai fazer? — Addolorata empurrou a tigela para o lado e apoiou os cotovelos na mesa.
— Não sei. Vou tocar o barco, acho, e desenhar um vestido de noiva para ela. Acho que vai ficar bem bonito. Ela quer parecer discretamente *sexy* e muito glamourosa.
— E como é que ela é? Ela é *sexy* e glamourosa?
— Ela é bonita, loura e uns bons anos mais jovem que Michele, eu acho. Mas não é bem o que eu chamaria de glamourosa.
Addolorata parecia pensativa:
— Sabe, sempre achei que Michele DeMatteo era gentil com você quando estávamos na escola.
— Não!
— Ah, achava mesmo. Parecia que estava sempre querendo chamar a sua atenção.
Pieta riu e balançou a cabeça:
— Ele costumava me provocar, é isso que você quer dizer. E às vezes roubava meu lanche.
Frederico veio até a mesa, ergueu as sobrancelhas, e Addolorata concordou com a cabeça, autorizando-o a tirar os pratos. Minutos depois ele trouxe duas xícaras de café com uma fatia de bolo de chocolate equilibrada na beirada de cada pires. Pieta deu uma mordida no dela antes mesmo de tocar no café. Adorava doces.
Enfim, deu um gole no café e balançou a cabeça:
— Michele nunca se interessou em mim dessa forma, e mesmo que se interessasse, o que poderia acontecer? *Papa* e o velho DeMatteo teriam um ataque se chegássemos perto um do outro. Não conte a ele, Addolorata. Não diga nada sobre a noiva de Michele. Só causaria mais problemas.

— Bom, eventualmente vai mesmo haver problemas, não vai?
— Addolorata parecia aborrecida. — Eu achava que casamentos deveriam ser acontecimentos felizes, mas parece que sempre há um bocado de drama envolvido no processo.
— Não no seu — Pieta prometeu. — Seu casamento vai ser perfeito. Eu vou me certificar disso.
Já havia demorado muito no almoço. Nikolas ia ficar furioso. Rezando para a cliente ainda não ter chegado, Pieta correu pela calçada apinhada de gente em direção ao ateliê.
O Nikolas Rose Alta Costura ocupava uma série de salas interligadas no último andar de um prédio antigo em Holborn. Exatamente nesse momento, se Pieta estivesse com muito azar, a estrela, ele mesmo, estaria no salão dos candelabros conversando com uma noiva que vinha para os ajustes finais. Seu vestido estava pendurado, prontinho para ela na sala dos espelhos, mas Nikolas nem pensaria em levá-la até lá. Isso era trabalho de Pieta. Ele gostava de aparecer bem no final, mexer no cabelo da noiva, afofar a cauda do vestido e depois desaparecer na sala de *design*, ao lado, e ficar lá até que chegasse a próxima noiva e ele precisasse derramar seu charme de novo.
A ala mais importante no ateliê era a sala de costura, e as cinco mulheres mais velhas que trabalhavam lá, apertadas em volta de uma longa mesa, eram a principal razão de Pieta considerar tão difícil abandonar esse estúdio e tentar se estabelecer por conta própria. Elas eram as melhores profissionais de alta costura em Londres e produziam os vestidos maravilhosos, de corte perfeito e bordados a mão que haviam feito a fama de Nikolas Rose. Com frequência, bastava baterem os olhos no desenho para perceber um detalhe que ela havia esquecido. Nos dias calmos, quando Nikolas não estava por perto, elas brincavam, jogando os tecidos em cima de um manequim, ajudando-a a ter ideias para a coleção de roupas *prêt-à-porter* que ela planejava lançar algum dia. Pieta sabia exatamente o que queria. Uma coleção básica para começar, não mais que oito peças de estilo simples que cada noiva pudesse customizar um pouco para

personalizar, e, dentro de cada vestido, a etiqueta "Pieta Martinelli, Estilista de Vestidos de Noivas".

Mas não era nada fácil romper as amarras com Nikolas Rose. Ela sentiria falta daquelas especialistas da sala de costura e de outras coisas também: da reputação de Nikolas Rose, das noivas ricas que chegavam dispostas a gastar dinheiro em tecidos lindos e em trabalho elaborado e, surpreendentemente, do próprio Nikolas. Porque, embora fosse caprichoso, irritante e exigente, ele tinha muitos *flashes* de brilhantismo. Podia pegar um desenho apenas adorável de Pieta e transformá-lo em algo sensacional. Todos os dias, ela aprendia alguma coisa nova. Era por isso que ainda não podia ir embora e montar seu próprio negócio. Algum dia sim, mas ainda não estava pronta.

Pieta estava com tanta pressa que subiu correndo, de salto alto, os seis andares. O velho elevador de portas duplas e painéis de madeira demorava a vida toda para chegar e ela não tinha paciência para esperar. E, mais importante ainda, Nikolas também não. Ela estava sem fôlego quando abriu a porta da sala dos candelabros. Como temia, a noiva e Nikolas esperavam por ela. Pareciam um pouco corados e havia uma garrafa de champanhe meio vazia na mesinha baixa entre eles.

— Desculpem pelo atraso. — Pieta tentou firmar a voz. — Tive que sair para providenciar algumas coisas e fiquei presa.

Nikolas deu um sorriso contido. Não demonstraria sua raiva na frente de uma cliente.

— A Srta. Laney está ansiosa para ver seu vestido pronto, Pieta. Por favor, leve-a para a sala dos espelhos.

Essa noiva havia sido difícil. Ela tinha mudado de ideia sobre o tecido e o modelo um sem-número de vezes; chorou por causa do formato de seus braços e porque suas coxas eram finas, perdeu peso, depois ganhou tudo de novo e voltou a perder tudo outra vez. O vestido passara por muitas alterações, mas Pieta guiara a moça por todo esse processo complexo com mão firme; e agora ela se perguntava se o vestido pronto não seria um dos mais lindos que já haviam criado.

O vestido estava pendurado onde ela o deixara, na sala dos espelhos. Tinha a saia bem franzida, feita do mais fino cetim de seda, com longas mangas abotoadas por botões forrados que combinavam com os das costas, e um laço de cetim preto que ia da cintura até o chão. Os olhos da noiva encheram-se de lágrimas quando ela o viu.

— Ah, Pieta, você e o Sr. Rose fizeram meus sonhos se tornarem realidade.

Pieta sorriu gentilmente.

—Vamos prová-lo pela última vez para ter certeza de que está perfeito.

Um vestido de noiva de Nikolas Rose não pode apertar, escorregar ou repuxar quando você se movimenta. Ele deve ser a coisa mais confortável que você já vestiu, e também a mais maravilhosa.

Houve mais lágrimas quando a noiva parou na frente do espelho. E Pieta estendeu a ela a caixa grande de lenços de papel que mantinha na sala dos espelhos para reações emocionadas como essa.

— É perfeito, não é? — ela disse

— Ah, sim, — A noiva parecia extasiada. — Eu realmente posso levar isso para casa comigo?

— Não até que o Sr. Rose veja você vestida nele e tenha certeza de que você está inteiramente feliz.

Pieta tocou a sineta decorativa de latão que ficava pendurada num canto da sala dos espelhos. Nikolas esperou alguns momentos para fazer sua entrada. Hoje ele vestia calça sob medida, botas de camurça preta de cano curto e camisa preta justa. Era um homem endiabrado, com uma figura difamante, o cabelo grosso e espetado, prematuramente grisalho, e um beicinho amuado. Parou na entrada da sala, o mau humor esquecido.

— Pieta, querida — ele respirou fundo quando viu o vestido —, eu realmente acredito que essa é a coisa mais divina que já criamos.

—Também acho.

Dirigiu-se até a noiva e tocou nas mangas que haviam sido drapeadas de forma inteligente para disfaçar a parte de cima dos braços dela.

— É tão moderno, tão atual e tão original. Estou feliz, muito feliz, de verdade.

As lágrimas da noiva caíam sem parar.

— Esse é o vestido mais lindo que já vi na vida. Não quero tirá-lo nunca mais.

Ele sorriu.

— Toda noiva Nikolas Rose é linda. Não poderíamos fazer de outro modo.

Em seguida ele se foi, deixando Pieta para receber o pagamento final, guardar o vestido em uma embalagem especial e colocar o vestido e a noiva em um táxi, despachando ambos para casa. Em poucas semanas ele receberiam um envelope com fotos da noiva nas escadarias de uma igreja, jogando o buquê e parecendo ainda mais linda e feliz do que parecia hoje. Pieta quase podia sentir as lágrimas se formando em seus olhos quando pensava nisso.

— Boa sorte, seja feliz... e não se esqueça de lavar o vestido a seco e embrulhá-lo em papel especial depois de usá-lo.

Essas eram sempre as últimas palavras que dizia para suas noivas antes que elas e seus vestidos desaparecessem, rumo à sua nova vida,

Capítulo 3

Era isso o que fazia seu pai mais feliz — a família reunida em volta da mesa da cozinha, rindo e discutindo, enquanto compartilhava algo delicioso que ele havia criado. Ele gostava de se sentar à cabeceira da mesa, com a esposa à direita e as filhas do outro lado. Mas agora havia uma nova cadeira à mesa e outro homem na família, e, embora Beppi estivesse fazendo o melhor que podia, a tensão da situação já começava a aparecer. Porque, mesmo gostando muito de Eden Donald, ele não era o homem que Beppi queria para sua filha, Addolorata.

O pai de Eden era escocês, e sua mãe viera de Gana. Ele era construtor e tinha a pele cor de leite achocolatado, um punhado de sardas salpicadas sobre o nariz, lábios grossos e cabelos escuros, com um tom ligeiramente ruivo, que usava em longas trancinhas. Quando se sentava na cadeira, na outra ponta da mesa, a atmosfera ficava levemente tensa. Naquele dia não era diferente.

— Então, Eden. — O tom de Beppi era autoritário. —Você e minha filha falaram com o padre em São Pedro e marcaram uma data para o casamento?

— Não, ainda não. — Eden parecia desconfortável.

— Bom, precisam se apressar. São Pedro é uma igreja concorrida, e vocês não vão conseguir a data que querem se esperarem demais.

Eden assentiu. Havia sido avisado, desde o começo, que ele e Addolorata iriam se casar em São Pedro, uma bela igreja italiana em Clarkenwell, e que a festa aconteceria no Little Italy.

— E Ernesto me disse que tem outra coisa que vocês vão precisar fazer. — Beppi estava tão ocupado falando que mal tinha tocado na lasanha. — Aulas especiais para noivos que vão se casar em breve. Ele disse que é obrigatório.

Addolorata levantou os olhos de seu prato.

— *Papa...* — ela começou, e então, hesitou.
— Sim, *cara*, eu sei que você está muito ocupada no restaurante. Vou falar com o padre, se não tiver tempo.
— Não, não faça isso ainda. — ela enterrou o garfo nas camadas finas de massa encharcada de molho bechamel, carne e tomate. — Eden e eu estávamos pensando em procurar outros lugares primeiro.

Beppi parecia confuso.

— Outras igrejas? Por quê?
— Não... não outras igrejas. Um lugar diferente... como um salão ou um hotel. Talvez um clube fechado. Há alguns lugares bem bonitos.
— E vocês poderiam chamar um padre para realizar a cerimônia lá?
— Bem, seria uma cerimônia civil, *papa*. Mas o melhor de tudo seria...
— *Mannaggia chi te muort!* — Beppi bateu a taça de vinho na mesa com tanta violência que ela se partiu, e um rio de Barolo escorreu pela toalha.
— É só uma ideia, *papa*. Nós só queremos pensar sobre isso — o tom de Addolorata era de súplica.
—Você está tentando insultar a mim e à minha família? — Beppi falava direto com Eden agora. — Não tem respeito por mim?

Eden olhou para ele, sustentando o olhar, sem dizer nada.

— *Va bene, va bene.* — Beppi ergueu as mãos. — Se minha filha quer se casar com você, está certo, mas vai fazer isso em São Pedro, e em nenhum outro lugar. Você me entendeu?

Ninguém disse uma palavra. Beppi abaixou a cabeça e terminou de comer toda a massa que restava em seu prato. Depois, jogando o garfo para o lado, empurrou a cadeira para trás e saiu da cozinha. Houve silêncio por alguns momentos, e então Catherine falou, em sua voz suave e exausta.

—Você está tentando partir o coração do seu pai, Addolorata?
— Não, *mamma*. — Parecia à beira das lágrimas.

— Então por que você e Eden estão pensando em se casar em outro lugar e não em São Pedro?
— É só porque... é o meu casamento e... por que tudo tem que ser do jeito que o *papa* diz que tem de ser?
— Porque ele é o chefe desta família. — Catherine disse, com simplicidade.
— Ora, pelo amor de Deus.
—Você mora aqui, sob o teto dele, ganha a sua vida no restaurante em que ele trabalhou tanto para chegar naquilo que é hoje. Tudo o que o seu pai faz é por você e pela sua irmã. E agora você quer recusar-lhe a única coisa que ele quer. — empurrando para o lado o prato com a lasanha quase intacta, Catherine saiu da mesa e da cozinha, silenciosamente.
A cabeça de Addolorata tombou em suas mãos.
— Oh, meu Deus!
— Eu bem que avisei. — Disse Eden, calmamente.
— Quero procurar outros lugares, só isso. É tão importante assim?
— Aparentemente sim. — Eden era o único que ainda continuava a comer.
— Pieta — Addolorata apelou para a irmã. — Estou sendo tão intransigente assim?
— Honestamente? — Pieta pensou um pouco. — Não, não está. Mas ainda acho que você deveria se casar em São Pedro.
—Ah, é mesmo? Pois estou farta das pessoas me dizendo o que fazer, e estou cansada desta família, e do modo como todo mundo tem que meter na vida dos outros. — Addolorata se levantou. — Não vou mais tolerar isso — bateu a porta e saiu da casa.
Eden passou um pedaço de pão pelo prato para aproveitar o que sobrara do molho.
—Vou falar com ela. — Disse a Pieta.
— Só a convença a marcar uma data em São Pedro. Vocês podem fazer todo o resto do seu jeito. — Prometeu Pieta. — Bem, quase tudo.

— Sim, sim, tudo bem. — Ainda mastigando o pão, Eden levantou-se da mesa. — Bem, é melhor eu ir atrás dela. Vejo você mais tarde.

Pieta ficou sozinha, a mesa ainda coberta de pratos sujos, vidro quebrado e manchas de vinho, o fogão cheio de panelas e pratos usados. Suspirando, começou a limpar tudo. Addolorata estava certa; às vezes não era fácil fazer parte daquela família.

Pieta dormiu mal, e acordou tarde. Tomou o café em pé, olhando pela janela da cozinha para o pai, que estava sem camisa, trabalhando na horta. Seus movimentos eram rápidos, quase frenéticos, ao revirar o solo com a pá. A seu lado estava o velho toca-fitas, berrando antigas canções de amor napolitanas. De vez em quando ele cantava junto, com sua voz esganiçada. Parecia bem, porque sua raiva era como uma chama em pavio seco; acendia rápido, mas também morria depressa se não fosse alimentada de novo. Sua mãe era diferente. Enquanto trabalhava no jardim, arrancando uma erva daninha ou amarrando um galho de tomateiro, deveria estar remoendo a discussão da noite anterior, e muito provavelmente arrumando novos problemas com que se preocupar.

Terminado o café, Pieta subiu a escada íngreme até seu quarto, no sótão. A casa era dividida, andar por andar, entre a família. No andar de baixo ficavam a ampla cozinha e uma sala de estar pequena e raramente usada. No primeiro andar ficavam o quarto de seus pais e a sala de costura de sua mãe. Addolorata ocupava o andar de cima, embora não estivesse lá agora, porque deveria ter passado a noite com Eden. E o alto da casa era o território de Pieta: o quarto onde dormia, e outro que, ao longo dos anos, havia se tornado um imenso guarda-roupa.

Pieta jamais jogava roupas fora. Elas sempre podiam ser reformadas e usadas de novo. Ela procurava em mercados, promoções e lojas de segundamão, aumentando sua coleção com avidez. No canto do quarto ficava uma arara cheia de lindos vestidos de seda das décadas de 20 e 30. Já estavam começando a se desfazer, mas Pieta ainda os usava de vez em quando. Havia saias floridas em estilo cigano, camisões, vestidos que Pieta consertava rapidamente na máquina de costura de sua mãe antes de uma festa, e roupas caras, de marca, em que ela havia gasto muito dinheiro. As araras estavam tão sobrecarregadas que envergavam no meio, mas Pieta sempre encontrava espaço para algo novo e especial.

Todas as manhãs gostava de ficar parada em pé, por alguns momentos, olhando para suas roupas como se fossem velhas amigas, antes de escolher algo para vestir. Naquele dia selecionou um vestido preto simples, de algodão, amarrou uma echarpe laranja em volta da cintura, como se fosse uma faixa, e colocou duas pulseiras grandes de resina. Um par de sapatilhas nos pés e estava pronta.

A menos que estivesse chovendo, Pieta gostava de ir a pé para o trabalho. Nunca mudava o caminho. Primeiro atravessava o cemitério de São Tiago, com seu gramado extenso e suas velhas árvores, depois cruzava Clerkenwell green e seguia pela movimentada rua principal até o Little Italy, onde já estavam lavando as calçadas e se preparando para o dia.

Apenas alguns passos rua abaixo e Pieta sentiu o aroma pungente de café torrado. A Mercearia Italiana DeMatteo criava suas próprias misturas finas. No entanto, Pieta jamais se permitia comprar um café para tomar no trabalho, porque membros da família Martinelli jamais deveriam dirigir a palavra a Gianfranco DeMatteo e seu filho Michele. A rixa era muito antiga e muito séria.

Desde criança, Pieta se lembrava do pai virando as costas para a família DeMatteo na saída da igreja de São Pedro. A mesma coisa acontecia toda vez que se encontravam. Todo mês de janeiro, quando as famílias italianas locais se reuniam para comemorar *La Befana* e distribuir presentes para as crianças, os DeMatteo ficavam de um lado da sala e os Martinelli do outro. Em julho, na procissão de Nossa Senhora de Monte Carmelo e durante a festa que acontecia depois, ignoravam-se uns aos outros.

Pieta jamais soubera o motivo da briga. Seu pai se recusava a falar sobre o assunto, e as informações da mãe eram muito vagas. Às vezes, quando elas eram mais novas, Addolorata tentava adivinhar, mas suas ideias eram sempre tão malucas que só faziam Pieta rir. A rixa era apenas um dos muitos mistérios da vida de seu pai. Embora fosse muito ruidoso, raramente falava de si mesmo.

Naquela manhã a porta da mercearia estava aberta, e o cheiro do café era forte e tentador. Pieta tinha certeza de que teriam sobre o balcão aquelas maravilhosas *sfogliatelle* que ela adorava. As finas camadas de massa crocante entre os dentes, a ricota suave do recheio e, por cima, açúcar de confeiteiro com um toque de baunilha e canela — era impossível resistir. Olhou em volta, rapidamente. Não havia sinal de pessoa conhecida. Pela janela da loja, ela podia ver Michele DeMatteo arrumando caixas de massa em uma prateleira, mas seu pai não parecia estar por perto. Pieta decidiu arriscar.

— Bom dia. Eu quero um *caffe latte* e uma *sfogliatella*, por favor — Olhou para o relógio. — Estou atrasada, você podia...

Pieta se virou e examinou uma pilha de revistas italianas enquanto Michele preparava seu café. Ela escolheu uma cópia da última *Vogue* italiana e começou a folheá-la.

— Ei, moça, não toque nas revistas a menos que vá comprá-las.

— Gianfranco DeMatteo havia aparecido do nada, e sua expressão era azeda.

— Tudo bem, tudo bem. — Corando, Pieta colocou a revista no balcão. — Eu vou comprá-la, certo?

O velho estava procurando briga, e não ia desistir tão cedo.

— Isto aqui não é uma biblioteca, sabia? Eu tenho que ganhar a vida. Vocês acham que podem vir aqui e...

Ainda estava resmungando quando Pieta pôs o dinheiro no balcão, pegou o pacote e se dirigiu à porta. Olhou rapidamente para Michele, ainda atrás da máquina de café. Ele sorriu de leve e sacudiu os ombros, como que se desculpando. Mas não ia se dar ao trabalho de defendê-la. Sabia que não ia adiantar.

Saboreando o doce e correndo em direção a Holborn, Pieta imaginava o que o velho diria se soubesse que sua primeira tarefa, naquela manhã, seria desenhar o vestido que a noiva de seu único filho usaria no dia do casamento deles. Se não a queria em sua loja, tocando em suas revistas, ela tinha certeza de que não a quereria perto da futura Sra. DeMatteo.

Nikolas nunca chegava cedo, e Pieta aproveitava as poucas primeiras horas do dia, quando podia ficar sozinha na sala de *design*. Naquela manhã ela se sentou ao lado do quadro que havia coberto com amostras de tecidos e referências de revistas internacionais e pensou em quanto trabalho tinha pela frente. Havia mais noivas do que nunca na agenda, e cada vestido que eles faziam parecia levar mais tempo que o último. Para completar, ela agora tinha o vestido de Addolorata para se preocupar. Pieta não sabia como arranjaria tempo para dar conta de tudo.

Suspirando, abriu o bloco de anotações e verificou os esboços que havia feito para o vestido DeMatteo. Os vestidos de Nikolas Rose eram baseados na simplicidade — formas definidas, tecidos lindos e um trabalho artesanal cuidadoso. Mas, quando Pieta examinou a pasta com recortes de revistas que Helene havia lhe dado, percebeu que a noiva de Michele preferia algo mais elaborado. Encontrou páginas e páginas de vestidos volumosos, cheios de camadas de renda, aplicações de detalhes, plumas e babados. Suspirou de novo. Ia ser bem trabalhoso guiar Helene em direção ao estilo suave que Nikolas Rose determinava. Pieta ficou pensando se não seria melhor poupar muitos problemas a todos e persuadir a noiva a procurar outro ateliê.

Ainda olhava os recortes quando Nikolas apareceu. Naquele dia ele vestia calça de lã folgada e um cachecol vermelho estampado amarrado ao pescoço.

— Ai, meu Deus. — Ele disse, espiando por cima do ombro de Pieta e vendo justamente um dos vestidos mais exagerados. — O que é que está acontecendo aqui?

— Tudo. — Disse Pieta, em tom lúgubre.

— Estou vendo. E por que você continua a olhar para isso? É algum tipo de autotortura que inventou? Olhar fixamente para um vestido pavoroso, cinco minutos por dia? É um exercício para fortalecer seu caráter? — Seu tom era sarcástico, e ela podia ver que se divertia muito com as próprias gracinhas.

— Não, este é o estilo de vestido que uma das novas noivas, Helene Sealy, aprecia. Ela veio ontem de manhã, lembra? Você a visualizou em tecido vaporoso e fitas verde-menta.

— Ah, sim.

Pieta mostrou a ele a foto de um modelo rendado, enfeitado de plumas, que estava na pasta

— O fato é que eu não tenho muita certeza de que ela seja, de verdade, uma noiva Nikolas Rose. Talvez devêssemos recusá-la.

— Recusá-la? — Nikolas repetiu. Ela podia ver que a ideia era um apelo à vaidade dele. Ele nunca recusara uma cliente antes, e aquilo poderia dar-lhe uma aura de exclusividade.

— Sim, isso mesmo. — A voz de Pieta era esperançosa.

— Não, não. — A cobiça vencera. — Ela é uma coisinha bonitinha, não é? Não podemos nos recusar a fazer o vestido dela. Talvez você precise revisar suas ideias originais. Procure algo com um pouco mais de detalhes e... hum... volume.

— Você quer que eu desenhe um merengue? — Pieta se arrependeu do que disse assim que as palavras escaparam.

Em resposta, Nikolas simplesmente sibilou por entre os dentes e saiu da sala, como sempre, quase na ponta dos pés e com a cabeça jogada para trás, como se fosse enfrentar uma ventania.

Sentindo-se infeliz, Pieta abandonou a mesa e foi procurar refúgio na sala de costura, onde havia barulho, risadas e intermináveis xícaras de chá. Talvez as outras pudessem ajudá-la a criar um modelo para o vestido DeMatteo que satisfizesse tanto a noiva quanto Nikolas Rose.

Pieta trabalhou até tarde, e Londres estava em clima de festa quando saiu do ateliê. Os bares estavam lotados, seus frequentadores já se espalhavam pelas calçadas, e os restaurantes estavam cheios. Pieta imaginava se Addolorata estaria terminando seu turno no Little Italy. Seria bom ter uma chance de falar com ela antes de ir para casa.

Caminhava devagar, segurando contra o peito o exemplar intocado da *Vogue* italiana, a mente ainda ocupada com projetos e ideias. Provavelmente não estava olhando por onde ia, porque, de repente, esbarrou em alguém que caminhava rápido na direção oposta.

— Pieta, me desculpe. Você está bem? — Era Michele DeMatteo. Corando um pouco, abaixou-se para apanhar a revista que ela havia derrubado no chão.

— Sim, sim, estou bem.

— Lamento sobre hoje de manhã. — Ele notou o olhar confuso de Pieta. — Quero dizer, o *papa* gritando com você daquele jeito.

— Ah, está tudo bem. — Estendeu a mão para pegar a revista, mas ele ainda a estava segurando com força.

— A briga é deles, não nossa, você sabe. — A voz dele era levemente hesitante. — Não há motivo para que não possamos ser amigos.

Pieta não sabia o que dizer.

— E não há motivo para que você não vá ao DeMatteo para comprar um café e um doce, se quiser. — Ele parecia mais confiante, então. —Volte amanhã e eu lhe oferecerei um por conta da casa, para compensar por hoje de manhã.

— Michele? — Ela nunca havia pensado em perguntar a ele antes. — Você sabe por que aconteceu essa briga entre os nossos pais?

— Não. Você sabe?

— O *papa* não fala sobre isso. Acho que foi alguma coisa que aconteceu lá na Itália.

— É estranho que tenham vindo parar aqui, no mesmo bairro, não?

— Eu sei. Não faz sentido. Adoraria descobrir mais sobre isso.

— Bem, se conseguir descobrir algo, me avise. Enquanto isso, vejo você de manhã. — Ele devolveu a revista. — Um *caffe latte* e uma *sfogliatella*, certo?

— Certo. — Pieta respondeu. — E o seu pai não vai gritar comigo?
— Não. — Michele pareceu pensativo. — Pelo menos eu espero que não.

⁂

Pieta encontrou Addolorata sentada sozinha, numa das mesas do lado de fora do Little Italy, com um prato de azeitonas à sua frente e uma taça de vinho tinto perto do cotovelo.
— Esperando alguém? — Perguntou, sentando-se na cadeira em frente à irmã.
— Na verdade eu estava esperando que você aparecesse. — Serviu uma taça de vinho para Pieta e empurrou as azeitonas em sua direção.
— Como você está? — Pieta tomou um grande gole do vinho.
— Cansada. Foi um dia longo. E você?
— Estou cansada também. Meu dia foi cheio. Quer ouvir?
Contou a Addolorata tudo o que havia acontecido com ela, desde a grosseria de Gianfranco DeMatteo até a repentina demonstração de amizade de Michele.
— Mas ele diz que também não sabe nada sobre o motivo de toda essa briga. — Terminou.
— Frustrante, não é? — Addolorata bebericou o vinho, pensativa. — É uma história antiga e não deveria importar, mas eu gostaria de saber.
— Sempre imaginei se isso não teria algo a ver com a irmã do *papa*.
— A "pobre Isabella"? — Jamais haviam ouvido a tia sendo chamada de outra forma.
— É, ele raramente fala sobre ela.
— Mas há muitas outras coisas das quais ele raramente fala. — Addolorata lembrou a irmã. — Como ele conheceu a *mamma*, por que veio parar aqui...

Pieta riu.

— "Eu encontrei uma linda moça inglesa e prometi segui-la até o fim do mundo" — Disse, imitando o pai.

— Exatamente. Então, *papa* não nos conta nada, Isabella está morta e enterrada, e é inútil. Jamais iremos saber.

— É, suponho que não. Bem, pelo menos vou ganhar um café e um doce de graça do Michele amanhã cedo.

Addolorata ergueu as sobrancelhas.

— Eu não disse que ele tinha uma queda por você?

— Nem tanto. Estou no meio do projeto do vestido de casamento da noiva dele, afinal. E esta é uma outra história. — Pieta sorriu. — Vamos, vamos andando para casa e eu conto tudo no caminho.

Pieta fez a irmã rir tanto com as descrições do vestido de casamento dos DeMatteo que elas ainda estavam gargalhando quando cruzaram o portão da frente e sentiram o cheiro doce de cebolas fritando.

Sua mãe estava sentada à mesa da cozinha, descascando ervilhas da horta, e seu pai estava ao fogão.

— O que temos para o jantar? — Addolorata levantou a tampa de uma panela.

— Oh, só uma massa e *piselli* e um pouco de peixe com molho napolitano e uma saladinha. — disse Beppi. — Aquela lasanha de ontem à noite estava muito pesada. Tive indigestão a noite inteira. Então, hoje vamos comer algo leve, para variar.

— *Papa*, são dois pratos. — Pieta argumentou. — Isso não é leve.

— Pieta, *cara*, no dia em que você cozinhar uma refeição nesta casa, vai ter o direito de comentar, mas até lá...

— Espere, *papa*. — Addolorata interrompeu, antes que Beppi perdesse a calma. — Tenho uma coisa para lhe contar. Falei com o padre em São Pedro hoje e marquei a data do casamento.

Beppi deixou cair a colher de pau e, tomando o rosto da filha entre as mãos, beijou-a rapidamente em ambas as faces.

— Ah, minha boa menina. — ele disse. — E o curso de preparação para o casamento de que Ernesto falou? Você marcou o curso também?

— Não, *papa*.
Ele olhou para a filha com ar desapontado.
— Mas vou falar com o pessoal da igreja sobre isso e vou me matricular. — Ela terminou.
— Bom, bom. O jantar não vai demorar muito. Pieta, você pode ralar um pouco de *parmigiano*? E Addolorata, vá buscar algumas verduras na horta. Sua mãe vai arrumar a mesa.
Catherine levantou os olhos de sua tigela de ervilhas recém-descascadas.
— Eden vem jantar conosco?
— Esta noite não.
— Que pena. — Disse Beppi, talvez com muito entusiasmo. — Não importa, talvez amanhã.
Pieta sempre gostara de massa e *piselli*. As ervilhas crocantes e as cebolas frescas combinavam com os pedaços de *bacon* gordurosos, que ela sempre separava e empurrava para a beirada do prato. E, naquela noite, estava faminta.
— Olhem para minha filha, ela afinal tem apetite. — Disse Beppi, com alegria, ao vê-la atacar a comida. — Mas Pieta, você parece cansada. Está trabalhando demais?
— Estamos sobrecarregados. — Respondeu, mas não mencionou o vestido DeMatteo. Ele não ia ficar mais feliz com aquilo do que Gianfranco.
— E você tem o vestido da sua irmã para fazer também. Como é que vai dar conta de tudo?
— Não sei. — Pieta admitiu.
Catherine espalhou um pouco mais de parmesão ralado em seu prato de massa e adicionou um pouco de manteiga.
— E como vai ser, então, esse vestido de noiva? Você não nos contou nada.
— Bem. — Pieta olhou para a irmã. Addolorata havia prometido a ela total liberdade em relação ao vestido, mas ela ainda se sentia um pouco nervosa ao descrevê-lo, com medo de que a irmã não pudesse imaginar quão lindo ele seria. —Vai ser feito de

tafetá, e vai ter uma saia rodada, terminando numa cauda, corpete justo com alças largas e uma faixa na cintura, com as pontas caindo até o chão. E vai ser todo bordado com pequenas contas de cristal Swarovski, de modo que mesmo de longe vai cintilar.
— Parece fantástico. — Disse Addolorata.
— É, parece. — sua mãe concordou. — Mas também parece que vai exigir muito trabalho delicado. Como o seu pai disse, você vai dar conta?
Pieta baixou os olhos para a mesa.
— Não sei, mas vou dar um jeito. Tenho que dar um jeito.
Houve silêncio por um instante, e então sua mãe disse, hesitando:
— Se você quiser... eu posso ajudar.
— Mesmo?
Catherine assentiu. Anos antes, ela havia sido costureira, mas agora nem chegava perto da sala de costura. Não a usava havia muito tempo. — Sim, posso ajudar. Eu gostaria de ajudar. Todo esse bordado a mão... vai levar horas e horas — ela parecia estar, na verdade, adorando a ideia.
— Então, Addolorata, qual foi a data que você marcou em São Pedro? — Havia um tom de ansiedade na voz de Pieta.
— Hum, dois meses a contar de amanhã. Houve uma desistência, e eu pensei que era melhor aproveitar.
— Bem, isso não nos dá muito tempo. — Estranhamente, Catherine parecia cada vez mais animada. — Pieta, é melhor você encomendar logo o tecido e os cristais, e vamos começar assim que pudermos.
Pieta assentiu. Mentalmente, ela cancelou planos para ir ao cinema e sair com os amigos. Valeria a pena, contudo, para ver Addolorata em seu vestido perfeito. E, embora a ideia de passar tantas horas sozinha com sua mãe a incomodasse de leve, ela simplesmente deixou aquele pensamento de lado por enquanto.

Capítulo 4

Estava quente de novo. Pieta não conseguia se lembrar da última vez que havia chovido. Beppi continuava afirmando que era quase um verão italiano. Ele havia se acostumado a acordar cedo para regar a horta, pois vivia com medo que a rúcula murchasse e seus tomates-cereja estourassem com uma tempestade súbita. Muitas vezes, quando Pieta acordava, ele já havia tirado a camisa e estava lá fora, ao sol da manhã, andando pela pequena horta e cuidando de seus legumes.

Naquela manhã, Pieta encontrou sua mãe sentada no degrau da porta dos fundos, conversando com ele e bebendo chá. Estava toda animada, falando sobre o casamento, e parecia entusiasmada como nunca se havia visto em muito tempo. Os detalhes de *bonbonnières* e buquês teriam absorvido sua atenção completamente se Addolorata tivesse deixado. — *Mamma*, não se preocupe. Temos tudo sob controle. Você não tem que fazer nada — ela dizia.

Então, tudo o que sobrara para Catherine se obcecar era o vestido de noiva. Ela havia ido ao quarto de Pieta para examinar o molde que estava no manequim e dera algumas sugestões. Havia até mesmo arrumado sua sala de costura e tomado um ônibus para Oxford Street, a fim de fazer compras na John Lewis. Pieta tentou não ficar ressentida. Sabia que deveria se sentir feliz ao ver a mãe com um objetivo, e, de qualquer modo, iria precisar da ajuda de Catherine com o trabalho pesado do bordado a mão. Mas não era fácil. O vestido havia sido um projeto só dela, e agora tinha de ser compartilhado.

— *Mamma* — Chamou. —Você quer outra xícara de chá?

— Não, não, acho que vou tomar um pouco de café com você. — Sua mãe respondeu. — Mas não muito forte com muito leite.

— Café? Tem certeza?

A mãe não respondeu. Estava ocupada demais pensando em damas de honra e madrinhas.

— Quantas vão ser, e quem vai fazer os vestidos delas? — Perguntava a Beppi. — Addolorata não nos disse nada.

Pieta sentou-se no degrau ao lado dela e lhe entregou uma xícara de café com leite.

— Acho que ela não decidiu ainda, *mamma*. Mas tudo bem; podemos comprar vestidos prontos para elas.

— Mas... vai ficar muito caro. Não poderíamos...?

— Não, nem pense nisso. Já temos trabalho suficiente à nossa frente.

Catherine tomou um gole do café.

— Então, quando começamos? — Ela perguntou, ansiosa. — Quando os tecidos vão chegar?

— Já estão aqui; chegaram ontem.

— Então vamos começar hoje à noite, quando você chegar do trabalho. Vou arrumar a sala de costura para que possamos começar a cortar.

Pieta estava hesitante. Era uma tarefa tão grande, e ela ficaria mais feliz se pudesse planejar e sonhar um pouco mais.

— *Si, si,* comecem hoje. — Seu pai encorajou. — Não há tempo a perder.

— Certo, vou tentar não chegar muito tarde. Tenho hora marcada com uma noiva depois do expediente, mas volto para casa logo depois.

— Beppi, lave as mãos. — Catherine levantou-se. — Você precisa me ajudar a trazer o manequim para baixo, para minha sala de costura. E talvez pudéssemos mudar a mesa de lugar. Não, depois não, venha agora...

Pieta havia ficado tocada com o oferecimento de um café e um doce feito por Michele, mas não havia aceitado. O pai dele parecia estar sempre na loja, e ela não estava nem um pouco interessada em outro confronto. Mas se permitia pensar sobre a ricota doce e as camadas de massa crocante por alguns momentos ao passar pela frente da mercearia dos DeMatteo todas as manhãs. Naquele dia, estava mais faminta do que de costume. Talvez fosse por causa da ideia do dia de trabalho que a esperava.

Seria um dia longo, por causa do compromisso depois do expediente, que por coincidência era com Helene, a jovem noiva de Michele. Pieta estava curiosa a respeito dela. Imaginava quando a moça e Michele haviam se conhecido.

Distraída com os próprios pensamentos, ela se viu entrando pela porta dos DeMatteo e sentindo o cheiro do parmesão e do *pecorino*, e dos grossos salames defumados que pendiam de ganchos de metal, misturados com o aroma rico de grãos de café torrados.

— Bom-dia. — Michele estava de pé, atrás do balcão. Havia cortado os cabelos bem curto, rente à cabeça. O estilo distorcia um pouco o rosto dele, tornando seu nariz mais comprido e seu queixo mais anguloso. Por sorte, não havia nem sinal do pai dele.

— Pensei que você tinha parado de comer *sfogliatelle*. — Disse.

— Não, nunca. — Ela sorriu. — É que sempre estou com muita pressa para chegar ao trabalho. Nunca tenho tempo de parar para um café.

— O mundo das noivas está movimentado, então? Muitos vestidos para fazer? — Michele perguntou, enquanto esquentava o leite para o *caffe latte* de Pieta.

— Sim — Pieta fez uma pausa, por um momento —, e ouvi falar que você vai se casar em breve. Parabéns.

Ele apertou o botão do moedor de café, e, por um instante, a conversa foi abafada pelo barulho.

— Eu? Ah, é. Obrigado. — Pieta teve a impressão de que ele estava desconfortável.

— Vocês vão fazer a cerimônia religiosa em São Pedro, como minha irmã, Addolorata?

Michele parecia lutar para decidir como responder melhor.

— Bem, íamos, mas...

— Mas o quê? — Pieta não conseguiu se controlar.

Ele olhou para ela, sua expressão indecifrável, agora.

| 41

— Nós dois decidimos que as coisas estavam acontecendo rápido demais, e resolvemos adiar um pouco o casamento.
— Ah, entendo. — Pieta pensou no que aquilo significava exatamente.
— Bem, pelo menos sua noiva vai ter mais tempo para pensar no vestido.
— Sim, há muito tempo para isso. Não há necessidade de ter pressa.
— Isso é bom. Pressa é uma péssima ideia quando se trata de casamentos... — ela murmurou, completando — há tanto que planejar.
Colocando o café e o doce de Pieta no balcão, Michele deu a ela um meio sorriso.
— Aproveite. Até logo. — Disse, antes de se virar.
Enquanto andava na direção de Holborn, bebericando o café de seu copo de isopor e mordiscando o doce, Pieta imaginava se Michele estava com medo do casamento. Talvez ela chegasse ao ateliê e encontrasse o nome de Helene riscado da agenda, então não teria de trabalhar até tarde no vestido DeMatteo naquela noite, afinal.
Havia quase uma atmosfera de feriado no ateliê, naquele dia. Nikolas ficara em casa, com um forte resfriado de verão, e, como ele dificilmente tirava um dia de folga, sua ausência encorajava todos a se comportarem um pouco mal. As garotas que trabalhavam na sala de costura tomavam chá na sala dos candelabros. Havia altas gargalhadas e muito tempo desperdiçado. Durante o dia todo Pieta se flagrou voltando a seus projetos para o vestido DeMatteo e fazendo modificações. Havia se convencido de que Michele cancelara o casamento, e a ideia de que o vestido nunca seria feito lhe dava, de certo modo, uma sensação de liberdade que não sentia há anos. Adicionou detalhes ousados que sabia que Nikolas jamais aprovaria: uma alça assimétrica no ombro, feita de peônias de tecido em um tom muito claro de rosa; a barra mais curta na frente, graças a um franzido extravagante, mostrando um

pouquinho das pernas. A noiva de Michele provavelmente jamais veria os desenhos que ela havia feito. Eram só um capricho da imaginação de Pieta. Mas, embora ela tivesse verificado várias vezes durante o dia, o nome de Helene permanecia na agenda. Quando a secretária de Nikolas começou a arrumar a mesa no fim do dia, Pieta perguntou:

—Você tem certeza de que a minha última noiva não telefonou para cancelar?

— Não, desculpe, Pieta. Você não vai escapar de trabalhar até tarde.

— Mas você verificou as mensagens?

— Sim, é claro que sim. Não houve cancelamentos. Sua noiva está a caminho.

Pieta fechou o bloco de desenhos e colocou-o junto com a pasta de amostras de Helene, na prateleira atrás da mesa. A pobre moça estava provavelmente muito aborrecida para telefonar e cancelar. Mesmo assim, ela esperou cerca de quinze minutos além da hora marcada antes de começar a apagar as luzes e desligar o alarme. Estava terminando de trancar as portas da frente quando ouviu a porta do elevador abrir.

— Pieta, Pieta, eu sinto tanto pelo atraso.

— Oh, achei que você não viria mais.

— Fiquei presa no trabalho. — A garota estava ofegando, e seu rosto estava vermelho. — Daí perdi o ônibus e tive que correr até aqui. Por favor, diga que ainda pode me receber. Mal posso esperar para ver o seu projeto.

—Verdade? — Pieta estava confusa. Talvez tivesse interpretado mal os sinais, e o casamento ainda fosse acontecer. — Bem, tudo já está trancado, mas, já que você está aqui, deixe-me cuidar do alarme e acender as luzes de novo; vou lhe mostrar tudo.

Normalmente Pieta levaria a noiva à sala dos candelabros e lhe serviria uma taça de champanhe, mas, abalada com a situação, levou Helene para a sala de *design*.

Helene estava excitada.

— Oh, é aqui que você trabalha? E o que é que tem ali? É o lugar onde os vestidos são feitos? Posso ver?

— Não, não. — Pieta sabia que Nikolas ficaria furioso se soubesse que a garota havia chegado tão longe. Ele acreditava em glamour e mistério e, acima de tudo, em gastar dinheiro apenas onde era necessário. Assim, o carpete da sala de *design* tinha furos, e as paredes precisavam de pintura, enquanto a sala de produção era atravancada e bagunçada.

— As clientes não devem vir aqui, mas, já que é tão tarde e não tenho muito tempo, vou mostrar as minhas ideias para o seu vestido bem rápido, depois vamos marcar uma hora apropriada para você durante a semana. Quer marcar outra hora?

— Sim, claro que sim, se você acha necessário. Posso ver o projeto agora?

Pieta pensou sobre a ideia das peônias que havia desenhado e tremeu por dentro. Tirando o bloco de desenhos da prateleira, ela o colocou nas mãos de Helene.

— Olhe, isto é um pouco diferente. — Admitiu. — Se não for o que você quer, começo tudo de novo. Posso ter me deixado levar um pouco pela imaginação, para ser honesta.

Helene prendeu a respiração.

— Ah, não, eu adorei. Sinceramente, adorei. — Ela olhou para o projeto, e acompanhou o traço da alça de peônias com o dedo. — Você me compreendeu tão perfeitamente... é inacreditável.

O coração de Pieta falhou uma batida.

— Mesmo?

— Mal posso esperar para experimentá-lo.

— Bem, isso vai demorar um pouco. Agora, deixe-me verificar a data do seu casamento, então vamos marcar outra hora, certo?

— Na verdade houve uma mudança de planos em relação a isso. — A testa perfeita de Helene se franziu. — Houve uma marcação dupla na igreja, e tivemos que adiar um pouco. Mas não importa. Tenho tanta coisa para planejar que estou certa de que vou ficar feliz com o tempo extra.

Pieta percebeu que estava decepcionada. Devia esperar que Michele não fosse realmente se casar com a garota. Então percebeu outra coisa. O vestido DeMatteo, que já tinha potencial para causar muitos problemas, era agora um problema maior do que nunca. Um grande problema, cheio de babados e enfeitado com peônias.

Durante todo o trajeto para casa ela remoeu a situação em que havia se metido, mas, quando colocou a chave na fechadura da porta da frente, não havia chegado mais perto de uma solução.

Pieta sentiu que algo estava errado no momento em que entrou em casa. Não havia cheiro de comida nem ninguém na cozinha. Encontrou a mãe lá fora, sentada em uma velha cadeira de jardim, enquanto o pai se ocupava em podar as laterais das mudas de tomate para que crescessem retas e altas.

Beppi estava pálido. Seus lábios formavam uma linha fina, e seus olhos escuros estavam duros. Sua mãe segurava uma xícara de chá. Tudo nela exalava preocupação.

— Estávamos esperando por você, Pieta. — Disse, a voz suave.

—Você chegou mais tarde do que de costume.

— Fiquei presa no trabalho. Sinto muito. Eu sei que disse que íamos começar o vestido da Addolorata, mas...

— Não tem nada a ver com o vestido, Pieta. — Seu pai interrompeu.

— Não?

— Não.

Pieta ficou parada em pé, na frente dos pais, alternando o peso do corpo de uma perna para outra, como fazia nas raras ocasiões em que havia se metido em encrencas quando era criança.

— Então, o que foi que eu fiz? — Perguntou.

Beppi levantou as mãos, verdes com o suco das mudas de tomate. —Você sabe que não temos nada a ver com eles. — Ele disse, em tom desapontado. — A nossa família não fala com a família deles desde antes de deixarmos a Itália. Você sabe de tudo isso, Pieta.

Então era isso. Alguém a tinha visto entrando ou saindo da mercearia dos DeMatteo naquela manhã e havia contado a seu pai.

— Foi só um café e um doce, *papa*. Não há razão para você ficar tão zangado.

— Não há razão? — Ele estava furioso. — Quem é você para me dizer que não há razão? Você não sabe de nada!

— É isso mesmo, não sei de nada. — Ela estava com raiva também. — Não tenho a menor ideia de por que você e Gianfranco DeMatteo têm brigado por todos esses anos, porque você se recusa a me contar.

— Ele desonrou a minha família, eu já lhe disse várias vezes.

— Sim, mas como, *papa*? O que aconteceu?

Ele apenas sacudiu a cabeça.

— Se você quiser tomar café enquanto vai para o trabalho, então vá até o Little Italy. Eles vão lhe servir um de graça, o que é muito melhor que colocar dinheiro no bolso daquele homem. Agora, Caterina — olhou para a esposa —, deixe-me providenciar algo para você comer. Você deve estar morrendo de fome.

Enquanto ele se arrastava para a cozinha, Pieta notou como a pele dos braços de seu pai parecia ressecada e suas pernas começavam a mostrar as veias. Ele estava envelhecendo.

— Foi só um café, *mamma*. — Ela disse, quando as duas estavam sozinhas. — Não havia necessidade do *papa* reagir daquele jeito.

— Bem, como ele disse, vá tomar o seu café em outro lugar. Não é tão difícil, é?

— Não. — Era patética aquela rixa, mas Pieta sabia que não adiantava tentar discutir o assunto.

— Então, vamos começar a trabalhar no vestido hoje? — Sua mãe parecia esperançosa.

— Não, estou muito cansada. Começamos no final de semana, tudo bem? Podemos dar uma boa adiantada nele.

Ela viu o desapontamento no rosto da mãe e sentiu-se culpada. Era um tipo estranho de culpa, que a fazia ficar um pouco triste e um pouco ressentida, e Pieta se sentia assim com frequência.

—Vamos começar no sábado de manhã, bem cedo, eu prometo.

— Repetiu. — Mas agora eu preciso dormir.

Foi um alívio subir as escadas até o quarto, fechar a porta e se encolher na cama. Tinha sido um dia ruim, e o dia seguinte prometia ser pior. Quando Nikolas Rose visse o projeto para o vestido DeMatteo, Pieta suspeitava de que ouviria gritos mais uma vez.

Capítulo 5

Foi bem pior do que Pieta esperava. Assim que colocou os olhos no projeto do vestido, com suas peônias e babados, Nikolas Rose fez um escândalo de proporções épicas. Rasgou os desenhos dela em pedacinhos, fez um discurso sobre estilo, gosto, autocontrole e, acima de tudo, sua reputação, e então, sugeriu que ela tirasse duas semanas de férias, começando naquele dia.

Pieta não discutiu. Ele que cuidasse de tudo por uma quinzena. Ela estava cansada e precisava de uma folga. E poderia usar o tempo livre para trabalhar no vestido da irmã.

Ela foi para casa caminhando devagar, com uma sensação de liberdade por estar na rua no meio da tarde. Ao passar pela mercearia DeMatteo, deliberadamente olhou na direção oposta, para não ver Michele acenar para ela.

Seu pai estava sentado do lado de fora do Little Italy, jogando cartas com Ernesto, mas a discussão da noite anterior ainda estava fresca em sua cabeça, e ela não parou para conversar com eles. Caminhou até o pátio da igreja e sentou-se em um banco por algum tempo, ao lado de dois funcionários de um escritório próximo que desfrutavam de um almoço tardio, comprado na lanchonete da esquina. Pieta se lembrava de quando ali existia um café, de propriedade de italianos, que costumavam dar a ela queijo *dolcelatte* em um pãozinho *ciabatta* como cortesia. Agora que eles haviam partido, tudo custava o dobro do preço e tinha a metade do tamanho.

Por ali costumava haver muitos daqueles pequenos cafés, velhos e enfumaçados, onde se podia almoçar espaguete e escalope de vitela. Um a um eles foram fechando, à medida que os donos italianos envelheciam e se cansavam de viver na cidade. Alguns voltavam para casa, na Itália, afinal; outros se mudavam para o subúrbio. Bem poucos ainda se agarravam à velha vida, no mesmo lugar. Era possível vê-los indo a São Pedro para a missa matinal; velhinhas encolhidas, vestidas de preto e usando joias caras de ouro; velhinhos com olhos castanhos cansados e rostos nobres. Pieta conhecia todos pelo nome, e eles a conheciam. Às vezes se sentia como se vivesse em uma pequena vila que, de algum modo, havia sido transportada para o meio de uma cidade grande.

Toda família italiana da área sabia da antiga rixa entre Beppi Martinelli e Gianfranco DeMatteo. Era impossível ignorá-la. Se um dos homens entrasse em um café, o outro saía. Se um deles fosse à missa de manhã, o outro ia à tarde. Chegavam ao ponto de atravessar a rua para evitar se encontrarem. O ódio que sentiam era tão grande e implacável que nenhum dos dois falava o nome do outro.

Pieta havia crescido sem questionar os fatos. Na escola havia brigas e rixas o tempo todo. Uns se voltavam contra os outros e alguém acabava sendo despachado para Coventry. Somente quando ficou mais velha percebeu que aquele não era um modo normal de adultos se comportarem. Mas não podia questionar o pai, ou sugerir que ele "perdoasse e esquecesse". O padre havia tentado uma vez, e seu pai tinha ficado tão enraivecido que passara seis meses sem ir à missa. E, assim, a rixa continuara por décadas, e agora parecia que ela e Addolorata deveriam continuá-la. Não fazia o menor sentido.

Pieta levantou-se, assustando um grupo de pombos que beliscavam um pão doce abandonado por alguém. Ela iria para casa, faria um café e planejaria o que fazer com as duas semanas de liberdade.

Encontrou Addolorata sentada no degrau da porta dos fundos, fumando um cigarro que deveria ter achado no quarto de Pieta.

— Merda, o que está fazendo aqui? — Disse sua irmã. —Você me deu um susto!

— Cadê a *mamma*?

— Lá em cima, descansando. Ela está com dor de cabeça.

Addolorata tragou o cigarro e passou-o para ela.

— Vou dobrar o turno, então vim para casa para tomar um banho rápido. Está um inferno naquela cozinha.

— Aposto que sim. — Pieta sentou-se ao lado da irmã.
— Mas você não respondeu a minha pergunta. O que é que está fazendo em casa tão cedo?
—Vou tirar duas semanas de folga para trabalhar no seu vestido de noiva.
Addolorata pareceu preocupada.
— Olhe, eu não quero que você faça isso se for dar muito trabalho. Sinceramente, posso comprar um vestido pronto em uma loja.
— Não, eu quero fazer o vestido. Não vai dar muito trabalho. E a *mamma* está de animada verdade com isso.
— É, eu sei. — Addolorata pegou o cigarro de volta e bateu a cinza no chão. —Todo mundo parece mais animado com esse casamento do que eu.Vivo dizendo ao Eden que não é muito tarde para fugir, mas ele me disse que não está preparado para encarar o *papa* depois, mesmo que eu esteja.
Pieta sorriu.
— Ele tem razão.
— Estou quase achando que deveríamos adiar a coisa toda. Eu me sinto como se estivéssemos nos apressando.
— É estranho você dizer isso.
— Por que estranho?
— Porque foi exatamente isso que Michele DeMatteo fez.
— Mesmo?
— É, mas não é isso que é mais estranho. Quando falei com a noiva dele, ela disse que tinham adiado por causa de uma dupla marcação em São Pedro, mas não foi isso que ele falou.
— O pessoal lá em São Pedro é muito organizado. Não consigo imaginá-los marcando dois casamentos para o mesmo horário.
— Disse Addolorata.
— Acho que o Michele está com medo de se casar, mas não teve coragem de dizer isso à noiva.
— Foi isso que eu pensei. Quer dizer que agora o Michele está livre de novo?
— O que você quer dizer com isso?

Addolorata dirigiu à irmã um provocante olhar de soslaio. Pieta riu.

—Você está louca? Já estou encrencada por entrar na mercearia dos DeMatteo para tomar café, então nem pense em inventar um romance entre mim e Michele.

Addolorata parecia pensativa.

— Mas essa briga não é nossa.

— O *papa* não vê as coisas desse jeito.

Addolorata apagou o cigarro.

— Como se eu não soubesse disso. É melhor eu voltar para o trabalho. Adicionei um risoto de beterraba ao cardápio, e ele já deve ter descoberto a esta hora. As portas do inferno devem ter se aberto por lá.

Pieta ficou sentada no degrau da porta por algum tempo, pensando em Michele DeMatteo. Por que é que ele tinha cortado os lindos cachos daquele jeito e adiado o casamento? E, mais importante, estaria sendo sincero quando disse que seu pai jamais havia lhe contado o motivo daquela rixa ridícula? Com certeza alguém deveria saber o que havia por trás daquilo.

Capítulo 6

No dia seguinte, Pieta dormiu até tarde, depois sentou-se no jardim com seu café, saboreando a liberdade. A vida era sempre tão corrida... parecia que nunca tinha algum tempo livre. E, apesar de o vestido de Addolorata ser prioridade, estava cansada e precisando de umas horas livres, sem fazer absolutamente nada. Esse era seu presente para si mesma, decidiu.

Então o telefone tocou, e ela, boba, atendeu.

— Oh, Pieta, graças a Deus você está em casa. — Era Addolorata, e sua voz estava cheia de preocupação.

— O que aconteceu?

— Dois garçons ligaram dizendo que estão doentes, e temos reserva para um grupo enorme na hora do almoço. Não consigo encontrar ninguém mais para vir trabalhar. Detesto ter que pedir para você, porque é seu primeiro dia de folga, mas...

—Vou até aí ajudar. Só me deixe tomar um banho e me vestir.

—Você é um anjo. Fico devendo esta. — Addolorata pareceu distraída. —Vejo você daqui a pouco, então.

Pieta havia sido garçonete no Little Italy nos finais de semana e nas férias de verão durante toda a adolescência. Já fazia algum tempo que não pegava um pedido ou carregava pratos fumegantes para a mesa de um cliente, mas sempre havia gostado do caos controlado do lugar, seu pai gritando na cozinha, os *chefs* se apressando para trabalhar na velocidade que ele impunha e o zumbido do salão, cheio de pessoas satisfeitas compartilhando o vinho e a comida. Enquanto vestia uma calça preta justa e uma camisa preta, se deu conta de que estava quase ansiosa para passar um dia trabalhando lá.

Quando chegou, ficou claro que Addolorata estava tensa. A cozinha estava em meio aos preparativos para o dia, e o lugar exalava o cheiro forte de cebolas fritando em azeite de oliva e de carne refogando devagar nos tomates. Todo mundo estava ocupado com alguma coisa — cortando, mexendo e descascando o mais rápido possível — e, ainda assim, a atmosfera estava estranhamente quieta. Ao contrário do pai, Addolotara não gritava quando estava nervosa. Era famosa por nunca perder a cabeça. Mas Pieta podia perceber o estado de espírito em que se encontrava pela posição de seus ombros, e porque parecia ainda mais pálida do que o normal.

— Ei, estou aqui! — Pieta anunciou. — Ponha-me para trabalhar. Addolorata deu-lhe um meio sorriso.

— Graças a Deus! Só vou precisar de você até que o movimento da hora do almoço diminua e a gente tenha se livrado daquela mesa grande.

— Tudo bem. Então vou ajudar a arrumar as mesas, mas, se houver alguma outra coisa que você queira que eu faça aqui dentro, é só gritar.

Não houve outra chance de trocar uma palavra sequer com sua irmã pelas próximas horas. Pieta havia se esquecido de quão movimentado o Little Italy podia ficar. Num instante todas as mesas foram ocupadas por pessoas que queriam fazer os pedidos e comer durante o horário de almoço. Algumas eram categóricas, tratando-a como inferior porque estava anotando seus pedidos; outras eram clientes regulares, dos quais Pieta se lembrava de anos atrás. Enquanto corria da cozinha para as mesas e de volta para a cozinha, seus braços abarrotados de pratos, mal tinha tempo de pensar, nem mesmo de fazer uma pausa. Pieta se perguntava como alguém tinha forças para fazer aquilo dia após dia.

A hora de pico pareceu diminuir tão depressa quanto havia começado. Pieta se deu conta, de repente, de que as mesas que eles limpavam e arrumavam não eram ocupadas novamente, e de que havia apenas algumas pessoas no salão prolongando o café e a sobremesa.

Foi até a cozinha ver se havia alguma coisa que pudesse fazer. Addolorata encontrou-a na porta e lhe estendeu um prato de espaguete misturado com chili, alho e azeite, coberto com folhas de rúcula rasgadas.

Confusa, Pieta correu os olhos pela parede onde as ordens de serviço ficavam afixadas.

— Para que mesa é isso?

Addolarata riu pela primeira vez no dia.

— Idiota, é para você. Encontre um lugar calmo para comer. E obrigada. Não sei como teríamos atravessado o dia sem você.

Pieta levou seu almoço até a mesa favorita do pai e comeu curtindo o sol e assistindo ao desfile do mercado de rua — os comerciantes fazendo barulho, competindo para ver quem conseguia atrair compradores para suas roupas de preço baixo e bijuterias baratas, e os compradores, atrás de uma pechincha. Ela passava um pedaço de *ciabatta* pelo prato, para não perder nada do azeite temperado com chili, quando Ernesto apareceu.

— Nem sinal de seu pai, não é? — O velho sentou-se na frente dela. — Ele deve saber que estou me sentindo com sorte hoje.

Pieta sorriu.

— *Papa* detesta perder nas cartas.

— Ele detesta ser vencido em qualquer coisa, *cara*, sempre detestou.

Ernesto conhecia o pai dela desde que eram ambos jovens, lutando para se estabelecer naquela cidade estranha. Tinham a mesma idade e haviam vindo das vilas montanhosas do sul, mas foi o amor pelo vinho tinto e pelo carteado que selou a sua amizade. Pieta se lembrava dos dois sentados ali, naquela mesa, quando era pequena. Algumas vezes eles riam, quase sempre gritavam e, de vez em quando discutiam, mas sempre resgatando a amizade, antes que fosse tarde demais; e o carteado continuava.

Então ela pensou em algo: se seu pai confiava em alguém, esse alguém seria Ernesto. Empurrando seu prato, inclinou-se na direção dele.

— Eu não sei se ele contou a você, mas *papa* e eu não estamos nos dando bem nos últimos tempos. — Disse.

— Não? Ah, bem, ele pode ser difícil às vezes, o seu *papa*. E você também tem o temperamento forte, eu acho. — Ernesto deu uma risada. — Todas as famílias italianas brigam. Eu não me preocuparia muito com isso.

Pieta se concentrou para formular a próxima pergunta.
— Ele fala com você, não fala? Ele conta coisas para você? — Perguntou, por fim.
— Ernesto concordou com a cabeça.
— Sim, acho que ele faz isso. Por quê?
— Se soubesse o motivo da rixa com Gianfranco DeMatteo, você me contaria?
— Ah, a rixa. — Ernesto balançou a cabeça. — Se você tivesse ideia do número de vezes que tentei obrigá-lo a me explicar o que há por trás dessa história toda... Mas ele diz para mim as mesmas coisas que imagino que diga a você. Que tem a ver com honra, respeito e algum mal que foi feito muitos anos atrás.
— Mas ele deve dizer mais alguma coisa para você além disso.
— Pieta estava irritada.
— Não, e, para ser honesto, posso entender por quê. É assunto de Beppi e não meu.
— Então, isso é tudo o que você sabe?
Ernesto pareceu pensativo.
— Sua mãe pode ter deixado escapar algo, anos atrás, no tempo em que ainda era garçonete do seu pai.
— O que ela disse?
— Ah, não me lembro bem, mas tenho a impressão de que tinha algo a ver com a irmã de Beppi.
— Isabella?
— Isso mesmo.
Pieta não tinha ouvido nada de novo. Tinha certeza de que o velho sabia de mais alguma coisa.
— Mas o quê, exatamente? — Pressionou. — O que poderia ter acontecido de tão horrível para que eles ainda se recusem a ter contato um com o outro depois de todos esses anos?
Ernesto suspirou e fez um gesto para que o garçom lhe trouxesse outro copo de vinho tinto.
— Sabe, você está olhando para essa questão do jeito errado. — Ele disse, gentilmente.

— Estou?
— Você vê as coisas pelos seus próprios olhos, quando deveria tentar ver as coisas pelos olhos de seu pai. Você cresceu em meio a toda esta prosperidade. — Ele fez um gesto que incluiu o Little Italy. — Sempre teve comida em seu prato e sapatos em seus pés. Era diferente no passado, quando estávamos crescendo.
— Eu sei.
— Tente imaginar como era, Pieta. Alguns dias tínhamos tão pouca comida sobre a mesa em nossa casa que minha mãe punha um prato de espaguete no meio da mesa e a pessoa que falasse menos comia mais.
Pieta sorriu. Ouvira seu pai contar lembranças semelhantes de sua infância.
— Eu tinha mais irmãos e irmãs do que Beppi, então talvez fôssemos um pouco mais pobres, mas ele não deve ter tido experiências muito diferentes das minhas. Nunca havia o suficiente para comer. E não tínhamos brinquedos. Quando eu era pequeno, costumava brincar com pedrinhas. Por diversão, meus irmãos apanhavam passarinhos, que minha mãe costumava cozinhar; assim, pelo menos, havia alguma comida à mesa. — Ele deu um gole em seu vinho. — Ainda consigo me lembrar como era sentir tanta fome. A pessoa nunca se esquece disso, sabia?
Pieta olhou para Ernesto, seu rosto enrugado, seu cabelo ralo e sua grande barriga. Era difícil imaginá-lo como um rapazinho faminto.
— E, quando deixamos nossas cidadezinhas e viemos para cá — Ernesto estava mergulhado em lembranças agora —, estávamos determinados a trabalhar duro e a fazer muito sucesso. Seu pai pediu dinheiro emprestado, arriscando tudo. Ele trabalhava dia e noite. Quando você nasceu, sua pobre mãe mal o via. Ela ficava lá em cima, no apartamento pequenino, com o bebezinho.
— Em seguida ela engravidou de Addolorata, não foi? — Pieta sempre se perguntara sobre isso.
— Foi um erro para sua mãe, um grande erro. Não admira que... — Ernesto cortou a frase e sacudiu a cabeça. — Veja bem,

Pieta, não tente julgar seu pai pelos seus próprios padrões. Nós viemos de um tempo diferente, um lugar diferente.
— Eu ainda quero saber, mesmo assim — disse Pieta —, sobre a rixa entre eles e o que aconteceu com a pobre Isabella.
— Talvez ele ainda conte a você um dia.
— Duvido. — Pieta se levantou. — Vou ver se Addolorata precisa de mais alguma ajuda. Sinto muito que você não tenha podido jogar cartas, Ernesto. Vou dizer ao *papa* que esteve aqui.

❦

Em vez de ir direto para casa, Pieta deu uma passada no mercado, olhando as barracas cheias de coisas que ela não queria: perfumes baratos, roupas de *nylon*, aparelhos eletrônicos roubados. Comprou um buquê de girassóis para a mãe, depois virou-se para ir para casa.
— Pieta! Espere por mim!
Era Michele, correndo em sua direção. Estava carregando duas sacolas de compras, cheias de verduras bonitas. Ele sorriu.
— Você não está trabalhando hoje?
Desconfortável, Pieta olhou em volta.
— Não, não, não estou.
— Tem tempo para um café?
— Não posso, Michele, desculpe.
Ele a olhou de modo interrogador.
— Está tudo bem?
— Sim... não... ah, olha, o problema é que meu pai vai ficar furioso se souber que estive falando com você. É todo esse negócio estúpido da rixa, você sabe. Então, sinto muito, mas não posso tomar café com você.
— Eles são uns velhos teimosos, não são? — Michele parecia pesaroso. — Depois de todos esses anos, era de imaginar que já tivessem superado tudo.
— Concordo com você... — Ela deu de ombros. — Mas o

que se há de fazer? Ela olhou para trás conforme andava a passos largos pelo mercado. Michele ainda estava lá, de pé, segurando suas sacolas de plásticos e olhando para ela. Ele não parecia notar que estava começando a chover.

Quando Pieta chegou em casa, a chuva suave de verão havia se transformado numa tempestade. O vento se chocava contra as árvores, e a água descia pelas calhas commo rio. Molhada e gelada, ela correu para a cozinha, que era sempre o cômodo mais aquecido da casa. Mas não havia sinal de seu pai. Espiou pela janela da cozinha para checar se ele estava lá fora, no jardim, amarrando seus preciosos tomates, nas estacas, para maior segurança. Mesmo protegido por muros altos de tijolo, o jardim era castigado pelos ventos e pela chuva. Mas seu pai não estava em lugar nenhum. Pieta subiu as escadas para tirar as roupas molhadas, chamando pelas pessoas da casa.

— *Mamma*, você está aí? Tem alguém em casa?

— Estou aqui — A voz da mãe vinha do quarto dos pais. — Estou tirando uma soneca.

Pieta enfiou a cabeça para dentro do quarto.

— Tudo bem? Posso pegar alguma coisa para você?

— É só um pouco de dor de cabeça, só isso. Já tomei meu remédio. Vou ficar bem.

— Onde está o *papa*?

— Ele teve que sair. Mas não deveria demorar tanto.

— Ernesto estava procurando por ele no Little Italy.

Sua mãe se ergueu na cama e apoiou as costas em um travesseiro.

— Estava? — Ela perguntou, sem interesse. — Mudando de ideia, Pieta, posso pedir a você para me fazer uma xícara de chá?

— Claro, *mamma*. Vou me secar e depois coloco a chaleira no fogo. — Pieta fez uma pausa. — Depois acho que vou trabalhar um pouco no vestido de Addolorata, mas, se você não estiver se sentindo bem para me ajudar, nem se preocupe.

A sala de costura tinha um cheiro de mofo, de lugar pouco usado, apesar de sua mãe ter entrado e saído de lá diversas vezes nos últimos dias, checando e tornando a checar se tudo estava pronto.

Pieta já havia dedicado muitas horas de trabalho ao vestido. Ela o planejou e esquematizou, escolheu o tafetá de seda pura, num tom de branco sutil e delicado, e o reforçou para que ficasse resistente o suficiente para ser trabalhado. Depois, houve uma hora ou mais de trabalho duro durante a qual ela tirara as medidas de Addolorata, que se agitou e retorceu com impaciência.

— Não me conte a medida dos meus quadris, porque eu não quero saber. — Ela rosnava, enquanto Pieta buscava o ângulo preciso de seus ombros, a distância perfeita entre a cintura e a nuca, o comprimento de suas pernas.

Depois veio a parte técnica, desenhar e desenvolver um molde. Ela havia feito quatro moldes em algodão para obter o ajuste e o formato exatos, e agora, por fim, era chegada a hora de trabalhar com o tecido.

Conforme desdobrava as peças que já havia cortado em grandes partes, sua mãe entrou na sala de costura com uma segunda xícara de chá nas mãos e se acomodou na poltrona do canto.

— Estou tão orgulhosa de você, Pieta, você sabe. — Ela disse, afinal. — Eu nunca teria tido a mesma segurança para conquistar o que você conquistou. Olha só como você foi longe em tão pouco tempo!

— Ah, *mamma*... — Pieta considerava esse tipo de conversa embaraçoso. Sua mãe tinha uma forma de despejar espontaneamente seu amor, e Pieta não se sentia confortável com isso.

— Mas é verdade. Seu pai e eu estamos tão orgulhosos de você e de sua irmã... Não poderíamos ter desejado duas filhas melhores.

Lágrimas começaram a se formar nos olhos de Catherine.

— Eu sei, *mamma*, eu sei.

Pieta tentou se concentrar em esticar o tecido, mas a mãe ainda estava falando. Estava dizendo as coisas que sempre dizia, relembrando como havia sido difícil quando elas eram bebês, a luta para manter um teto sobre suas cabeças, a forma como eles haviam trabalhado e se preocupado todos os dias e metade de todas as noites. Pieta tinha ouvido isso tudo muitas vezes, mas agora, com as palavras de Ernesto frescas em sua cabeça, estava mais curiosa que antes.

Olhando para a mãe, perguntou:

— Por que *papa* veio para cá se aqui a vida era tão dura? Por que ele não ficou na Itália?

— Suponho que, em parte, tenha vindo por minha causa. — Amãe respondeu. — Ele sabia que eu sentia falta de minha família. E também porque lá não havia nada para ele, não tinha futuro. Ele estava determinado a fazer uma vida melhor, e queria que seus filhos tivessem tudo o que ele não pudera ter.

— Ele era muito pobre quando jovem, *mamma*?

— Todo mundo era pobre em Ravenno. Era muito isolado lá em cima, nas montanhas. Seus avós tinham um pequeno pedaço de terra, onde criavam galinhas e cabras, então não passavam fome como a maioria das famílias. Eles não tinham muitos filhos, só seu *papa* e a irmã mais nova dele, porque todos os outros bebês haviam morrido. Ela tinha uma vida dura, sua avó Adriana. Quando a conheci, ela era acabada para a idade dela e não tinha quase nenhum dente. Eu não entendia uma palavra do que dizia, mas ela era gentil comigo.

— Mas *papa* morava em Roma quando você o conheceu, não é?

— É sim, porque não havia trabalho em Ravenno. Ele era garçom em um grande hotel, e mandava a maior parte do que ganhava para Adriana e Isabella. A essa altura seu avô já havia morrido, e a vida era ainda mais dura para eles.

Pieta havia visto as velhas fotografias em branco-e-preto de seus pais, parecendo glamourosos ao lado de uma grande fonte barroca. Seu pai era bonito e tinha o cabelo preto, sua mãe, linda, usava um lenço na cabeça e óculos de sol.

— Por que você foi para a Itália, *mamma*? — Pieta sempre havia se perguntado por que a mãe havia deixado sua casa em Londres e viajado para Roma. Como acabara junto com seu pai, ao lado daquela fonte? Olhando para ela agora, sentada na velha poltrona, com uma xícara de chá vazia no colo, parecia extraordi-

nário que uma mulher tão tímida houvesse embarcado em uma aventura tão grande.
— Por que eu fui? — Catherine refletiu. — Ah, eu era jovem, e isso é o tipo de coisa que você faz quando é jovem, não é?
— Mas por que escolheu a Itália?
— Na verdade não foi escolha minha. Foi ideia da minha amiga. Ela começou a ter aulas de italiano e me fez ir junto com ela. Aprendemos arte e culinária, e sobre os prédios magníficos e então quisemos ver por nós mesmas.
— Mas como você pagou a viagem? A passagem deve ter sido muito cara!
— Não tínhamos nenhum dinheiro e quase nunca pagávamos passagens. — Catherine sorriu com a lembrança.
— Então como chegaram lá?
— Ah, nós... — Catherine fez uma pausa, levantou-se e chegou mais perto para olhar o tafetá. — Se você cortar o tecido hoje, eu posso ajudá-la com o bordado amanhã — Ofereceu-se.
— Você não respondeu a minha pergunta, mamma — Pieta insistiu. — Como chegou à Itália? E o que aconteceu quando estava lá?
Catherine riu.
— Para quê você quer saber isso tudo? Eu não me lembro da maior parte, de qualquer maneira. Não tenho pensado nisso há anos anos.
— Ah, eu só quero saber. Estou interessada.
— Todas essas histórias antigas... eu não sei... vamos ver. — Sua mãe murmurou, e Pieta teve certeza de que ela não tinha intenção de contar-lhe nada mais além do que já havia contado.

A Bela Lasanha de Beppi

Lasanha. Não entendo por que tanta confusão com isso. É um prato muito pesado para mim, muito cheio de coisas. Eu prefiro espaguete. Mas as pessoas parecem adorar minha lasanha, então eu faço, claro. Meu jeito é primeiro fazer um molho de carne e depois... vou contar-lhe primeiro sobre o molho, porque é soberbo. Você precisa usar tomates italianos em lata. Os frescos que se compram por aqui são como polpa, sem gosto algum. Mesmo os que eu cultivo em meu jardim não são tão bons quanto os tomates da minha terra.

É disso que você vai precisar:
Azeite de oliva
2 dentes de alho (não faça como a amiga de Caterina, Margaret, que entendeu que eram duas cabeças e foi evitada por todos os colegas de trabalho no dia seguinte)
2 cebolas médias cortadas em fatias finas
2 talos e algumas folhas de aipo
500 g de cogumelos
Manjericão fresco
1 cenoura média
6 latas de tomate italiano
1 lata de purê de tomate
1,5 kg de carne moída
1 copo grande de vinho tinto
Sal
Pimenta

Tudo bem. Então ponha um pouco de azeite em uma frigideira grande (não muito, senão a carne vai ficar muito gordurosa). Pique as cebolas o mais fino que puder e frite-as em fogo baixo. Quando estiverem quase prontas, acrescente o alho picado bem fino e frite por alguns minutos com as cebolas (adicione umas gotas de água se necessário, para evitar que as cebolas queimem). Acrescente a carne moída aos poucos e mexa até que fique marrom. Agora, ponha os cogumelos picados e misture à carne até que comecem a cozinhar. Coloque o aipo e a cenoura picados, e as latas de tomate e de purê de tomate. Por fim, acrescente sal e pimenta a gosto. Deixe cozinhar e ferver por uma hora e meia no mínimo. Adicione vinho ou água durante o cozimento, para que a carne não fique ressecada e para impedir que o molho grude no fundo da panela.

Bem, é o que basta. Siga em frente, praticando com o molho. Quando estiver craque nele, eu dou o resto da receita.

Nota de Addolorata: Você esqueceu de incluir o manjericão, *papa*. Gosto de picar muito manjericão bem no final, e talvez, também, de usar um pouco de salsinha italiana, para dar um toque realmente fresco do sabor da erva.

Beppi: Meu Deus, Addolorata, você sempre usa ingredientes demais. Tente se controlar.

Capítulo 7

Bordar era a parte do trabalho de que Pieta mais gostava. Tomava tempo e paciência, e era esta a razão pela qual os outros *designers* preferiam mandar fazer, mas para Pieta o bordado era o que dava o toque pessoal do *designer*. Ela acreditava que ele poderia fazer ou destruir o vestido.

O bordado que havia escolhido para esse vestido era delicado porque, mais do que uma aparência embelezadora e cheia de detalhes, ela queria criar a impressão de que Addolorata estava cintilando no altar. Agora, enquanto Pieta e olhava para o tecido intocado e suas caixas de contas de cristal, sentia-se grata por ter a ajuda da mãe. Fazer isso da forma certa seria um trabalho imenso.

Esticou o tecido nas molduras e colocou almofadas sobre a madeira dura da cadeira em que ia usar.

Se iriam ficar sentadas durante todo o dia, o mínimo que poderiam fazer era ficarem confortáveis.

Lá embaixo, um telefone estava tocando. Ela o ouviu parar e, então, voltar a tocar. Desta vez alguém devia ter atendido, pois tocou apenas umas duas ou três vezes. Pieta teve a impressão de ouvir alguém gritando e o barulho de louça caindo no chão duro.

Ela abriu a porta do quarto.

— *Mamma*, você está bem? — Perguntou através da escada, mas não houve resposta. A porta da frente bateu e tudo ficou quieto.

— *Mamma*?

A casa estava vazia. No chão da cozinha, em uma poça de leite misturado com chá, estava uma xícara quebrada. Pieta percebeu que o telefone estava fora do gancho. Antes de recolocá-lo, segurou o fone perto do ouvido.

— Alô? — Falou, insegura.

— Oh, Pieta, é você. — Era Addolorota. A voz dela pareceu

perturbada. — A *mamma* está aí? Ponha ela de volta, depressa. Preciso dizer a ela exatamente onde nós estamos.

— Ela não está aqui. O que está acontecendo?

Houve um momento de silêncio, e então as palavras foram sussurradas, chocantes e cruas, por Addolorota.

— Oh, Deus, Pieta. Acho que matei o *papa*.

Pieta fez exatamente o que sua mãe tinha feito: bateu a porta da frente de casa e correu para achar um táxi. Mas, como tinha esperado no telefone tempo suficiente para ouvir as instruções de Addolotra, chegou ao hospital primeiro.

Encontrou sua irmã andando de um lado para o outro em uma pequena sala de espera, aparentemente confusa e assustada.

— Como ele está?

— Não sei. Ainda estou esperando alguma notícia — sua face parecia pálida.

— Foi culpa minha, Pieta. Tudo culpa minha.

— O que quer dizer? Como pode ser culpa sua?

— Estávamos discutindo sobre alguma coisa que eu coloquei no menu. Ele estava reclamando que tudo o que cozinho é complicado sem necessidade, como ele faz umas três vezes por semana, mas desta vez eu perdi as estribeiras. Comecei a gritar com ele, dizendo que já estava cansada de ele tentar me controlar o tempo todo e que ia sair do Little Italy e abrir meu próprio negócio, onde pudesse fazer as coisas do meu jeito.

— O que ele disse?

— Eu pensei que ele ia começar a gritar de volta comigo, mas, em vez disso, ficou quieto e pálido, aí caiu em cima de uma cadeira, meio que escorregando e gemendo. Frederico estava lá e chamou uma ambulância. Quando chegamos aqui, eles o levaram embora e me mandaram esperar aqui.

—Você acha que ele teve um ataque do coração ou um derrame?

— Acho que sim, mas não disseram ainda.

— Oh, Deus. — Pieta se sentou, pesadamente. — Pobre *mamma*.

—Tomara que não tenha ido ao hospital errado. Eu não sei o quanto ela ouviu depois de eu contar que *papa* tinha tido um colapso.

Juntas, elas esperaram na sala apertada, embaixo de uma luz piscante. Depois de algum tempo, Pieta buscou um café intragável em uma máquina automática e elas observaram enquanto ele esfriava.

— E se ele morrer? E se já morreu e esqueceram de mandar alguém nos contar? — Addolorata estava entrando em pânico.

Pieta não disse nada. Pensava a mesma coisa.

Ambas se puseram em pé num salto quando a porta se abriu e o médico entrou.

— Ele está bem. — Ele assegurou, de forma rápida. — E vocês poderão entrar para vê-lo em um minuto.

— Foi ataque do coração? — Addolarata perguntou.

Ele fez que sim com a cabeça.

— Fizemos alguns exames de sangue e um eletrocardiograma. Sim, foi.

— Oh, Deus, foi culpa minha. Eu o estressei tanto que quase o matei.

O médico era gentil e falava mansamente. Fez Addolorata se sentar e explicou que, apesar de um ataque poder ser causado por estresse extremo, neste caso era mais provável que se tratasse de uma artéria entupida. Fariam testes e, possivelmente, uma cirurgia.

— Enquanto isso, vamos mantê-lo com medicamentos para aumentar o fluxo sanguíneo e prevenir outro ataque. Ele precisará ficar no hospital por mais alguns dias e adotar algumas mudanças em seu estilo de vida quando chegar em casa. — Sorriu para as duas. — E, sim, menos estresse, provavelmente, poderia ser bom.

—Vá você, Pieta. — Addolorata parecia estar à beira das lágrimas. — Eu provavelmente só vou estressá-lo outra vez. É melhor eu ficar aqui e esperar pela *mamma*.

Conforme andava pelo corredor, Pieta tentou se preparar para a imagem do pai em uma cama de hospital, furtado de sua energia febril usual, reduzido a um frágil velhinho.

Os olhos do pai estavam fechados quando ela entrou no quarto. Sentou-se ao seu lado, quietinha, para o caso de ele estar dormindo.

— Caterina? — Sua voz pareceu rouca.

— Não, *papa*, sou eu, Pieta.

Mamma está a caminho. Ele abriu os olhos e tentou sorrir.

—Você é tão parecida com sua *mamma*. Tão parecida com ela quando tinha sua idade.

Esticando-se, Pieta pegou uma de suas mãos, tão embrutecidas pelos cortes de faca e queimaduras de cozinha.

—Você está bem?

— Cansado, muito cansado.

— Durma, então. Descanse.

— Addolorata, onde ela está?

— Está preocupada por causa disso, *papa*. Está se culpando.

— Nós brigamos? — Ele franziu as sobrancelhas enquanto se esforçava para lembrar.

— Acho que sim, mas isso não importa agora — Pieta não queria aborrecê-lo outra vez.

— Ela me disse que sou exagerado e impossível. — Sua voz estava rouca e lenta.

— *Papa*...

— Disse que ira deixar o Little Italy e abrir o próprio restaurante.

— Estou certa de que não foi isso o que ela quis dizer.

Ele apertou a mão dela com força. — Eu não quero que minha filha pense coisas ruins de seu pai.

— Sshh, não se preocupe com isso agora. Durma.

— O Little Italy é tudo o que eu tenho para deixar a Addolorata, e agora ela diz que não quer. — Pareceu perdido e confuso.

— Foi só uma briga boba, isso não importa mais. O importante é que você melhore.

Ele esboçou um sorriso.

—Você é tão parecida com sua *mamma*...

O que mais surpreendeu Pieta foi o modo como sua mãe tomou as rédeas. Tão logo soube que o perigo imediato havia passado, e tendo visto Beppi com seus próprios olhos, seu medo e pavor deram lugar a uma determinada eficiência.

Ela disse que Pieta podia ir para casa.

—Vou ficar com seu pai e ter certeza de que ele está confortável. — Sua voz parecia calma. — Começe a trabalhar na costura, se quiser. Não fique por aí sem fazer nada. Permaneça ocupada.

— E quanto a mim? — Perguntou Addolorata.

—Você deve ir para o restaurante tomar conta das coisas lá. É o mínimo que pode fazer.

Aliviada, Addolorata não replicou. Mas Pieta estava relutante em ir embora tão rápido. Somente quando viu que seus pais não necessitavam dela, e como o simples fato de segurar a mão de sua mãe parecia dar força ao pai, esgueirou-se, em silêncio, para fora do quarto. Pediu ao motorista do táxi que a deixasse no Little Italy, assim poderia ter certeza de que Addolorata estava bem. Era final tarde, e, com exceção de alguns retardatários do almoço, a sala de jantar estava vazia. Na cozinha, estavam todos ocupados, preparando-se para a noite, mas Pieta notou que o clima estava ruim. Não havia as brincadeiras e provocações de sempre. Nada daquele alvoroço usual. Em vez disso, todos estavam concentrados em suas tarefas e tentando não encarar Addolorata, que, sentada no balcão, fingia ler o livro de pedidos, deixando lágrimas silenciosas escorrerem por seu rosto.

Ela pareceu preocupada ao ver Pieta.

— O que aconteceu? — Perguntou.

— Nada. Ambos estão bem. Só passei para ver como você está.

— Ah, você sabe... — Ela se levantou e conduziu Pieta para fora da cozinha, em busca de um lugar mais reservado para conversar. — Ainda me sinto péssima, mas estou bem.

Elas se sentaram à mesa do canto, e Frederico, que vinha organizando cestas de pão e potes de pimenta, trouxe um pouco de café para elas.

—Você vai deixar mesmo o Little Italy? — Perguntou Pieta.

Addolorata pareceu sem jeito.

— Tenho pensado nisso. Eden acha que devo.

— Mas por quê?

— Este local é todo do *papa*, não importa o que eu faça. Eu gostaria de ter o meu, de ver se sou capaz.

Pieta lembrou-se das palavras do pai.

— Mas ele construiu este lugar do nada e fez dele o que é para você. Quer que você fique com ele. Você vai partir o coração dele, Addolorata. Não pode ir embora.

— É fácil para você dizer isso, mas não é você que tem que trabalhar aqui, com ele interferindo a todo momento. — Addolorata deixou a cabeça cair em suas mãos. — É claro que não vou agora. Não com ele doente e tudo. Vou adiar a ideia toda de sair até ele melhorar. E provavelmente vou deixar o casamento para depois, também.

— Não, não, não faça isso. O papa não desejaria isso.

Addolorata chacoalhou a cabeça.

— É sempre o que o papa quer, não é mesmo? — ela disse.

Então, levantou-se e voltou para a cozinha.

Pieta não a seguiu. Quando Addolorata estava com aquele humor, era melhor deixá-la em paz. Em vez disso, foi perambular pelas barracas do mercado em busca de algo que a ocupasse.

Normalmente Pieta vivia uma vida tão atarefada que não lhe sobrava tempo para nada. Sentindo-se perdida e esgotada, passou por fileiras de bolsas baratas e perfumes insuportavelmente adocicados, pelos cafés gordurosos, cheirando a batatas fritas e linguiça, e por vendedores ambulantes anunciando aos berros seus miraculosos produtos de limpeza. Voltou por Hatton Garden, passando pelas lojas de diamantes, e foi direto para casa.

Tudo estava como havia deixado. O tecido preso nos bastidores, esperando para ser bordado, as almofadas confortáveis nas cadeiras em que ela e a mãe deveriam estar sentadas e trabalhando. Aos olhos de Pieta, tudo parecia triste. Ela levou algum tempo brincando com as contas de cristal, arrumando coisas que já estavam arrumadas, fazendo xícaras de chá que não queria de verdade.

Por muito tempo Pieta desejara que a casa fosse tranquila. Agora que estava, agora que não havia barulho de panelas nem o cheiro de cebolas fritando ou de carne refogada subindo pela escada, ela não suportava ficar ali. Pieta saiu e sentou-se no pátio da igreja por algum tempo. Pelo menos estava rodeada pelo movimento dos funcionários dos escritórios que aproveitavam a meia hora de almoço. Mas, após observar as pessoas indo e vindo por um curto período de tempo, achou que bastava. Estava preocupada com seus pais, pensando se sua mãe estaria se sentindo perdida na frieza do hospital ou que o estado de seu pai pudesse ter piorado. Então, andando rápido pela Clerkenweel Green, dirigiu-se à rua principal à procura de um táxi.

No momento em que chegou ao hospital, percebeu que seu pai estava se sentindo melhor. Ele gemia enquanto sua mãe ajeitava os travesseiros, e tinha uma mão em cima do peito.

— Não, assim não, Caterina. Um pouco mais alto. Um atrás de minha cabeça também. E agora quero um pouco de água. Ah, é tão horrível ser um inválido.

—Você não vai virar um inválido, Beppi. Pare de ser melodramático. — Disse sua mãe, ríspida.

— Eu tenho que mudar meu estilo de vida, você ouviu o doutor. Nada mais de estresse. E vou para a academia, como o Eden. Fazer levantamento de peso e bicicleta ergométrica. Vou ficar em forma e forte outra vez, você vai ver. Existe um jovem dentro de mim, louco para sair.

Os olhos de Pieta encontraram os de sua mãe, e ambas tentaram não sorrir.

— Beppi, você precisa repousar. — Sua mãe lembrou a ele. — Não pense nisso agora.Vá com calma enquanto está no hospital.Vamos nos preocupar com a sua forma física quando você estiver em casa.

— Mas e quanto a você? — Ele pareceu ansioso agora. — Como vai se arranjar comigo aqui no hospital? O que vai comer?

— Eu vou ficar bem. Comida é a última coisa em que estou pensando no momento.

— Não, não, você precisa de uma refeição decente. — Ele insistiu. — Dê uma passada no Little Italy no caminho para casa. Peça para eles eles lhe darem um pouco de molho com carne de cervo assada. Muito magra, você vai gostar. Não o molho com *pancetta*, claro, porque Addolorata põe muito chili para o seu gosto.

— Eu vou ficar feliz com ovos e torrada. — Ela insistiu.

— Bah, você sempre diz isso. Mas pegue o cervo e um pouco de salada, se a massa estiver muito pesada. Ou um pouco de sopa? Talvez Addolorata possa fazer para você um pouco de *minestre*...

Pieta ouviu-os discutindo mais um pouco até que os olhos do pai se fecharam e ele começar a cochilar.

— Foi um choque e tanto. — Sua mãe disse, baixinho, olhando o peito dele subir e descer com a respiração profunda do sono. — Seu pai sempre foi tão saudável e em forma, sempre tão disposto. Vê-lo deitado aqui, desse jeito...

— Os médicos disseram que ele vai ficar bem, *mamma*. Eles começaram o tratamento rapidamente, e isso é o que importa. Devemos confiar neles.

— Eu sei, mas ainda assim... não sei se consigo deixá-lo sozinho. Vou passar a noite aqui. Posso tirar uns cochilos na cadeira, se precisar.

Pieta olhou para mãe. Sua pele parecia embaçada e cinzenta, e as linhas em seu rosto, mais fundas e marcadas.

— *Papa* tem razão. Você precisa ir para casa e fazer uma refeição decente. — Falou para a mãe. — E depois dormir uma boa noite de sono. Você pode voltar para cá amanhã assim que acordar.

— Mas e se alguma coisa acontecer e eu não estiver aqui? Não vou conseguir dormir de tão preocupada.

— Então você pode me ajudar com a costura. Vamos trabalhar bastante até ficarmos bem cansadas. Venha comigo, *mamma*.

— Ainda não... Me deixe aqui mais um pouco, até eu ter certeza de que ele não precisa de mim. Aí vou para casa e ajudo você com o vestido de Addolorata. Se ele não estiver pronto a tempo para o casamento, isso vai incomodar seu pai mais do que qualquer outra coisa.

※

Quando ouviu sua mãe abrir a porta da frente, Pieta já havia começado a bordar. Ela se sentia melhor agora que tinha começado. Havia um ritmo tranquilizador no trabalho, e, agora que estava envolvida nele, sua mente estava livre para divagar.

Sua mãe pegou uma agulha, sem dizer uma palavra.

— Está tudo bem? — Perguntou Pieta.

— Eu espero que sim. — Sua voz era baixa.

— Você parece cansada, *mamma*. Por que não vai descansar? Tenho certeza de que dou conta sozinha.

— Eu não quero descansar, Pieta. Nem comer. Só me deixe ficar aqui e continuar bordando um pouco.

Elas trabalharam juntas, em silêncio, por algum tempo, pregando cada pequeno cristal, com cuidado, no lugar. O progresso era lento, e Pieta ficou feliz por ter ajuda, embora estivesse preocupada com sua mãe. Sua expressão era de quem estava entorpecida, e seu silêncio sugeria que estava pensando.

— Então, *mamma* — ela disse, tentando distraí-la —, você não ia me contar sobre quando você e *papa* eram jovens, lá na Itália?

Catherine olhou por cima de seu trabalho.

— Eu ia? — Ela parecia confusa. — Sabe, estive pensando sobre essa época enquanto seu pai estava dormindo lá no hospital. Tantas coisas que achava que tinha esquecido me vieram de volta. Como a peça que Beppi me pregou logo no nosso primeiro encontro...

— O que ele fez?

— Ah, ele era sempre cheio de brincadeiras, sempre rindo.

— Mas o que aconteceu no primeiro encontro? — Pieta insistiu. — E como foi que você conheceu o *papa*?

Catherine pareceu insegura. Ela nunca havia contado sua histó-

| 73

ria antes, mas Pieta podia notar que estava tentada a fazê-lo agora. O susto do dia e o fato de saber que seu marido estava doente no hospital contribuíram para que ela tivesse vontade de falar dele.
— Se vou falar de seu *papa,* então tenho que começar do início. — Ela disse, devagar.
Pieta balançou a cabeça, incentivando-a.
— E, na verdade, o começo não tem nada que ver com Beppi. Tem a ver com Audrey. Eu já falei sobre ela, não falei?
Pieta balançou a cabeça:
— Não, acho que não. Não me lembro de você ter mencionado nenhuma Audrey.
Sua mãe pareceu não estar ouvindo.
— Eu não ouço falar dela faz anos.
— Quem era ela?
— Audrey era... Audrey é... — Ela gaguejou, e então a agulha parou e ela começou a contar sua história.

Capítulo 8

Nós éramos três e fazíamos tudo juntas. Audrey era a glamourosa. Ela tinha cabelos louro-platinados, e sabia como tirar a maior vantagem de si mesma. Margaret era ruiva, de temperamento forte, mas sempre disposta a uma gargalhada. E havia eu. Bem, você viu as fotos, eu não era nada muito especial de se olhar. Cabelos escuros, magra como você, sempre a mais quieta. Eu costumava achar que as outras duas só se importavam comigo porque eu sabia costurar. Nunca tínhamos dinheiro para roupas, mas eu sabia como mudar as coisas e fazer com que uma roupa velha parecesse nova em folha.

As aulas de italiano foram ideia de Audrey.

— Vamos, podemos fazer o curso na faculdade, à noite. — Ela disse. — Vai ser divertido, algo diferente.

Eu não estava muito disposta. Trabalhava em uma mercearia e ficava em pé o dia inteiro. Fazer um curso noturno me parecia demais.

— Ah, eu não sei. Não vai ser como voltar para a escola? — Perguntei.

Nenhuma de nós tinha gostado da escola. Havíamos parado de estudar aos dezesseis anos, assim que pudemos. Audrey era garçonete na Lyons Corner House, e Margaret tinha sido treinada para ser babá e estava cuidando das crianças de uma família rica.

— É mesmo, eu não quero desperdiçar uma noite preciosa de folga. — Margaret trabalhava muitas horas seguidas. — Prefiro ir dançar.

Audrey fez um pequeno movimento com a cabeça, que significava que não adiantava discutir. Quando tinha uma ideia, não parava de falar sobre ela.

— Podemos ir dançar depois da aula. — Ela argumentou. — Não vai levar a noite toda, é apenas por algumas horas. E seria um ótimo modo de conhecer pessoas novas.

Sabíamos o que aquilo significava. Audrey tinha esperança de conhecer um homem. Não que tivesse dificuldade com isso. Mas Audrey se entediava rápido, e ninguém parecia ser o homem certo para ela. Ou o rapaz era muito romântico ou não era romântico o suficiente; muito mesquinho ou extravagante demais. Ela começava a procurar defeitos no momento em que os conhecia.

— E quanto àquele moreno, o motorista de ônibus? — Margaret perguntou. Ela tinha mais facilidade em acompanhar as coisas do que eu.

Audrey sacudiu a cabeça:

— Ele não tinha nada a dizer. Só sabia falar de futebol.

— E você acha que pode encontrar alguém mais interessante nas aulas de italiano? — Margaret indagou.

— Bem, vale a pena tentar, não é? — Audrey retrucou. — Vou fazer vinte e dois anos e não quero acabar solteirona. E a minha mãe acha que aulas noturnas são uma forma ótima de conhecer pessoas. Então, vocês vão comigo ou vou ter que ir sozinha?

— Eu vou. — Ela tinha conseguido me interessar. Eu imaginava que tipo de pessoas iríamos encontrar nessas aulas, e se Audrey iria combinar com alguém.

— Margaret?

— Eu vou, mas só se vocês me prometerem que vamos dançar depois.

Audrey se permitiu dar um sorrisinho de triunfo.

— Certo, então está combinado. Aulas de italiano às quintas à noite, depois do trabalho. Acho que é preciso comprar um livro, mas vou conseguir um e nós três podemos dividi-lo.

— Eu não sei qual é a vantagem de aprender italiano. — Margaret reclamou.

Audrey a ignorou. Havia vencido e era isso o que importava.

⁂

O que eu não sei até hoje é por que Audrey escolheu italiano. Porque quando chegamos à faculdade, naquela primeira quinta-feira, descobri que havia todo tipo de coisa que poderíamos ter escolhido aprender. Havia cursos noturnos sobre tudo, de trabalhos em madeira a redação criativa. Acho que italiano parecia romântico para Audrey.

De qualquer modo, foi um choque quando entramos na sala de aula. Havia apenas dois homens lá. Um era o professor, que devia ter mais de quarenta anos, e o outro estava com a esposa. Mas não podíamos simplesmente virar e ir embora, particularmente porque Audrey estava carregando o livro de italiano para principiantes que havia comprado. Então, sentamos e nos preparamos para duas longas horas.

Havia alguma coisa no som do idioma que me agradou imediatamente, o modo como o professor parecia enrolar a língua em torno das palavras. Era muito mais rica e mais viva do que o inglês, tão sério. Mais *sexy* também, segundo Audrey.

— Eu sei que ele é velho, mas vocês não acham que há algo de atraente no nosso professor? — Ela disse assim que a aula terminou. Deu uma risadinha. — E o nome dele, também... Romeu! Nunca pensei que alguém se chamasse assim de verdade.

— Então vamos voltar na semana que vem? — Perguntei.

— É claro que sim. — Audrey pareceu surpresa com a minha pergunta. —Vamos voltar todas as semanas.Vamos aprender italiano.

As coisas acabaram sendo um pouco mais difíceis do que pareciam. Todas nós lutávamos com a gramática, e, no final do primeiro semestre, acho que apenas Margaret era capaz de dizer uma frase inteira coerente. Audrey nos havia feito sentar na frente da sala e tinha desenvolvido uma espécie de paixonite por Romeu, o que significava que tinha problemas de concentração com os substantivos, verbos e adjetivos. Para mim, a melhor parte das aulas era quando as luzes se apagavam e Romeu nos mostrava *slides* de lindos quadros antigos e edifícios históricos, falando o tempo todo naquela língua melodiosa que eu ainda entendia muito mal.

— Eu adoraria ir a Roma e ver todos aqueles lugares. — Eu disse a Audrey uma noite. —Você sabe, o Coliseu e o Panteão, e aqueles afrescos nas igrejas. Não seria maravilhoso?

— Acho que sim. — Audrey não parecia muito entusiasmada.

— E poderíamos tomar um *espresso* na Via Veneto, e dizer *buon giorno* para todos aqueles italianos lindos. — Margaret disse, rindo.

É claro que aquilo chamou a atenção de Audrey.

— Ora, por que não vamos, então? Vamos fazer isso. — Ela disse, como se fosse a coisa mais fácil do mundo.

— Não temos dinheiro para a passagem de trem e nunca conseguiríamos folga do trabalho. Ainda assim, é um sonho bom — Margaret sorriu para mim. — Talvez algum dia, hein?

Audrey fez aquele gesto familiar com a cabeça.

— Não, estou falando sério. Acho, que se quisermos ir, devemos ir. Vamos fazer um plano.

— O meu único plano é tirar uma folga no verão e passar um dia em Brighton, sentada na praia. — Disse Margaret. — E não tenho muita certeza de que minhas chances de conseguir isso são grandes.

Eu não disse nada. Estava pensando se Audrey, de alguma forma, poderia fazer aquilo acontecer. Ela tinha um jeito especial de conseguir tudo o que queria.

Ela nos contou o plano, duas semanas depois, quando estávamos sentadas no quarto dela, na casa de sua mãe. Ainda estava vestindo o uniforme preto de garçonete que a obrigavam a usar na Lyons Corner House. Eu havia subido a barra da saia para que pudesse mostrar mais as pernas.

— Então — ela disse, acendendo um cigarro —, eu já tenho tudo pensado.

O plano de Audrey era que todas nós arranjássemos trabalho extra para ganhar o máximo de dinheiro possível nos próximos seis meses. Ela planejava fazer horas extras na cafeteria, eu poderia costurar para fora e Margaret poderia trabalhar como babá nas noites de folga.

— Mesmo assim não vamos ter dinheiro suficiente. — reclamou Margaret. — Você tem alguma ideia de quanto custa viajar para a Itália?

— Mas não vamos pagar a passagem, não é?
— E por que não? — Perguntei.
— Porque vamos pedir carona!
Não era uma ideia tão louca assim. Pedir carona não era tão perigoso naquela época, e, viajando em três, Audrey achava que estaríamos bem seguras.
— Eu nunca vou conseguir tirar folga do trabalho. — Disse Margaret. —Vocês duas deveriam ir sem mim.
— Não vamos tirar folga do trabalho. — Disse Audrey, triunfante. —Vamos nos demitir. E, quando chegarmos à Itália, vamos tentar encontrar emprego. Talvez possamos ensinar inglês ou cuidar de crianças.
Margaret e eu devemos ter demonstrado alguma dúvida, porque Audrey fez aquele movimento de cabeça outra vez.
— Não faz sentido ir para lá e passar apenas uma semana. — Argumentou. —Vamos lá, vai ser uma aventura. Podemos encontrar outros empregos quando voltarmos, não é?
Eu jamais teria conseguido inventar um plano como aquele sozinha. Mas, quanto mais eu pensava, mais gostava da ideia. Aquela poderia ser a nossa única chance de ver um pouco do mundo. E eu tinha imagens passando pela cabeça, de grandes fontes, lindas *piazzas* e igrejas cheias de velas, iluminando os afrescos das paredes. Uma sensação de liberdade tomou conta de mim, e, de repente, senti que era capaz de fazer qualquer coisa e que não precisava continuar trabalhando na mercearia até que, afinal, alguém se casasse comigo e tivéssemos filhos.
— Está bem, eu vou. — Eu disse.
Margaret pareceu surpresa. Ela devia estar esperando que eu dissesse não.
—Vai mesmo? E o que o seu pai e a sua mãe vão dizer? — Ela perguntou.
Meus pais tinham a reputação de ser bastante rígidos. Mas eu sabia que nunca iriam se opor a algo que eu realmente quisesse fazer.
— Desde que nós três viajemos juntas e fiquemos juntas e em segurança, não vai haver problemas com eles. — Eu disse.

| 79

— Está certo — completou Audrey —, temos que ficar juntas. Então, Margaret, tudo está em suas mãos, agora. Você vai conosco para Roma?

Margaret não disse nada por um instante, e nós duas ficamos sentadas lá, olhando para ela, como que a obrigando a dizer que sim. Então, ela estourou numa gargalhada.

— Honestamente, vocês duas são um horror. Mas tudo bem, sim, eu vou. Já que sou a única aqui que sabe falar um pouco de italiano, vocês vão estar numa encrenca se eu não for.

Nenhuma de nós era muito boa em trabalhar duro e economizar. Não era nada divertido. Tanto Audrey quanto Margaret fumavam, e embora tivessem diminuído para um cigarro por dia, recusavam-se a parar. Eu passava todo o tempo de folga fazendo reformas em roupas, e provavelmente era a que teria mais dinheiro no final, mas não importava, porque havíamos decidido juntar as nossas economias.

Sentamos no quarto de Audrey e decidimos impor algumas regras. Tínhamos que viajar com pouca bagagem, não iríamos aceitar carona de alguém com quem não simpatizássemos e não permitiríamos que ninguém nos comprasse nada. Além disso, Audrey tinha uma regra sobre não fumar cigarros dos outros, e colocamos aquilo na lista também. Romeu havia concordado em nos dar algumas aulas extras de conversação em italiano nos finais de semana, e havíamos melhorado muito quando o prazo de seis meses acabou.

— Será que não devíamos trabalhar mais tempo? Economizar mais um pouco? — Margaret perguntou. De nós três, ela parecia ser a mais nervosa com a ideia de jogar fora o emprego e viajar. Eu não estava preocupada de verdade com nada daquilo, porque só pensava no que iria acontecer quando chegássemos à Itália. Estava lendo um livro que Romeu havia me emprestado e mal podia esperar para estar lá.

— Não, é agora ou nunca, Margaret. — Audrey disse a ela. — Amanhã todas nós vamos chegar ao trabalho e a primeira coisa que faremos é pedir demissão.

Foram muito bons comigo na loja. Disseram-me que quando voltasse deveria procurá-los e me dariam o emprego de volta, se pudessem. A Lyons Corner House estava acostumada a ver funcionários entrando e saindo, de modo que Audrey não teve problemas. Mas para Margaret as coisas não foram nada fáceis. A mãe chorou de verdade e implorou que não partisse, e, as crianças ficaram desesperadas. Mas ela permaneceu irredutível, e no último dia de trabalho, lhe deram um envelope cheio de dinheiro para que usasse na viagem.

Jamais esquecerei a manhã em que partimos. Arrumamos nossas coisas em mochilas. Tudo o que consegui colocar na minha foram calças e blusas, um suéter quente e poucas peças de roupas de baixo. No último minuto consegui enfiar um batom e um estojo de pó compacto. Não ia ficar muito glamourosa em Roma, mas pelo menos poderia fazer um esforço.

O tio de Audrey tinha um carro e se ofereceu para nos levar até a balsa, em Dover, de modo que só precisaríamos pedir carona depois do canal. Cantamos durante todo o caminho, todas as canções bobas que aprendêramos quando crianças.

Fomos a um café em Dover, e o tio de Audrey nos pagou sopa com pãezinhos e torta de maçã com creme de sobremesa.

— Este vai ser o seu último gostinho de comida inglesa por algum tempo. — Ele disse. — Sabe lá que tipo de porcaria estrangeira vão servir para vocês na Itália.

Eu nem sequer havia pensado na comida italiana, mas era uma das coisas pelas quais Margaret mais ansiava.

—Vamos comer espaguete com ragu. — Ela disse ao tio de Audrey.

— É melhor aproveitarem a torta de maçã, então. — Ele retrucou.

A viagem de balsa não foi nem um pouco divertida como eu imaginara que seria. O cinzento Canal da Mancha estava agitado, e a balsa chacoalhava. Margaret e eu não demoramos muito para ficar enjoadas.

Audrey havia ido explorar a balsa, e, quando voltou e nos encontrou sentadas lá, gemendo, nos fez ir para a parte de cima do barco e dar uma volta ao ar livre.

— De verdade, vocês vão se sentir melhor. — Ela prometeu.
Havia gaivotas voando e piando sobre as nossas cabeças, e tudo o que eu podia ver era água, por todos os lados. Aquilo não me fez sentir muito melhor. Foi só quando Margaret gritou "Olhem, lá está Calais!", e eu vi a massa escura de terra, que comecei a me animar.
Havia muita coisa para absorver — o pequeno e tumultuado porto, e a estranheza de tudo, desde os prédios até os carros. Era tudo muito diferente, e de certo modo eu não estava esperando por aquilo. Não sei por quê. Ouvimos as primeiras vozes em francês, um som suave e gutural, nada parecido com o italiano.
E, quando passamos pela imigração, percebi que até o cheiro ali era diferente — de naftalina, café e algo mais que eu não conseguia identificar.
Devíamos parecer estranhas, três jovens moças inglesas, vestidas com calças e blusas elegantes, carregando mochilas iguais.
— E agora? — Margaret perguntou depois que apresentamos os passaportes e entramos oficialmente em solo francês.
— Precisamos encontrar um lugar barato para passar a noite e vamos sair para pedir carona de manhã cedinho. — Disse Audrey.
Eu me sentia um pouco ansiosa. Nunca na vida havia passado pela experiência de não saber onde dormiria.
—Você acha que vamos encontrar algo por perto? — Perguntei.
— Acho que sim. Isto aqui é um porto, afinal, e há muitas pessoas indo e vindo. Mas por que não perguntamos a alguém? — respondeu Margaret.
Ela foi falar com um dos oficiais da imigração. Foi aí que percebemos que não era só o italiano de Margaret que era muito melhor que o nosso; ela também falava um pouco de francês.
—Aprendi na escola, lembram? — Ela disse, mais tarde. Audrey e eu não havíamos frequentado aquelas aulas. Eu tinha estudado costura, e Audrey, caligrafia (que ela detestara).
O oficial de imigração sugeriu alguns lugares ali por perto, e saímos para investigar. O primeiro pareceu realmente decré-

pito, e a mulher que abriu a porta não era muito limpa. Margaret sacudiu a cabeça quando ela nos disse o preço de uma noite de estada.

— É muito caro. Não vamos pagar isso tudo para ficar aqui.

Então, continuamos a andar e a bater na porta a cada vez que víamos uma placa dizendo "hotel". Mas todo mundo queria nos cobrar mais do que podíamos pagar.

Até mesmo Audrey começou a se preocupar.

—Vamos ter que pagar o que estão pedindo. Não podemos dormir na rua. — Ela disse.

—Vamos andar um pouco mais. — Margaret sugeriu. — Estou pensando se não é melhor nos afastarmos do porto. As coisas parecem tão acabadas por aqui, e é provável que achem que podem cobrar o que quiserem, porque é aqui que todos os viajantes chegam.

Andamos por algumas ruas estreitas, que davam numa pequena praça. Era bem bonitinha, de verdade. Havia uma estátua no centro e alguns vasos com flores coloridas. E havia um café, com mesas e cadeiras na calçada de pedra, e uma pequena padaria ao lado.

Fui eu que notei a placa na porta, entre o café e a padaria. "Hotel Richelieu", dizia, em letras antigas.

— Hotelzinho engraçado, mas vale a pena dar uma olhada. — Disse Margaret.

O homem que atendeu a porta tinha, provavelmente, a mesma idade que o tio de Audrey. Tinha um grande bigode e cabelos ligeiramente oleosos, que ele penteava para cima, a fim de esconder a careca.

Ele assentiu com entusiasmo quando Margaret explicou que estávamos procurando um lugar barato para passar a noite.

— Eu faço um preço muito bom para moças inglesas bonitas. — Ele nos disse.

—Vocês querem?

— Sim, sim, queremos. — Margaret disse-lhe.

Ele nos fez subir uma escada que tinha o mesmo cheiro estranho de naftalina e café. Audrey disse que precisávamos ficar juntas para economizar dinheiro, então ele nos deu uma chave e mostrou o nosso quarto. Era pequeno, com uma cama de casal e uma cômoda, mas dissemos a ele que estava bom.

— Eu volto mais tarde para ver se vocês estão satisfeitas. — Ele disse, e, antes de ir embora, piscou para nós.

Margaret fechou a porta e encostou-se a ela.

— Por que vocês acham que ele está feliz em fazer um preço baixo para moças inglesas? — Perguntou. — E por que deu aquela piscadela?

Audrey olhou para ela por um momento, então guinchou:

— Eca! Não! Um velho como ele? Isso é nojento.

Eu ainda não havia entendido.

— O que você quer dizer? O que é que é nojento?

— Deixe para lá, Catherine, só nos ajude a empurrar esta cama contra a porta, e, se ouvir alguém batendo durante a noite, não faça barulho algum. — Margaret disse.

Empurramos a cama contra a porta de modo que ninguém pudesse abri-la, então nos espremos debaixo das cobertas, que tinham cheiro de poeira e de coisa velha. Nenhuma de nós havia comido nada desde a sopa e a torta de maçã do almoço, e podíamos sentir o cheiro das coisas mais deliciosas, que vinha do café lá embaixo, na rua. Mas, embora nossos estômagos estivessem roncando, não nos atrevemos a sair do quarto antes do amanhecer.

Quando acordei e me vi espremida entre Audrey e Margaret, fiquei confusa por um instante, até perceber que estávamos na França. Então, senti uma onda de excitação, seguida rapidamente de pontadas de fome.

— Meninas, acordem. — Eu disse, cutucando-as. — Vamos ver se aquela padaria lá embaixo está aberta. Estou faminta.

Audrey não se deixou apressar. Remexeu na mochila até encontrar a maquiagem, que aplicou no rosto. Depois sacudiu uma saia de verão bonitinha, para desamassá-la, e calçou sandálias.

— O que mais você tem aí? — Perguntei, espiando dentro da mochila dela. — E como foi que conseguiu colocar tudo isso aí dentro? — É tudo uma questão de arrumar com cuidado. — Ela disse, em tom ligeiramente superior. — Temos que parecer arrumadas se quisermos ter alguma chance de arrumar uma carona mais tarde.

Não havia sinal do recepcionista assustador, então deixamos algum dinheiro na mesa e saímos. Os aromas amanteigados mais deliciosos estavam vindo da padaria. A mulher que trabalhava lá nos vendeu *croissants* recém-saídos do forno e nos disse que, ao lado, poderíamos comprar café para acompanhar. Eu mal podia esperar. Mordi um dos meus *croissants* ali mesmo, na rua. Nunca tinha provado nada parecido.

O garçom no café ao lado foi simpático conosco. Quando viu que eu não havia gostado muito do meu café, me trouxe uma xícara de chá de graça. Não estava muito bom — muito fraco e com muito leite —, mas eu o bebi, de qualquer modo.

Margaret perguntou onde ele achava que era o melhor lugar para começarmos a pedir carona.

— Vocês precisam ir para uma das estradas que levam para fora da cidade. — Ele nos disse, em um inglês razoavelmente bom. — Mas é bem longe daqui. Se esperarem um pouco, o meu primo vai vir tomar café e talvez possa lhes dar uma carona — o garçom nos aconselhou a ficar longe das cidades grandes.

— Muitos carros vão para Paris, mas é muito caro lá. Vocês vão encontrar acomodação mais barata nas cidades pequenas, e as pessoas vão ser mais amistosas com vocês.

De repente, a dimensão do que estávamos fazendo me atingiu. Não tínhamos ideia de quanto tempo iria levar para chegarmos a Roma, onde iríamos ficar, ou que tipo de pessoas iríamos encontrar. Apertando a minha mochila contra o peito, tudo o que eu queria era voltar para aquela balsa e atravessar o Canal da Mancha de volta para casa.

Margaret deve ter sentido a mesma coisa, porque disse baixinho:
— E se ninguém parar para nos dar carona?
Audrey franziu a testa. Nem mesmo ela parecia ter tanta certeza agora.
Mas o garçom riu.
—Três moças inglesas, bonitas como vocês, não vão ter nenhum problema, tenho certeza. — E nos trouxe mais bebidas quentes e um doce recheado de chocolate, de graça, que dividimos.

O primo dele era um homem mais velho, bastante malhumorado, mas concordou em nos levar até a saída de Calais em seu pequeno carro, e nos deixar em um bom lugar para pegar carona. Audrey sentou-se no banco da frente e dividiu seus cigarros com ele, enquanto lá atrás Margaret e eu olhávamos pela janela e tentávamos não pensar que ele estava dirigindo depressa demais.

Ele nos deixou ao lado de uma velha igreja de pedra, e, ao vê-lo se afastar rápido, senti-me abandonada, embora ele não tivesse parecido ser um homem muito bom e dirigisse de forma assustadora.

Audrey afofou os cabelos e passou mais batom, então, parou ao lado da estrada e esticou o polegar. Ficamos ao lado dela, sorrindo esperançosas cada vez que um carro se aproximava. Alguns passaram muito rápido, os motoristas nos ignorando, mas Audrey não parecia perturbada. Ela continuou lá, parada na estrada, com sua saia bonita, balançando o polegar e sorrindo para cada veículo que passava.

Afinal, um caminhão diminuiu a velocidade e encostou um pouco à nossa frente. Agarrando nossas mochilas, corremos para ele. O motorista disse que seu nome era Jean-Luc e que estava indo para Amiens. Audrey se virou para nós, assentiu animadamente e subiu na cabine, ao lado dele.

Jean-Luc dirigia em velocidade moderada. Sentadas no banco alto da cabine do caminhão, tínhamos uma visão perfeita da paisagem, das fazendas e dos pequenos vilarejos de Nord-Pas-de-

Calais e Picardie, com suas casinhas velhas de telhados íngremes e celeiros em ruínas. Margaret praticava seu francês, contando a ele que estávamos indo para Roma, mas eu me sentia contente só de olhar pela janela e tentar imaginar a vida das pessoas nas casas por onde passávamos.

Paramos em um dos vilarejos, e Jean-Luc nos levou a um pequeno café, onde as pessoas pareciam conhecê-lo. Ele insistiu em pagar uma taça de vinho tinto para cada uma e um prato de pão crocante com fatias grossas de presunto.

— Tínhamos concordado que não aceitaríamos comida de ninguém. — Lembrei a Audrey.

— Esqueça. — Ela disse. — Seria grosseria recusar. Quando chegarmos a Amiens, darei a ele um pacote de cigarros.

O presunto era suculento e delicioso, e nos sentamos ao sol enquanto comíamos, observando alguns homens idosos jogando *boules*. Havia muita risada e muito vinho tinto. Jean-Luc acenou para eles, mas continuou sentado conosco. Parecia quase orgulhoso de compartilhar a mesa com três jovens inglesas.

Quando estávamos na estrada outra vez, Margaret nos disse que Jean-Luc havia recomendado um lugar para ficarmos em Amiens, que era barato e limpo. Ele nos levaria lá se quiséssemos.

—Vocês acham que devemos tentar ir um pouco mais longe? — Perguntou Audrey. — Ver se ele pode nos deixar na saída da cidade, para pegarmos outra carona?

Margaret parecia incerta.

— Ele diz que Amiens é bem bonitinha. Teríamos algum tempo para explorar a cidade. Acho que não estamos com pressa, de qualquer modo, não é?

Então chegamos a um acordo e terminamos o dia de viagem em Amiens. A cidade era realmente tão bonitinha quanto Jean-Luc havia prometido. Havia uma velha catedral gótica e várias casas com toldos muito coloridos, espremidas entre o rio largo e uma rede de canais estreitos.

Fizemos uma refeição em um bistrô enfumaçado, ao lado de

um canal, onde o preço era fixo. A comida era pesada demais para mim, temperada com alho e cebola e com muito molho cremoso, mas Margaret comeu tudo o que eu não consegui terminar. Depois, o garçom trouxe um queijo de cheiro tão forte que nem Margaret conseguiu comer.

Caminhando de volta, ao longo do canal, para o nosso hotel, que era realmente limpo como Jean-Luc prometera, concluímos que o primeiro dia havia sido bom.

— Tomara que amanhã a gente também consiga uma carona logo. — Disse Margaret.

Eu também esperava. A ideia de ficar parada ao lado da estrada, o dia todo, com nossos polegares esticados, e ninguém parar, tinha se tornado o meu maior medo.

❧

Pieta olhou para o relógio e percebeu quanto tempo havia passado. A história de sua mãe havia preenchido metade da noite. Alguma coisa nela havia mudado ao revisitar as lembranças que tinha deixado intocadas por tanto tempo. Sua voz havia se tornado mais clara e menos rouca, e as linhas em seu rosto pareciam ter se suavizado. Às vezes deixava a agulha de lado e suas mãos se moviam ao compasso de sua voz, enquanto contava a história. Perdida no passado, ela parecia mais perto da jovem que fora um dia do que da mãe que Pieta conhecia.

— Quer que eu faça uma xícara de chá e um sanduíche para nós, *mamma*? — Pieta se levantou, e esticou as pernas doloridas.

Por um momento Catherine pareceu confusa, então, olhou para o pedaço de tecido que Pieta havia bordado com cristais brilhantes, e para a pequena parte que ela mesma havia feito.

— Oh, eu sinto muito. — Sua voz estava mais profunda, e ela soava como ela mesma outra vez. — Você está fazendo o trabalho todo sozinha, e eu só fico aqui sentada falando.

— Está tudo bem. — Pieta estava fascinada com a história. Não queria dizer nada que desencorajasse sua mãe a continuar. Enquanto cortava o queijo, picava os tomates e passava manteiga nas fatias de pão, a mente de Pieta brincava com a imagem das três lindas moças inglesas embarcando em sua aventura. Era difícil acreditar que uma delas havia se tornado sua mãe.

Capítulo 9

Elas terminaram de comer e beberam o chá, rapidamente. Depois, arrumaram tudo e limparam as mãos com cuidado antes de tocar no vestido de novo. Pieta estava surpresa com a quantidade de bordado que havia conseguido fazer. O trabalho estava perfeito, e os pequenos cristais absorviam a luz, fazendo o tecido parecer vivo, como ela sabia que ia ser.

—Vai ficar lindo, não vai? — Sua mãe disse. —Vai ser maravilhoso para Addolorata usá-lo no dia do casamento, sabendo que foi feito com amor.

Pieta olhou para as várias caixas ainda cheias de contas.

—Ainda há muito a ser feito.

— Eu sei. Vou tentar não me distrair e trabalhar um pouco mais rápido.

— Não foi isso que eu quis dizer, *mamma*. Está ficando tarde. Você teve um dia longo, e parece tão cansada. Vá para a cama.

— Não posso ficar deitada naquela cama enorme sozinha, pensando no seu pai no hospital. Prefiro ficar aqui e conversar com você.

Pieta pegou a agulha outra vez. Queria ouvir mais da história e não ia discutir.

— Me conte como foi viajar de carona através da França. — Ela pediu. —Vocês conseguiram pegar logo outra carona na manhã seguinte? Ou tiveram que esperar horas?

— Ah, você não quer realmente que eu continue com aquela história, quer?

Sua mãe curvou a cabeça sobre o bordado. Por algum tempo, não disse nada. Então, Pieta viu sua expressão mudar, seu rosto ficar mais suave e sua boca esboçar um meio sorriso. Devagar, ela começou a falar de novo.

Estávamos muito felizes com o primeiro dia de carona, e Audrey dizia que, se pudéssemos encontrar outras pessoas como Jean-Luc, não demoraria muito para chegarmos à Itália. Na manhã seguinte, comemos *croissants* e tomamos café de novo, como havíamos feito no dia anterior. Eu me lembro de ficar surpresa com o sabor do café. O que nós bebíamos em casa vinha de uma garrafa e tinha gosto de chicória. Acho que se chamava *Camp Coffee*, e não era nada parecido com essa mistura forte e mais amarga. Mas as outras duas pareciam gostar, então tentei me forçar a beber. Depois caminhamos por algum tempo, carregando nossas mochilas, até encontrarmos uma estrada movimentada.

Dessa vez Margaret esticou o polegar, e um carro parou bem rápido. O motorista só estava indo até o vilarejo próximo, mas entramos, de qualquer modo.

Pela hora do almoço, Audrey começou a ficar frustrada. Embora tivéssemos conseguido caronas em três carros diferentes, nenhum deles estava indo muito longe, e ela achava que não tínhamos progredido muito. Pouco a pouco, contudo, a paisagem começava a se modificar, e passamos a ver vinhedos em vez de fazendas. Verificamos o mapa que Margaret havia levado e percebemos que estávamos no distrito de Champanhe.

Afinal, pegamos carona com um casal de velhinhos que ia percorrer uma distância decente. Na parte de trás do carro antigo havia gaiolas cheias de galinhas, que cacarejavam e brigavam umas com as outras. Margaret não queria entrar, mas Audrey deu-lhe um empurrão.

Nós três nos espremevos no banco de trás. As molas já não existiam, e a estrada era cheia de buracos, então sacolejamos um bocado. A velhinha parecia bem preocupada conosco, e ficava se virando para nós e balbuciando alguma coisa em francês. Tudo o que Margaret conseguia entender era que eles eram fazendeiros, e que estavam indo para uma cidadezinha chamada Troye, onde tinham uma pequena fazenda.

Nós três apenas assentíamos e sorríamos, até que nossas bochechas começaram a doer, enquanto a velhinha tagarelava e as galinhas atrás de nós cacarejavam em resposta. Afinal, vimos uma placa que dizia Troye, e o fazendeiro dirigiu devagar por ruas estreitas, cheias de edifícios altos de madeira, passando por uma feira e um café com guarda-sóis listrados sobre as mesas.

— Deveríamos pedir a eles para parar aqui. — Sugeriu Audrey.

Margaret tentou, mas a velhinha apenas sacudiu a cabeça e tagarelou ainda mais depressa, enquanto o velhinho continuava a dirigir.

— Por que eles não querem parar? Você não acha que estão nos sequestrando, acha? — Perguntei, nervosa.

Quando o carro começou a corcovear por uma estradinha estreita, quase fomos atiradas de nosso banco. A velhinha dava pequenos gritos, mas seu marido apenas se inclinou mais sobre o volante e não disse nada.

Por fim, ele parou ao lado de uma casa de fazenda baixa, coberta de sebes, com um telhado inclinado. Havia galinhas e patos correndo por todo o pátio e alguns gatos velhos deitados ao sol. A velhinha se virou e nos deu um sorriso desdentado.

— *Nous sommes ici*. — Ela declarou.

— Chegamos. — Margaret traduziu. — Onde quer que isso seja.

Uma mulher mais jovem saiu da casa, secando as mãos em uma toalha de linho, e houve uma rápida conversa em francês, enquanto todos saíamos do carro. Foi um alívio esticar as pernas e escapar do cheiro forte das aves engaioladas, embora eu estivesse preocupada e tentando entender por que havíamos sido levadas até ali.

O casal de velhinhos nos levou para dentro e nos acomodou em volta de uma mesa de pinho, em uma sala pouco iluminada. Trouxeram uma bebida fria, com gosto de limão, e alguns biscoitos secos.

— Meus pais gostariam de lhes oferecer uma refeição. — Disse a moça, em um inglês hesitante. — E um lugar para passar a noite, embora seja apenas o nosso celeiro, e não seja muito confortável. Eu lamento.

Nenhuma de nós se sentia bem aceitando tanta bondade de estranhos. Tentamos recusar de maneira educada, mas a velhinha começou a mexer nas panelas e pegou uma grande caçarola.

— É inútil discutir. — Sorriu a moça. — Minha mãe já decidiu.

Então, naquela noite, comemos um ensopado feito com um coelho que eles próprios deviam ter matado. Ele havia sido cozido em fogo baixo, e a carne se despregava suavemente dos ossos, e o molho tinha gosto de cogumelos. Depois, dormimos enroladas em cobertores, sobre fardos de palha, no celeiro. Eles pinicavam, eram empoeirados e nos faziam espirrar, mas estávamos cansadas e dormimos a noite inteira. Na manhã seguinte fomos acordadas pelo som de galos cantando. A velhinha nos ofereceu pão, geleia e café forte, e então, pouco antes de partirmos, empurrou um pacote de papel marrom para os meus braços. Estava amarrado com barbante e cheio de ovos cozidos, presunto e queijo. Ela sorriu e meneou a cabeça. Acho que, afinal, havia percebido que não entendíamos uma palavra do que dizia.

Seu marido nos levou de volta para Troye, no seu carro caindo aos pedaços, mas desta vez não havia galinhas lá atrás.

— *Au revoir. Bonne chance.* — Ele disse quando nos deixou. Aquelas foram as únicas palavras que o ouvi dizer.

Encontramos outras pessoas boas, ao viajar pela França: garçons que nos davam pedaços extras de pão com a sopa; padeiros que colocavam um ou dois *croissants* a mais em um pacote para nós; motoristas que trocavam chocolates por cigarros. O garçom em Calais estava certo — era melhor na zona rural. — Talvez a guerra ainda fosse uma lembrança recente nas mentes das pessoas mais velhas ou talvez ficassem simplesmente encantadas pelo fato de sermos três moças jovens.

Minha maior lembrança da França são as montanhas. Alguns dos carros mais antigos em que viajamos lutavam para subi-las. Um francês nos fez cantar para a sua velha perua Citroën enquanto ela subia com dificuldade uma ladeira íngreme.

— É uma velha senhora. — Ele disse a Margaret. — Precisa de estímulo.

Comecei a gostar da França, as igrejas altas com suas torres de sinos, os campos cheios de lavanda. Comecei a gostar até mesmo da comida. Não toda, mas os sanduíches torrados, com queijo derretido e presunto macio, ou os doces cheios de manteiga e amêndoas. A única coisa que eu não conseguia suportar era ir ao banheiro. Muitas vezes tínhamos que ir nos bares de esquina, onde havia apenas um quartinho apertado nos fundos, com um buraco no chão e um espaço de cada lado onde você deveria colocar os pés. Eles não eram nada limpos, e passei péssimos momentos agachada sobre um buraco fedorento e desejando estar bem longe dali.

Muitos dos lugares onde dormimos não eram muito melhores que isso. Passamos a noite em uma cama infestada de pulgas.

—Vamos colocar as mochilas no alto do guarda-roupa. As pulgas com certeza não vão conseguir pular tão alto. — Disse Margaret. Sabíamos que não havia muito sentido naquilo, mas tentamos, de qualquer forma.

Quando nos aproximamos da fronteira suíça ficou mais difícil pegar carona, e esperávamos mais tempo entre uma e outra. Uma manhã, ficamos paradas ao lado da estrada por quase uma hora e respiramos aliviadas quando, afinal, um carro novo e brilhante parou à nossa frente.

— Droga, tem dois homens dentro do carro. — Disse Margaret, espiando pela janela de trás. — Eu não acho seguro. Será que devemos fingir que estamos indo para outro lugar?

Mas Audrey já havia tomado a frente e estava entrando no carro.

— São militares — ela cochichou para nós —, americanos. Entrem rápido.

Os rapazes tinham cabelos bem curtos, vestiam uniformes e tinham um mapa aberto entre eles.

— Talvez vocês possam nos ajudar, garotas. — Disse um deles, em voz alta, e com sotaque arrastado. — Estamos tentando localizar um lugar para onde nos disseram que deveríamos ir. Chama-se Douane, mas não estamos conseguindo achá-lo no mapa.

— Douane? — Perguntou Margaret. — Mas isso quer dizer alfândega. Vocês estão procurando pela fronteira suíça?

— Estamos, sim. — Eles pareceram aliviados, empurrando o mapa na direção dela. — Graças a Deus. Talvez você consiga entender isto.

Não era tão difícil, na verdade. Margaret e eu lemos o mapa e demos instruções a eles, e Audrey se sentou entre nós duas, inclinando-se para a frente e conversando com os soldados americanos. Quanto mais viajávamos, mais ela ficava animada, dividindo seus cigarros e jogando a cabeça pra trás, rindo das piadas deles.

Alcançamos a fronteira e mostramos nossos passaportes ao oficial. Estávamos finalmente em um novo país, a Suíça. Podíamos ver os Alpes cobertos de neve e vilarejos isolados aonde se chegava através de estradinhas que ziguezagueavam pelas montanhas. Os soldados estavam indo para a Itália, então viajamos juntos pelo Grand St. Bernard Pass. A vista das montanhas e dos lagos era de tirar o fôlego, mas Audrey não parecia notar. Estava ocupada demais conversando, fumando e rindo.

Quando nos deixaram, em Aosta, Audrey trocou endereços com eles e ficou parada na estrada, acenando, até que o carro desapareceu. Ela escondeu o rosto de nós, e acho que estava chorando um pouco.

— Eram bons rapazes. — Comentei.

A mão de Audrey apertava o bolso do seu cardigã, onde guardara o precioso pedaço de papel em que eles haviam escrito seus endereços.

— Acho que sim. — Ela disse, em uma voz sem inflexão.

Eu, porém, estava radiante. Finalmente estávamos na Itália, e eu podia ouvir a língua que Romeu havia nos ensinado, falada em toda parte ao nosso redor. O sotaque era diferente, algumas vezes seco, outras vezes quase choroso, mas era inquestionavelmente italiano.

— E agora? — Eu estava quase pulando de excitação. — Devemos tentar ir mais para o sul ou achar um lugar para passar a noite?

Audrey deu de ombros. Ela parecia não estar se importando muito com o que fazer.

— Vamos ficar aqui. — Decidiu Margaret. — Este é um lugar onde as pessoas vêm esquiar, portanto deve haver muitos quartos vazios agora, no verão. Tenho certeza que vamos encontrar algum lugar barato.

Encontramos um quarto no que parecia um chalé de montanha. Audrey foi direto para a cama, mas Margaret e eu ficamos acordadas, bebendo vinho e celebrando nossa chegada à Itália.

— Pobre Audrey; ela gostou de verdade daqueles soldados. — Eu disse, encostando-me em Margaret e sentindo-me aquecida pelo vinho.

— Ela vai conhecer um rapaz italiano bonito e esquecê-los num instante. Você vai ver. — Margaret parecia certa do que dizia.

Mas, à medida que viajávamos, Audrey parecia se retrair mais e mais. Puxava o cabelo para trás, em um rabo de cavalo grosseiro, e deixava que Margaret e eu cuidássemos de pedir carona. Chegamos a Gênova, e então seguimos a costa em direção ao sul, parando em Pisa, onde tivemos que arrastar uma entediada Audrey para ver a famosa torre inclinada. Margaret ficou viciada em beber pequenas xícaras de café preto e forte toda manhã, e, em Grossetto, ela finalmente comeu espaguete com ragu. Audrey comprou uma marca estranha de cigarros estrangeiros, que vinham em um pacote brilhante, e disse que eram muito fortes.

A Toscana era linda, mas eu queria chegar a Roma. Já estava cansada da vida na estrada e ansiava por parar por algum tempo em algum lugar, onde os rostos e as paisagens se tornassem familiares, e ter o conforto de algum tipo de rotina. Os montes, as torres em ruínas e as breves visões do mar que tínhamos na Toscana não eram suficientes para me manter viajando mais tempo do que o necessário.

Além disso, eu estava cansada de viver morrendo de medo da forma como os motoristas dirigiam. Alguns dirigiam muito depressa, outros devagar demais, e quanto mais para o sul nós íamos, mais imprevisíveis se tornavam. Cada um parecia ter o seu próprio estilo: uns se inclinavam sobre o volante, outros o seguravam displicentemente com uma mão só, e guiavam refestelados no banco.

Na manhã em que percorremos a estrada longa e reta que levava a Roma, estávamos rodeadas de flores. Tínhamos pegado carona com um motorista de perua que estava entregando uma encomenda de flores perfumadas e de cabos longos para o mercado em Campo dei Fiori.

— Acho que há uma *piazza* bem no centro de Roma. — Disse Margaret, lutando para abrir o mapa no espaço apertado. — Não poderia ser melhor, na verdade. Com certeza vamos encontrar uma *pensione* barata ali por perto.

O motorista nos deixou perto da Piazza Navona, e, com nossas mochilas penduradas nos ombros, caminhamos devagar, passando pelas fontes e pelos cafés cheios de turistas bem vestidos, bebendo café cremoso e suco de laranja fresco. Nós três nos sentíamos desarrumadas e não muito limpas. Não havia sido fácil lavar as roupas enquanto viajávamos — apenas a lavagem mais básica, das roupas de baixo, tinha sido possível. Portanto, naquele momento minhas calças estavam manchadas de chá e amassadas, e até mesmo a saia de verão de Audrey havia perdido um pouco da sua elegância.

— O que eu queria agora era estar vestindo roupas bonitas e sentar em uma daquelas mesas, vendo as pessoas passar. — Suspirei.

—Você vai fazer isso, mas não hoje. — Audrey parecia ter recuperado parte de sua animação, afinal. — Vamos seguir uma dessas ruazinhas laterais e ver se conseguimos encontrar um lugar para ficar. Depois poderemos tomar banho, lavar as roupas e ficar prontas para começar a explorar Roma, bem cedinho, amanhã.

Mergulhamos no labirinto de ruas estreitas, com calçamento de pedra, entre a Piazza Navona e o Rio Tibre, e começamos a bater na porta de cada *pensione* por onde passávamos. Os preços eram mais altos do que esperávamos, e decidimos continuar andando e procurando, como havíamos feito em Calais.

— Se o recepcionista for do tipo que oferece uma barganha, é melhor termos cuidado. — Eu disse. — Não vamos querer dormir com a cama encostada na porta todas as noites.

Margaret disse que estava se sentindo cansada e que tinha sede, e paramos por um momento em um pequeno bar de esquina. Era um lugar animado, com uma *jukebox* em um canto, pequenas cabines de telefone vermelhas ao longo de uma das paredes e muito metal cromado e espelhos. O proprietário falava italiano com um sotaque forte, difícil de entender.

— Eu sou grego. — Ele nos contou, estendendo-nos a mão por sobre o balcão. — Meu nome é Anastasio. Como vão?

Às vezes você simplesmente sabe que as pessoas são boas, e com Anastasio foi assim. Ele tinha um rosto grande, redondo e sorridente, e cabelos pretos e cacheados que pareciam escorregar do alto de sua cabeça e pousar em suas orelhas. Ficamos em pé ao lado do balcão, bebendo café, e dissemos a ele como havíamos chegado a Roma e que não tínhamos onde ficar.

— Há um lugar perto daqui que é muito barato. Muitas moças moram lá. Ele nos contou.

— É como uma pensão? — Margaret perguntou.

— Sim, é algo parecido. Se vierem comigo eu lhes mostro onde é. Vocês não vão conseguir encontrar sozinhas.

Ficamos paradas na esquina e ele apontou para um arco, cerca de quatro portas para baixo.

— Atravessem o arco e vocês vão ver uma ruazinha estreita. — Ele nos instruiu. — No final dela vão encontrar uns degraus, e no alto deles há uma porta. Batam e perguntem pela *signora* Lucy.

— Essa *pensione* não tem nome? — Perguntou Margaret.

— Não, acho que não. Não é um lugar que os turistas procuram, normalmente. As moças que moram lá são todas italianas.

A ruazinha era escura, e as escadas, mais escuras ainda. Eu não tinha muita certeza sobre aquele lugar, mas Audrey argumentou que, se fôssemos todas juntas, estaríamos seguras.

Como Anastasio havia prometido, encontramos uma porta no alto das escadas. Era velha e feita de madeira escura e pesada, com uma aldrava de bronze que há muito tempo não via polimento. Audrey bateu uma ou duas vezes, e afinal ouvimos as trancas deslizando. A porta se abriu um pouquinho.

— Sim? Quem é? — A voz da mulher era lenta e soava desconfiada.

Margaret falou:

— *Signora* Lucy? Queríamos saber se a senhora tem um quarto vago.

— Quantas vocês são?

— Somos três. Três moças inglesas.

A porta se abriu, e a mulher atrás dela nos olhou de cima abaixo. Nós a olhamos de volta. Ela vestia um roupão florido e desbotado, mas seu rosto estava meticulosamente maquiado com *blush*, pó compacto e batom, seus cabelos negros tinham reflexos avermelhados e estavam arrumados em cachos suaves. Usava grandes argolas de ouro e parecia glamourosa e formidável.

— Eu não alugo quartos por noite, só por semana. — Ela disse, séria.

— Está bem. — Margaret disse a ela.

— E quero uma semana de aluguel adiantado.

Assentimos.

Então ela olhou para cada uma de nós, com muita seriedade.

— Nada de rapazes, entenderam? Nada de rapazes aqui dentro, em hora nenhuma, de dia ou de noite. Esta é a regra, e se vocês a quebrarem, suas malas serão feitas e, vocês irão para a rua, e não terão direito a reembolso do aluguel.

Ela foi tão veemente que provavelmente parecemos surpresas, e ela começou a fechar a porta.

— Não, não, está tudo bem. — Margaret disse, rápido. — Nós entendemos, nada de rapazes. Não tem problema.

Ela abriu a porta de novo e nos deixou entrar. Estava tão escuro lá dentro quanto nas escadas. A *signora* Lucy nos levou por mais escadas, quatro ou cinco lances, até que chegamos ao topo do edifício.

O quarto que ela nos mostrou era espaçoso, com uma cama de casal e duas de solteiro. Havia uma janela pequenina, com vista para os telhados de Roma, e um banheiro coletivo no final do corredor. Era perfeito, Anastasio tinha razão — e também era o lugar mais barato que havíamos encontrado.

A primeira coisa que cada uma de nós fez foi mergulhar na banheira. Depois, começamos a lavar as roupas, torcendo-as e pendurando-as em uma cordinha que Audrey havia encontrado em uma loja próxima, e que esticamos de um lado a outro do quarto.

Exaustas, caímos na cama.

— Vamos voltar ao bar do Anastasio mais tarde e agradecer a ele. Disse Audrey, encostando a cabeça no travesseiro e fechando os olhos. — Talvez possamos comer por lá, também. Mas agora eu só quero deitar aqui e me sentir limpa por algum tempo.

Devo ter adormecido por algumas horas, e, quando acordei, estava desorientada. Podia ouvir mulheres italianas conversando e rindo em algum lugar do corredor.

— Audrey, você está acordada? — Sussurrei.

— Hum... estou. — A voz dela estava rouca.

— Vamos nos levantar. Quero ir à Fontana di Trevi.

Ela grunhiu.

— Me dê dez minutinhos.

Eu a deixei dormir mais um pouco, e então a chamei de novo — Audrey, Margaret, vamos, acordem. Vamos à Fontana di Trevi.

— Por que você está com tanta pressa? — Audrey reclamou.

— Quero jogar uma moeda lá, para voltar a Roma um dia. Margaret riu, sonolenta.

— Você acabou de chegar e já está preocupada em voltar.

Por algum motivo, eu estava mesmo. Havia sido uma longa e difícil viagem até lá, e chegar à cidade parecia irreal. Agora eu me sentia como se Roma pudesse ser arrancada de mim a qualquer momento se eu não tivesse cuidado. Jogar uma moeda na famosa fonte poderia ser uma espécie de seguro.

— Tudo bem, eu vou sozinha. — Eu disse.

Vesti a mais seca das minhas roupas, saí do quarto e desci as escadas íngremes da casa da *signora* Lucy. Margaret e Audrey provavelmente não acreditavam que eu fosse mesmo. Sempre fui a mais tímida do grupo.

Estava muito claro na rua, e eu fiquei parada, piscando, por alguns momentos. Então consultei o mapa de Margaret, decidi que dava para ir a pé e comecei a andar no que esperava que fosse a direção certa. Havia tantos prédios antigos, e lindas fontes em toda a parte. Era como andar pela história. Por algum motivo eu tinha imaginado que a Fontana di Trevi ficava no meio de uma grande *piazza*, e, quando a encontrei, espremida em um espaço entre prédios altos, fui pega de surpresa. Fiquei sentada por algum tempo, só olhando para ela. Acho que já sabia que seria para sempre um lugar especial para mim. Então achei uma moedinha no bolso e deixei-a cair com cuidado na fonte.

Teria sido agradável ficar ali um pouco mais, mas pensei que Audrey e Margaret poderiam estar preocupadas comigo. Então, voltei o mais rápido que pude e as encontrei no bar do Anastasio, gastando as moedinhas que tinham na *jukebox* e dançando. Um pequeno grupo de rapazes havia se juntado para ver a linda moça de cabelos louros platinados e sua bonita amiga ruiva. Anastasio estava ocupado vendendo a eles bebidas e sorvetes.

Passamos a semana seguinte explorando Roma, quase passando fome para fazer com que nossas economias durassem um pouco mais. Quando pagamos a segunda semana de aluguel adiantado para a *signora* Lucy, não sobrou muita coisa.

— E quanto àquela ideia que a Audrey teve, de darmos aulas de inglês? — Sugeriu Margaret. — Deve haver muitos italianos que gostariam de aprender. Talvez algumas das garotas que moram aqui se interessem.

Não víamos as outras moças que moravam na casa da *signora* Lucy com muita frequência. Elas pareciam ir e vir constantemente, e às vezes ouvíamos uma delas conversando ao telefone, no corredor do andar de baixo. Elas eram sempre muito glamourosas, usavam muita maquiagem, roupas espalhafatosas e sapatos de salto alto. Como a *signora* Lucy, algumas delas tinham reflexos avermelhados nos cabelos. Às vezes elas sorriam e diziam *"ciao"* para nós, mas nos sentíamos um pouco intimidadas com elas, até mesmo Audrey.

— Por que não colocamos um anúncio das nossas aulas de inglês no *Il Messagero*? — Sugeri. Muitas pessoas liam o jornal, e eu tinha certeza de que teríamos Algum retorno. Então, arranjamos tudo no dia seguinte. O anúncio dizia que éramos três moças de Londres, preparadas para dar aulas de inglês, e demos o número do telefone da *pensione*, já que acreditávamos que a *signora* Lucy não se importaria. A única coisa com que ela parecia se importar era que nenhum homem entrasse em sua casa. Ela ficava totalmente histérica se alguém tentasse.

O telefone começou a tocar muito, mas, como ficava vários andares abaixo, uma das garotas italianas sempre atendia primeiro. Algumas vezes nós as ouvíamos dizer as palavras *"fare una passeggiata"*, e então elas marcavam um dia para encontrar a pessoa que ligava. Nenhuma de nós entendia o que se passava. Foi então que Margaret ouviu uma delas falar ao telefone:

— Não, não, elas são moças decentes. Eu vou encontrá-lo.

Anastasio deu risada quando lhe perguntamos qual era o problema. Acontece que as moças glamourosas da casa da *signora* Lucy eram todas prostitutas, e era ali que começavam enquanto não conseguiam um lugar melhor. Nosso anúncio de aulas de inglês tinha sido completamente mal interpretado. Todas nós ficamos horrorizadas, em especial Audrey. De imediato ela foi comprar uma garrafa enorme de desinfetante, e passou horas esfregando o quarto.

— Nenhum homem esteve aqui, — Margaret argumentou. — A *signora* Lucy jamais permitiria.

— Eu sei, mas não vou correr nenhum risco. — Disse Audrey, espalhando mais desinfetante pelo quarto.

Acabamos não dando aulas de inglês a ninguém, mas também não nos mudamos da casa da *signora* Lucy. Nosso quarto era agradável, e nos sentíamos seguras lá. Além disso, começamos a conhecer as meninas, e elas eram simpáticas. Uma noite, a *signora* Lucy perguntou se nos importávamos se uma delas passasse uma noite em nosso quarto. Ela era uma moça bonita do interior, e acho que ela não trabalhava como prostituta há muito tempo. Ainda assim, Audrey pegou a garrafa de desinfetante no minuto em que ela foi embora.

Para assegurar que todos soubessem que éramos moças realmente decentes, Audrey esticou um varal bem no espaço entre os prédios. Depois, ela me fez pendurar todas as minhas calcinhas lá, como se fossem bandeirolas. Eu tinha seis, e elas eram enormes, feitas de algodão branco, e iam até a cintura. Mais tarde ouvimos as moças italianas rindo delas. Elas usavam minúsculas peças de renda colorida, e acho que nunca tinham visto nada parecido com as minhas calcinhas.

Capítulo 10

Anastasio era, de fato, um bom homem. Muitas vezes nós o vimos dando leite quente a velhos clientes, se achasse que pareciam doentes ou famintos. Ele deve ter percebido que estávamos com o caixa baixo quando paramos de ir ao seu bar para tomar café e dançar. Um dia ele gritou para Audrey na rua:

—Você trabalhou em um café na Inglaterra, não foi? Por que não vem trabalhar para mim?

Audrey pareceu desanimada:

— Eu realmente adoraria, mas meu italiano é terrível. E Margaret? Ela fala muito bem, melhor que eu.

Mas Anastasio queria Audrey. Acho que sabia que, com seu cabelo louro e seu rosto bonito, ela seria um chamariz para todos os homens jovens da região. E estava certo. Quando Audrey estava trabalhando, o pequeno bar ficava sempre cheio. Ninguém parecia se importar se ela se enganava ou trocava os pedidos. Nas noites quentes, se o lugar estivesse mesmo lotado, Anastasio ligava o *jukebox* e as pessoas acabavam a noite dançando na rua estreita, lá fora.

Era um alívio que Audrey estivesse ganhando algum dinheiro, mas não era o suficiente para manter as coisas funcionando. Todas nós estávamos parecendo maltrapilhas e precisávamos desesperadamente de roupas novas. Então, comprei um tecido florido barato no mercado e perguntei à *signora* Lucy se podia pegar sua máquina de costura emprestada. Fiz três saias, cada uma delas um pouco diferente da outra. A de Margaret alargava-se levemente a partir dos quadris, a de Audrey era mais justa e mais curta, e a minha era uma saia rodada, que fazia um belo movimento quando eu dançava. As meninas na *signora* Lucy ficaram intrigadas quando nos viram usando as saias. Margaret explicou que eu as havia feito, e elas começaram a trazer peças de tecido e a me pedir que fizesse saias e vestidos para elas também. Eu até mesmo costurei capas de almofadas e cortinas para a *signora* Lucy. A coisa se espalhou de tal forma que em pouco tempo, eu estava muito ocupada, costurando quase todos os dias. Eu não cobrava caro, mas estava ganhando um dinheirinho.

Margaret me disse que se sentia mal, porque era a única que não contribuía. Ela começou a pegar emprestado o jornal de Anastasio todos os dias para procurar na seção de empregos.

— Aqui tem um. — Ela disse, uma manhã, enquanto tomávamos café e dividíamos um doce.

— A condessa Cecília De Bortolo está procurando uma babá para ajudá-la com suas duas crianças encantadoras e para fazer serviços domésticos leves. Parece perfeito. Vou ligar rápido para ela, antes que contrate outra pessoa.

Mas, como em breve se descobriu, não era perfeito. As crianças nem sempre eram adoráveis e a condessa era muito distinta. Obrigava Margaret a usar um uniforme branco de saia comprida, e os tais serviços domésticos leves incluíam servir café e tortinhas para as visitas, como se ela fosse a empregada. Mas Margaret disse que o apartamento era lindo, com pé direito alto e chão de mármore, de modo que permanecia fresco mesmo nos dias mais quentes. E, em algumas manhãs, ela levava as crianças para os jardins na Villa Borghese e, enquanto elas andavam de bicicleta, ficava sentada junto a uma fonte.

As semanas passavam depressa demais, e estávamos tão ocupadas que mal nos víamos. Às vezes eu me sentia muito só por ficar costurando em nosso quartinho por horas a fio, todos os dias.

— Sabe uma coisa que nunca fizemos? — Audrey disse, numa rara tarde de domingo em que estávamos todas juntas. Nunca estivemos naqueles cafés da Piazza Navona, onde Catherine disse que queria ir logo no nosso primeiro dia.

— Mas são tão caros. — Disse Margaret. — Um café custa seis vezes mais do que no Anastasio. Deus sabe o eles devem cobrar pela comida.

— Mas é pela experiência, sabe? — Audrey argumentou. — Vamos vestir roupas bonitas, passar batom, ir até lá e sentar ao lado dos ricos. Ah, podemos nos dar ao luxo de fazer isso uma vez.

Margaret estava um pouco farta de pessoas ricas, mas ela sabia o quanto eu queria ir.

— Suponho que uns poucos cafés não vão nos levar à falência.

— Concordou.

Nós ríamos enquanto nos arrumávamos. Audrey me maquiou, escolhendo cores mais ousadas do que eu jamais usaria. Me senti um pouco como as meninas da *signora* Lucy, mas ela não me deixou limpar o rosto. Depois, escolhemos nossas roupas. Naquela altura, eu já havia costurado bastante para nós, então não tínhamos que usar nossas saias floridas, nem as roupas surradas com as quais chegáramos. Quando acabamos de nos vestir, parecíamos muito sofisticadas, e até uma das meninas da *signora* Lucy assobiou para nós quando nos viu saindo.

Tudo o que dizem sobre os homens italianos é verdade — os beliscões no bumbum, até mesmo os assovios entre os dentes, que não são nada agradáveis. Passáramos por isso desde que chegáramos a Roma, e, apesar de ser um pouco lisonjeiro no começo, logo se torna cansativo. As três juntas, todas muito arrumadas, chamavam uma atenção sem precedentes. Era uma caminhada curta entre a *pensione* da *signora* Lucy e a *piazza*, mas, quando afinal chegamos lá, já estávamos realmente aborrecidas com os beliscões.

— Sério, eles acham que gostamos disso? — Margaret perguntou, enojada. — Como se eu fosse aceitar sair com qualquer homem que se comporta desse jeito.

— Bem, apesar disso, alguns deles são lindos. — Refletiu Audrey.

— Eu não quero saber. — Margaret declarou. — Não importa quão bonitos eles sejam se não conseguem manter suas mãos sob controle.

Escolhemos um café próximo a uma das fontes, o garçom nos indicou uma mesa vazia e anotou nosso pedido. Era uma delícia sentar ali e observar as pessoas passeando.

— Bebam este café o mais devagar que puderem. — Audrey nos disse. — Façam com que dure.

Todas as mulheres em volta de nós estavam lindamente vestidas, os cabelos macios e as unhas feitas. Seus perfumes almiscarados misturavam-se ao ar morno, e nós três ficamos sentadas ali, em silêncio, ouvindo suas risadas e o tinir dos copos e da louça, enquanto consumiam aquela comida cara.

De repente, Audrey sorriu.

— O que foi? — Margaret perguntou.

—Vê aqueles rapazes ali? O magrinho com a pele mais escura e aquele que parece que precisa perder alguns quilos? Bem, é a terceira vez que passam por nós, e ambos estão encarando Catherine.

— Bobagem. — Eu disse. Audrey era quem atraía toda a atenção, e, depois dela, Margaret. Algumas vezes pensava que os garotos só me beliscavam porque se sentiam obrigados.

Mas, na quarta vez que eles passaram por nós, eu dei uma boa olhada e, realmente, parecia que estavam me encarando.

Comecei a rir.

— Eles devem pensar que somos turistas ricas porque estamos sentadas aqui, tomando café, em vez de ficar de pé no bar.

Margaret riu também, mas depois notou que os dois estavam demorando ao lado da fonte, fumando. E, de vez em quando, olhavam em nossa direção.

— Ah, não, eles estão esperando por nós. Aposto que vai haver um frenesi de beliscões quando sairmos do café.

— Bem, só há uma solução para isso: vamos ter que tomar outro café. — Disse Audrey. — Talvez se cansem de nos esperar.

Mas eles ainda estavam lá quando saímos. O magrinho passou na frente de seu amigo:

— Desculpe, senhora. — Ele me chamou. — Posso falar com você?

Talvez tenha sido o tom polido que ele usou, esforçando-se para pronunciar as palavras em inglês de forma apropriada. Ou talvez tenha sido porque foi o primeiro homem que se aproximou de mim sem tentar me beliscar. Fiquei surpresa comigo mesma, pois me virei para ele e disse:

— Sim, tudo bem.

Seu amigo se juntou a nós, e todos demos uma volta em torno da *piazza*, conversando enquanto andávamos. Eles nos contaram que seus nomes eram Gianfranco e Beppi, e que eram garçons em um grande hotel das redondezas.

— Muito fino e *caro*. Beppi, o magrinho, disse com seriedade.

— Eu sou apenas um garçom, mas meu amigo Gianfranco é *chef de rang*. Ele é importante.

Gostei dele logo de cara. O outro, Gianfranco, parecia solene, quase mal-humorado, mas Beppi tinha um sorriso sempre pronto e um rosto bom. Ele me contou que não estava há muito tempo em Roma, e que não conhecia muitas pessoas.

— Gianfranco é meu único amigo. Ele e eu nos conhecemos desde crianças. Viemos da mesma vila, Ravenno. Fica nas montanhas de Basilicata. Lugar muito lindo. Um dia eu a levarei lá.

Eu sorri educadamente, e me perguntei por que os homens italianos achavam que tinham que ser tão ridiculamente efusivos com as mulheres. De qualquer forma, pelo menos ele e Gianfranco estavam mantendo as mãos longe de nós. Demos quatro ou cinco voltas pela *piazza,* e então Beppi virou-se para mim e disse:

— Amanhã é meu dia de folga, mas Gianfranco tem que trabalhar. Eu vou ficar sozinho. Talvez você queira vir comigo, explorar Roma? — Ele conseguiu soar ao mesmo tempo desamparado e esperançoso. — Não me obrigue a passar o dia todo sozinho. — Ainda acrescentou, teatral.

— E aonde iríamos? — Eu lutava para resistir.

Ele sorriu.

—Vou levá-la para fazer um *tour* e mostrar-lhe o mundo. — Declarou, imponente.

Audrey demonstrou interesse.

— Parece ótimo. Queria poder ir também, mas estarei trabalhando.

— Eu também. — Margaret pareceu desapontada.

— Então está combinado. Só você e eu, Catherine. — Beppi cantarolou alegremente.

— Encontro você às dez horas, na fonte perto do café. Vamos ter um dia maravilhoso juntos.

Enquanto eles se afastavam, notei Gianfranco se virando para olhar para mim. Havia algo nele que me fazia acreditar que estava bravo.

※

Pieta estava contente que seu pai, afinal, tivesse entrado na história. Embora já fosse muito tarde, queria ouvir mais.

— Então me conte o que aconteceu nesse encontro. Ela pressionou a mãe, ansiosa. — Qual foi a peça que ele pregou em você?

— Não, não, estou cansada demais, preciso dormir agora. — A mãe dela murmurou. — E você também deve estar. Vamos deixar de história e ir dormir. Amanhã de manhã quero comprar comida e levar para o seu pai. Dá para imaginar o que ele vai achar do que eles servem no hospital?

Pieta se sentiu culpada.

— Eu a mantive falando até muito tarde.

— Foi bom relembrar. Mas agora preciso dormir. Vou ajudá-la amanhã de novo, desde que seu pai não precise de mim.

— E você vai continuar me contando? Podemos recomeçar de onde paramos hoje.

— Talvez. Vamos ver.

Capítulo 11

Pieta acordou cedo demais. Ainda levaria mais de uma hora até sua mãe se levantar. Desceu as escadas para fazer uma xícara de café e bebeu o líquido escaldante sentada no degrau da porta dos fundos. O céu já estava clareando, e ela podia apostar que seria um dia quente. Preencheu o tempo zanzando pela cozinha, preparando a mesa para o café da manhã de sua mãe: seu cereal favorito, uma jarra de leite, uma tigela e uma colher, e o jornal dobrado ao lado. Depois foi fazer um bule de chá.

Mas, quando sua mãe desceu, estava vestida para sair.

— Eu não quero café. — Disse, de forma brusca. — Quero chegar ao hospital o mais rápido possível.

— Pelo menos tome uma xícara de chá.

— Não, não. — Ela estava determinada. — Quero ver se consigo falar com o médico e descobrir o que vai acontecer com o Beppi. Se ele estiver bem, volto para casa à tarde. Você deve ficar aqui e continuar a trabalhar no vestido.

Pieta bebeu o chá sozinha. A casa estava quieta, e não havia sinal de Addolorata, que devia ter fugido para a casa de Eden na noite anterior. Era provável que não quisesse ver ninguém naquele momento.

Uma parte de Pieta se ressentia de ficar trancada no quarto de costura abafado, com o vestido de noiva de sua irmã; mas, quando começou a trabalhar nele, a sensação de ressentimento desapareceu. Enquanto costurava, pensava na história que havia ouvido na noite anterior. Parecia algo que havia acontecido com estranhos, não com pessoas que ela conhecia. Pieta estava impaciente para ouvir mais. Queria saber como seus pais haviam se apaixonado e, mais ainda, como haviam se tornado as pessoas que eram hoje.

Quando sua mãe retornou, naquela tarde, seus olhos estavam vermelhos, e Pieta suspeitou que estivera chorando.

— O que foi que os médicos disseram? Más notícias? — Ela perguntou, de maneira apressada.

— Não, não é nada disso. — Sua mãe tentou acalmá-la. — É só que seu pai parecia tão melhor esta manhã que pensei que o pior já havia passado.

— E não passou?

— Eles ainda querem fazer algumas coisas, raio-X do coração e das veias. Talvez colocar aquele tubinho na artéria dele, para mantê-la aberta de modo que o sangue possa fluir direito. Eles dizem que fazem esse tipo de coisa toda hora, mas...

— Mas o quê?

— Existem riscos. O médico me disse que menos de dois por cento das pessoas morrem durante o procedimento, mas ainda são algumas pessoas, não são? E se o Beppi for uma delas?

—Você não pode pensar assim, *mamma*. — Pieta também estava muito preocupada, mas tentava não demonstrar.

— Eu não posso evitar. — O rosto de sua mãe se descompôs, e por um momento ela parecia uma criança assustada. — O que eu faria sem ele, Pieta? Como viveria?

Pieta tomou a mãe nos braços e elas ficaram ali, juntas, mais próximas fisicamente do que haviam estado em muito tempo, e sentindo a mesma coisa.

— O que é que você quer que eu faça? — Pieta quebrou o silêncio. — Quer que eu volte para o hospital com você? Quer que eu fale com o médico para ter certeza de que vão fazer a coisa certa para o *papa*?

— Não, não devemos tomar mais tempo dele. Ele é uma pessoa ocupada. E, de qualquer modo, seu pai decidiu que é isso o que ele quer. Precisa se sentir forte de novo. Ele está decidido.

Por algum tempo, elas ficaram na cozinha. Pieta fez um bule de chá e esquentou um pouco de sopa que havia no *freezer*, mas sua mãe não pareceu muito interessada em nenhuma das opções.

— E quanto ao casamento? — Pieta perguntou, observando a mãe mexer a sopa com a colher. — Talvez Addolorata devesse adiá-lo.

— Eu não sei. Se as coisas correrem bem, Beppi vai ficar no hospital por poucos dias. Vai estar bem a tempo para o casamento. Mas se...

— As coisas vão correr bem. — Pieta insistiu. — Elas têm que correr bem. Então vamos manter os planos do jeito que estão, certo?

— Tudo bem. — Sua mãe ainda estava brincando com a comida. — Se você acha melhor...

— Deixe isso. — Pieta tirou a tigela, ainda cheia, da frente dela, colocou-a na pia e limpou a mesa suja com um pano de prato.

—Vamos lá para cima ver o quanto eu já avancei no vestido. Está ficando muito bom.

Quando estavam no quarto de costura, sua mãe não resistiu e pegou uma agulha e ocupou o lugar de costume à mesa. Pieta sentou-se ao seu lado, e elas começaram a bordar juntas, em silêncio, ambas não querendo pensar num mundo sem Beppi.

— Trinta anos nós estivemos juntos. — Catherine parou por um momento. — É difícil acreditar que tenha passado tão rápido.

— Me conte sobre a primeira vez que saiu com ele. — Pieta pediu, bordando mais um cristal no vestido. — Você deve ter ficado tão nervosa.

— Nervosa? Sim, é claro que eu estava. — Desta vez sua mãe não pareceu tão relutante em compartilhar a história. Sua voz ficou mais suave quando começou a falar.

☙

Eu estava terrivelmente ansiosa com aquele primeiro encontro. Não é que nunca tivesse saído com um rapaz antes. Havia flertado com alguns ingleses decentes. Mas eles sempre haviam feito tudo do modo apropriado, indo conhecer meus pais primeiro e me levando para casa depois, na hora certa. E com eles nunca tinha me sentido do jeito que me sentia com Beppi. Eu gostara muito dele e estava desesperada para que gostasse de mim da mesma forma.

| 113

Audrey e Margaret ficaram animadas com o meu encontro, mas eu estava em pânico.
— Não posso sair sozinha com ele por um dia inteiro. Sobre o que é que vamos conversar esse tempo todo? — Eu repetia.
— Ele vai levar você a uma exposição, e haverá muitas coisas para ver e discutir. De qualquer modo, talvez vocês não queiram passar o tempo todo conversando. — Comentou Audrey, com um sorrisinho maroto.
Para decidir o que eu ia vestir, colocamos todas as nossas roupas em cima das camas. Escolhi minha saia florida, uma blusa azul bonitinha e um par de sandálias que eu havia comprado no mercado, e que nós três nos revezávamos para usar.
— Eu faço a sua maquiagem de novo. — Ofereceu Audrey.
— Não. — Sacudi a cabeça. — Eu quero parecer natural.
Naquela noite acordei várias vezes, lembrando de Beppi, seu corpo esbelto, o castanho profundo de seus olhos e seu sorriso, é claro, com a linha simétrica de dentes brancos que, eu soube depois, eram fortes o suficiente para quebrar uma noz.
Acordei cedo, nervosa. Não demorei muito tempo para me arrumar, mesmo levando séculos para passar um dos lápis de Audrey no arco da minha sobrancelha, escurecer os cílios, dar um tom de rosa aos lábios e, então, lavar o rosto de novo. Havia muito tempo de sobra, e parei no bar do Anastasio para um café.
Audrey já estava lá, e me dirigiu um olhar perspicaz.
—Você está bonita.
— Obrigada.
Ela podia ver que eu estava ansiosa, e me serviu doces e café com leite, até que era quase hora de ir. Então, empurrou os óculos de sol por cima do balcão e disse:
— Use isto aqui hoje, você fica bem com eles. E divirta-se.
Beppi estava esperando por mim na *piazza*, andando de um lado para o outro e parecendo impaciente. Atrasei o passo, escondida entre a multidão, e o observei por um momento. Ele também havia caprichado na aparência, controlando os cabelos

escuros e rebeldes com Brylcreem e passando com cuidado a camisa branca de mangas curtas. Mesmo assim eu não conseguia andar os poucos passos até ele.

Então ele me viu, e um sorriso mudou seu rosto.

— *Bella* Caterina, você está aqui. — Me beijou de leve em ambas as faces. — Estou tão feliz em ver você. Havia uma pequena parte de mim que estava com medo que não viesse.

— Então, onde é essa exposição? — Perguntei.

— Precisamos tomar o metrô. Não se preocupe, é fácil.

Ele insistiu em pagar a minha passagem, e, enquanto o trem balançava e rangia por entre os túneis, segurou a minha mão, mas de maneira tão suave que eu poderia me afastar dele, se quisesse. Descemos em uma estação chamada *Esposizione*.

— Este não é o termo em italiano para exposição? — Perguntei a ele.

— Sim, está certo. — Ele concordou, e vi outro *flash* rápido daqueles dentes brancos e fortes.

Pensei que ele me levaria a um museu ou a uma galeria, e, quando saímos da estação, fiquei confusa. Aquela era uma parte nova da cidade, com avenidas amplas e edifícios de apartamentos modernos. Não havia nenhum museu ali.

Ele me levou para um pequeno parque e parou em um banco perto de uma fonte. Com um floreio, tirou algo do bolso e, desdobrando o objeto, colocou-o no banco. Fiquei surpresa ao ver um mapa-múndi.

— Aqui estamos. Por favor, sente-se. — Disse. Seu tom era educado, mas ele estava sorrindo abertamente.

— Eu não estou entendendo. Onde está a exposição?

— Nós estamos em *Esposizione*, e aqui estou eu, mostrando o mundo para você. Vê? — Indicou o mapa e começou a rir, mas, quando viu a expressão em meu rosto, parou. — Me desculpe, Caterina, foi uma brincadeira. Você não achou graça?

— Não muita. — Eu queria ir embora, mas não sabia se encontraria o caminho de volta. — Você me fez parecer uma boba.

— Me desculpe. — Ele repetiu, e não estava mais sorrindo. — Eu queria tanto passar o dia com você... Gianfranco me disse que era um erro. Ele disse que você ficaria zangada. Mas eu estava tão certo de que a faria rir...

— Ainda não entendo. Por que não me levou ao Coliseu ou à Escadaria Espanhola?

Ele franziu o cenho.

— Todo mundo vai para esses lugares, todos os turistas. Achei que precisava inventar algo especial para que você tivesse vontade de passar mais tempo comigo e gostasse de mim.

Eu não conseguia pensar no que fazer, então me sentei no mapa-múndi. Beppi se sentou ao meu lado, como se estivesse desesperado para segurar minha mão outra vez. Esticou seus dedos na minha direção, através do mapa. Observei enquanto eles percorriam uma parte ampla do oceano azul e, apesar de tudo, comecei a rir. Quando comecei, foi impossível parar. Beppi pareceu inseguro por um momento, e então se juntou a mim. Nós rimos até que as lágrimas escorreram pelos nossos rostos, e as pessoas passavam depressa por nós, olhando na direção oposta.

— Da próxima vez eu levo você ao Coliseu. — Ele prometeu, quando o nosso ataque de riso começou a parar. — Ou à Escadaria Espanhola.

— Mas não a exposições.

— Não. — Ele concordou.

Eu o deixei pegar minha mão novamente, e nós conversamos até ficarmos com fome. Então encontramos um pequeno bar que vendia sanduíches e voltamos para o parque, para conversar mais. Ele me contou que seu pai havia morrido quando ele era pequeno, e sua mãe havia lutado para criá-lo. Ele saíra de casa para fazer o serviço militar e permanecera em Roma depois disso, trabalhando no hotel com Gianfranco e enviando a maior parte do dinheiro que ganhava para a mãe e a irmã, em casa.

Em troca, contei a ele sobre a minha vida. Ela parecia terrivelmente entediante até que cheguei à parte sobre a nossa viagem de carona até a Itália.

Então deixei que ele me beijasse, tão suavemente como havia segurado a minha mão. Foi adorável, mas, quando os braços dele apertaram minha cintura, eu soube que tinha que me comportar como uma boa moça e me afastei, dizendo:

— Não, não.

Quando começou a escurecer, ele me levou de volta de metrô, e fomos andar pela Piazza Navona mais uma vez, olhando as pessoas ricas sentadas às mesas dos cafés, nas calçadas.

— Não sou como eles, você sabe. — Eu lhe disse.

Ele sorriu, e me beijou levemente a face.

— Ainda não, talvez. — Ele disse.

Audrey me disse que eu era patética, mas eu não conseguia parar de falar em Beppi. Ele ocupava a minha mente o dia todo enquanto eu costurava sozinha em nosso quarto, e logo que tinha companhia começava a falar nele de novo. Não era exatamente sobre a sua aparência; era mais sobre o fato de que eu nunca tinha me sentido tão confortável com um rapaz antes. Talvez aquela brincadeira ridícula de me mostrar o mundo tivesse quebrado o gelo, mas o fato é que eu sentia que podia falar com Beppi tão abertamente como falava com Margaret ou Audrey. No seu próximo dia de folga ele iria me mostrar o Fórum Romano, e eu não podia deixar de imaginar se pegaria a minha mão enquanto andávamos pelas ruínas.

— Como é que ele fala tão bem inglês? — Margaret estava desconfiada. — Ele não disse que é de um vilarejozinho nas montanhas, lá no sul? Isso não faz sentido para mim.

Eu o defendi.

— Bem, ele já mora em Roma há algum tempo, não é? Talvez tenha convivido um pouco com outros ingleses.

Margaret revirou os olhos:

— Aposto que sim.

— O que você quer dizer com isso?

— Honestamente, Catherine, você é tão inocente. Não é óbvio? Você não é a primeira garota inglesa para quem o seu Beppi mostra o mundo.

— Eu não vou vê-lo de novo então, se é isso que você pensa.

— Eu estava à beira das lágrimas.

Audrey suspirou.

— Não estamos dizendo isso. Só não se apaixone loucamente por ele depois de um único encontro, só isso.

Concordei que não o faria, mas é claro que já era tarde demais. Beppi havia me encantado, e eu passava metade do tempo lembrando o nosso primeiro encontro e a outra metade imaginando o próximo.

Assim, quando fui encontrá-lo na nossa fonte na Piazza Navona e encontrei seu amigo Gianfranco lá também, fiquei desapontada. No início, achei que Gianfranco iria tomar um café conosco e depois seguiria o seu caminho. Mas ele ficou conosco, vagando pelas ruínas do Fórum e depois nos seguindo até o Coliseu.

— Espero que você não se importe. — Disse Beppi quando Gianfranco foi comprar sorvete e nos deixou sozinhos por alguns momentos. — Era o dia de folga dele também, e eu não queria que ele o passasse sozinho.

— Não, é claro que não, estou feliz que ele tenha vindo. — Menti.

Quanto mais eu conhecia Gianfranco, menos gostava dele. Havia algo errado no jeito de ele se comportar com Beppi. Ele agia de forma superior. E sempre parecia estar se exibindo, lembrando-nos de que tinha um emprego mais importante e que ganhava mais dinheiro. Era bem óbvio que pensava que era o líder. Mas Beppi não parecia se importar, ou talvez apenas não notasse.

Eu nunca sabia quando Gianfranco estaria lá, esperando junto à fonte ao lado de Beppi, com uma expressão rabugenta e teimosa. Ele nos acompanhou pelos jardins da Villa Borghese e caminhou conosco pelas ruas estreitas de Trastevere. Estava lá quando eu vi a Capela Sistina pela primeira vez e até se sentou conosco na Fontana di Trevi. Eu sempre fingia que estava feliz com a companhia dele. Mas toda vez que eu deixava a casa da *signora* Lucy e caminhava até a nossa fonte, rezava para encontrar Beppi sozinho. Inventei rituais e presságios. Se eu tomasse um café e não dois, ele não estaria lá. Se eu visse três freiras na rua, encontraria Beppi sozinho. Coisas bobas, mas comecei a acreditar nelas.

Nós víamos muito mais de Roma quando Gianfranco estava por perto. Visitávamos museus e galerias e andávamos quilômetros. Uma vez ele insistiu que parássemos para tomar chá e comer bolinhos no Grand Hotel, onde ele trabalhava. Parecia tão orgulhoso de estar lá, puxando a carteira e fazendo questão de pagar a conta. Mas eu me sentia deslocada, sentada em uma cadeira desconfortável e enfeitada demais, cercada de colunas de mármore e pinturas a óleo de pessoas que haviam morrido há muito tempo.

Quando Beppi e eu estávamos sozinhos, frequentemente não íamos muito longe. Caminhávamos somente até a Fontana di Trevi e nos sentávamos lá, conversando por metade de uma tarde. Quando escurecia e as luzes da rua se acendiam, ele segurava a minha mão e me dizia coisas doces, e eu deixava que ele me beijasse. Uma vez nós ficamos lá até tão tarde que os garis nos pediram para irmos embora.

Audrey e Margaret já haviam desistido de me passar sermão, mas, às vezes, nós três ficávamos na cama conversando sobre Gianfranco. Nenhuma de nós conseguia entender por que ele insistia em nos acompanhar. Era muito frustrante, porque tudo o que eu queria era ficar sozinha com Beppi.

— Vamos sair no sábado. Eles vão me levar para uma colina, de onde há uma vista maravilhosa de Roma. Você vem também, Margaret? — Implorei a ela. Estava muito escuro para que eu pudesse ver a expressão no seu rosto, mas sabia que estava fazendo uma careta. — Por favor. — Pedi de novo.

— Oh, Catherine.

— Vai ser divertido. Vamos tomar sorvete e podemos tirar fotos.

— Mas eu nem gosto do Gianfranco. Ele é gordo e sempre parece estar se sentindo infeliz. Se eu for, ele vai pensar que estou interessada nele.

— Não, não va.i — Prometi. — Eu vou dizer o que o Beppi sempre diz, que é o seu dia de folga também, e que eu não queria que você ficasse sozinha.

Audrey fez um som abafado de ronco. A cabeça dela podia estar escondida sob as cobertas, mas estava escutando.

— Por que você não pede a Audrey que vá, em vez de pedir a mim? — Margaret resmungou.

— Porque eu sei que ela vai recusar. — Admiti. — Oh, por favor, Margaret, por favor.

Ela era boa demais para dizer não. Então, na manhã de domingo, encontramos Beppi e Gianfranco na fonte. Eles haviam pedido emprestado duas Vespas de colegas do hotel, e nós subimos nas garupas. Coloquei os braços em torno da cintura de Beppi, e vi Margaret olhar para mim e relutantemente fazer o mesmo com Gianfranco.

Costuramos por entre o tráfego, Gianfranco na frente, buzinando bastante. Eu achava que ele estava se mostrando.

— Diga-lhe para ir mais devagar, Beppi. Não estamos com pressa, não é? — Gritei, mas ele não deu ouvidos.

Era uma manhã quente, com vento suficiente para embaraçar meu cabelo, enquanto as Vespas subiam o monte íngreme. Quando chegamos ao topo, fiquei feliz de ter ido. Havia uma antiga balaustrada de pedra e, além dela, uma vista de Roma como eu nunca tinha tido antes.

Estava tudo ali — os domos, as fontes, os telhados desmoronados e o rio serpenteando pela cidade. Então, os sinos das igrejas começaram a tocar, ecoando até nós.

— *Bella*, hein? — Beppi disse.

Encostei a cabeça no ombro dele e procurei sua mão.

— Sim, *bella*.

Gianfranco comprou para todos um café doce e forte, em copos de papel, em uma pequena cafeteria à beira da estrada, e caminhamos juntos ao longo da balaustrada. Percebi que ele parecia estar evitando Margaret. Pouco olhava para ela, e, quando ela lhe fez uma pergunta, em seu italiano quase perfeito, ele deu de ombros e resmungou algo em resposta.

Beppi jogou o copo vazio em uma cesta de lixo e apertou minha mão.

— Caterina, eu tenho uma coisa para contar a você. — O tom era sério.

— O quê? — Será que ele ia me dizer que não queria mais me ver? Alguma daquelas outras garotas inglesas tinha voltado? Eu sabia que minha voz soara assustada. — O que aconteceu?

— Não tenho notícias muito boas. — Ele me disse. — Recebi uma carta da minha irmã, Isabella. Ela disse que nossa mãe está doente há semanas. Ela tem um coração fraco, e isso sempre causa problemas. Mas desta vez Isabella pareceu muito preocupada. Quer que eu volte para casa, para Ravenno.

— Por quanto tempo?

Ele deu de ombros.

— Eu não sei.

— E quanto ao seu emprego?

Ele fez uma careta.

— Não vão segurar o lugar para mim. Mas há outros hotéis. Eu vou encontrar trabalho quando voltar.

— Você vai voltar, então? — Não podia esconder a esperança na minha voz.

Ele passou as pontas dos dedos pelo meu rosto.

— Sim, é claro que vou voltar, Caterina. E não se preocupe: me certifiquei de que você não vai ficar tão sozinha enquanto eu estiver longe. Pedi a Gianfranco que cuidasse de você.

Pode parecer um clichê, mas, realmente, senti meu coração falhar uma batida.

— Não quero ser um incômodo. — Eu disse. Estava sendo educada, mas Beppi não entendeu.

— O tempo vai estar bom o suficiente para ir à praia em breve — Ele disse. — Gianfranco vai levar você.

— Mas eu não quero ir à praia com Gianfranco. — Sussurrei. —

Quero ir com você. —Vi Gianfranco me dirigir um olhar sombrio, mas não me importava se ele havia me ouvido.
— As praias aqui não são nada. — Beppi disse. — Espere até você ver o que há lá no sul. Eu vou levar você lá algum dia, prometo.
— Mas não desta vez?
— Não. — Parecia arrependido. — Minha mãe está doente. Ela quer ver o filho.
— Quando você vai partir?
— Amanhã de manhã, bem cedo. Então hoje é a nossa despedida. Mas Gianfranco vai cuidar de você e mantê-la segura até eu voltar.

Parei de tentar não chorar. Beppi não pareceu se importar com as minhas lágrimas. Ele as enxugou com um lenço que Margaret lhe emprestou, e então beijou minhas faces úmidas.
— Gianfranco vai tomar conta de você. — Ele repetiu.

Capítulo 12

Eu teria evitado Gianfranco se pudesse. Mas o meu mundo em Roma era pequeno, e ele sabia onde me encontrar. Na maioria das manhãs eu ia cedinho ao bar do Anastasio, para tomar café e conversar com Audrey, enquanto o lugar ainda estava calmo. Ela dobrando o expediente, para ganhar um dinheiro extra, e estava economizava o máximo que podia. Até havia parado de gastar tanto com seus preciosos cigarros e estava fumando apenas um ou dois por dia. Não nos explicou por quê, mas eu notei que estava escrevendo para um dos soldados americanos que havíamos encontrado enquanto pedíamos carona. Ele havia deixado o Exército e tinha voltado para casa, em Nova York. Eu imaginava se Audrey estava juntando dinheiro para ir para lá, mas não tive coragem de perguntar a ela. Eu detestava a ideia de o nosso pequeno trio se separar.

Suponho que, de certa forma, isso já havia acontecido. Alguns dias depois de Beppi partir, Margaret viajou com a Condessa e sua família. Eles passavam todos os verões na casa de Battipaglia e ficavam lá por pelo menos dois meses, evitando a época mais quente na cidade. Já havíamos recebido uma carta dela, e ela parecia solitária. Disse que seu único consolo era que o lugar era famoso pela mozarela de búfala.

Eu estava sozinha também. Depois de passar mais ou menos uma hora com Audrey de manhã, tudo o que eu tinha era a minha costura. Já estava sentindo falta de Beppi, desesperadamente. De alguma forma, tudo parecia diferente quando ele estava por perto. Eu poderia ter ido andar por Roma, sentar junto à Fontana di Trevi ou visitar a Escadaria Espanhola, mas iria me sentir muito triste e ainda mais sozinha.

Então, quando Gianfranco veio me encontrar no café do Anastasio, numa manhã ensolarada de domingo, quase me senti grata.

Ele ainda era o mesmo rapaz pálido, que usava muito perfume e parecia ter passado tempo demais penteando os cabelos, mas havia algo diferente nele. Depois de algum tempo, percebi que era o seu sorriso. Ele meio que abria seu rosto e o tornava instantaneamente mais agradável. Por algum motivo, o mau humor que normalmente o seguia parecia ter desaparecido.

— Vou levar você à praia. — Ele me contou. — Está tão quente hoje que vai ser bom estar perto do mar.

Audrey apoiou os cotovelos no balcão, e seus ombros se abaixaram.

— Oh, a praia. Não seria adorável? Catherine, estou com inveja. Vai estar infernalmente quente aqui hoje.

— Tem espaço para você no banco de trás do carro que eu emprestei. Você será bem-vinda se quiser vir também. — Disse Gianfranco, educadamente.

— Oh, sim, venha, Audrey. Veja se Anastasio lhe dá um dia de folga. — Pedi.

Ela pareceu tentada, mas sacudiu a cabeça.

— Não, eu disse a ele que iria trabalhar hoje, e preciso ficar. Além disso, preciso do dinheiro.

Gianfranco sorriu de novo.

— Então somos só eu e você, Caterina.

Eu me assustei ao ouvi-lo usar o nome especial que Beppi tinha para mim. De repente, me senti desleal, saindo para passar o dia com outro homem, ainda que fosse o seu melhor amigo e que tivesse sido sugestão dele, para começar.

— Talvez devêssemos esperar e ir quando Audrey puder vir também? — Sugeri.

Mas Gianfranco não quis me ouvir.

— Podemos levá-la conosco outro dia. — Ele prometeu. — Corra, vá pegar suas coisas. É uma viagem longa, e precisamos partir.

Ele esperou por mim no bar enquanto eu voltava para a casa da *signora* Lucy para pegar a minha roupa de banho e meu chapéu de sol. Eu não podia deixar de pensar sobre o que iria conversar com

Gianfranco durante a viagem e me senti um pouco desconfortável com a ideia de ficar sozinha com ele no carro. Mas não havia meio de escapar. Então, com minha bolsa de praia pronta, voltei ao bar.

No final das contas, foi Gianfranco quem falou a maior parte do tempo. Ele me fez rir com histórias das encrencas em que ele e Beppi haviam se metido quando garotos. Conheciam-se desde que ele podia se lembrar. Muito pobres para comprar brinquedos e, frequentemente, com apenas o suficiente para comer, disse que aprontavam confusões no vilarejo montanhoso de Ravenno, construindo fortes, subindo em árvores e caçando passarinhos. Eu podia imaginar Beppi menino, seu corpo magro em *shorts* sujos, os joelhos esfolados em alguma aventura, a pele bronzeada pelo sol. Ficava feliz ao ouvir Gianfranco falar sobre ele.

A estrada até o litoral era reta e longa, e, quando nos aproximamos da praia, encontramos um engarrafamento. Mesmo com as janelas abertas, estávamos sufocando no carro, e eu sentia inveja das moças passando por nós em suas lambretas, com vento nos cabelos.

Gianfranco buzinou e se abanou com a mão. Havia uma linha de suor sobre o seu lábio superior, e ele também escorria por sua fronte.

— Caramba, todo mundo quer ir para a praia hoje. Isso é ridículo. Em casa nunca temos que enfrentar uma fila como essa, e as praias são um milhão de vezes melhores. — Ele buzinou de novo, e xingou baixinho.

A areia, quando chegamos lá, estava lotada também. Famílias inteiras tinham demarcado o espaço com guarda-sóis e cadeiras, e algumas haviam montado mesas, que estavam cobertas com pratos de massa cozida, carne embrulhada em papel alumínio, pão crocante e queijo. Lindas moças deitavam-se ao sol para se bronzear, velhinhos jogavam baralho, enquanto os mais jovens jogavam bola e as crianças construíam castelos na areia molhada. Havia barulho, risadas e discussões em voz alta.

Encontramos um espaço livre e estendemos toalhas para nos sentar. Gianfranco havia pedido emprestado um pequeno guarda-sol listrado e fincou-o na areia.

— Eu não trouxe comida. — Ele disse, em tom de desculpas. — Mas há um café perto daqui, onde podemos ir comer pizza mais tarde.

Ele tirou a roupa, e percebi o modo como o elástico de seu calção de banho se enterrava em seu estômago proeminente. Sua barriga era mole e branca, como uma mozarela, mas ele não parecia se importar com isso. Ninguém se importava, eu notei. Mulheres idosas com coxas enormes e esburacadas e jovens mães com as cinturas ainda grossas se divertiam em seus trajes de banho, parecendo não se preocupar com a aparência.

Mas eu me senti desconfortável ao tirar minha saia e puxar a blusa pela cabeça. Estava consciente dos olhos de Gianfranco em mim, conforme me expunha em meu maiô.

— Vou dar um mergulho rápido primeiro. — Disse a ele. — Volto em um minuto.

Foi um alívio estar coberta pela água fria. Gianfranco não me seguiu, mas sentou-se e observou enquanto eu me afastava da multidão e ia para águas mais profundas. Eu era uma boa nadadora. Meu pai me levava à piscina toda semana, e no verão sempre passávamos alguns dias em Brighton, e nadávamos no mar. Aqui era diferente. A água era mais quente e mais salgada, e tudo parecia mais brilhante e mais azul. Deitei de costas e deixei o sol aquecer meu rosto. Era o paraíso.

Gianfranco insistiu em cobrir as minhas costas com óleo quando voltei para a areia.

— Vai ajudá-la a pegar um bom bronzeado. — Ele me disse. Eu me senti esquisita. As mãos dele eram suaves, e a sensação que tive enquanto ele passava o óleo perfumado em minhas costas era muito estranha para ser agradável.

Adormeci por algum tempo. Quando acordei, descobri que Gianfranco havia comprado fatias de pizza em pratos de plástico e garrafas de Coca-Cola gelada com canudos.

— Achei que você poderia estar com fome. — Ele disse.

— E estou. Deve ser o ar marinho.

Eu me senti esquisita de novo. A lembrança das mãos dele

nas minhas costas, e estarmos ali lado a lado, na minha toalha, nós dois semivestidos, parecia tudo errado. Queria que não estivéssemos sozinhos.

— Imagino o que Beppi deve estar fazendo agora. — Eu disse, enquanto mastigava um pedaço de pizza cheia de óleo e de alho. Gianfranco deu de ombros.

— Paparicando a irmã e a mãe, aposto. Elas devem estar muito felizes de tê-lo em casa.

— Como é a irmã dele? — Perguntei, desesperada para manter a conversa em terreno seguro.

— Isabella? É uma boa menina.

— Ela é bonita?

— Não exatamente... não, eu não acho. Mas é uma boa moça. Ela cuida da mãe. — Gianfranco cobriu os olhos com as mãos para me ver melhor. — Mas ela não é bonita como você, Caterina. — Ele completou, suavemente.

Eu não disse nada. Assim que terminei minha pizza, deitei-me e fechei os olhos, fingindo estar dormindo de novo. Ouvi Gianfranco sair para nadar, correndo pela areia escaldante o mais rápido que podia. Fiquei deitada ali, pensando no que fazer. Eu tinha certeza de que aquilo não era o que Beppi tinha em mente quando pedira ao amigo que cuidasse de mim.

Ficamos lá quase a tarde toda, nadando e tomando sol, até que eu percebi que estávamos ambos ficando vermelhos. Fiquei aliviada por ter uma desculpa para me cobrir.

—Vamos, vamos para o café tomar uma cerveja e comer azeitonas, antes de voltar para casa. — Disse Gianfranco. — Quero evitar o tráfego de volta para a cidade.

Havia uma brisa leve na varanda do café. Nós nos sentamos à sombra e ficamos olhando para a praia.

— Tenho outro dia de folga na quarta-feira. — Gianfranco me disse. —Você quer voltar aqui ou deveríamos ir a outro lugar?

A última coisa que eu queria era passar outro dia na praia com ele.

—Vamos a outro lugar — Sugeri.

— Tudo bem. Vou ver se consigo o carro emprestado de novo e vou tentar pensar em um bom lugar.

No caminho de volta, falamos sobre o hotel onde ele trabalhava. Eu já havia ouvido a maioria das histórias por Beppi. Sabia tudo sobre o *chef* que bebia uma garrafa inteira de vinho antes da hora do almoço, e o chefe dos garçons com quem eles haviam tido uma briga por causa de gorjetas, mas ouvi do mesmo jeito. Era melhor me entediar com as histórias repetidas do que ouvir Gianfranco me fazendo elogios insuportáveis.

— Quarta-feira, então. — Ele me disse, ao me deixar do lado de fora do bar do Anastasio. — Esteja pronta cedo, para que tenhamos o dia inteiro juntos.

Tudo o que eu queria era falar com Audrey. Minha pele estava salgada e suja de areia, mas não me preocupei em voltar logo para a casa da *signora* Lucy para tomar banho. Em vez disso, fui direto para o bar, e encontrei Audrey se abanando com uma revista.

— Ah, sua sortuda. — Ela disse logo que me viu. — Você andou nadando no mar, não foi? Eu deveria ter ido. Este lugar ficou morto o dia todo, de qualquer jeito. Bem, talvez da próxima vez.

— Ah, por favor, venha conosco da próxima vez. — Eu disse com veemência.

Audrey levantou as sobrancelhas.

— Por quê? O que aconteceu?

Eu me senti uma tola, porque na verdade Gianfranco não havia feito nada. Ao contrário, ele tinha sido mais agradável do que nunca. Mas havia algo opressivo sobre estar com ele, algo que não parecia certo.

— Bom, não saia com ele de novo. — Audrey disse quando contei tudo a ela. — É só dizer não.

— Mas eu já disse que sim, e Beppi queria que eu fosse... além disso seria rude. — Choraminguei. — Por favor, tente ir conosco na quarta-feira. Vai ser melhor com você lá.

Ela pareceu em dúvida.

—Talvez... eu não sei.

—Você não pode trabalhar o tempo todo.

Ela fez uma careta.

— A verdade é que não vou ficar trabalhando aqui por muito mais tempo. Já economizei o suficiente para pagar minha passagem para os Estados Unidos. Vou para Nova York ver o Louis. Ele era o mais moreno dos dois soldados com quem pegamos carona, lembra? O mais bonito dos dois. Sabia que eu estou escrevendo para ele?

— Sabia.

— Eu me sinto mal em deixar você, Catherine. Foi maravilhoso estar aqui, mas...

Fiquei zangada com ela.

—Você acha que está apaixonada por esse americano?

— Talvez... bem... eu não sei. — Ela desviou o olhar de mim, e olhou pela janela.

—Você esteve em um carro com ele por menos de um dia. Mal o conhece. E vai viajar metade do mundo para ficar com ele?

— Não seja assim, Catherine. — Audrey parecia triste.

— Parece estúpido, é só isso.

— Eu sei, eu sei. Mas há alguma coisa nele. Você se lembra de como ficou quando conheceu Beppi? Como você não conseguia parar de pensar nele? Bem, eu tenho me sentido assim a respeito de Louis; a diferença é que não disse nada para você ou para Margaret porque parecia tão sem sentido... Então, começamos a nos corresponder e a nos conhecer melhor. Ele pode ser o homem que eu sempre procurei, Catherine, e, se não for para a América, nunca vou saber.

Olhei para ela. Audrey sempre havia sido a aventureira. Ela tornava a vida excitante. Eu detestava pensar que iria perdê-la.

— Eu não quero que você vá... — Percebi que estava chorando.

— Oh, Catherine. — Ela veio para o meu lado do balcão e me abraçou. — Eu sei, eu sei.

Ela chorou um pouco também, e acariciou os meus cabelos.

— Sabe, provavelmente não vai dar certo, e eu vou voltar rastejando para cá e implorar a Anastasio que me dê meu emprego de volta.

— Mas, se der certo, você vai ficar em Nova York?

Ela se sentou no banco ao lado do meu.

— Honestamente, não planejei tão longe assim. Tenho estado tão ocupada trabalhando para juntar dinheiro para ir para lá, e tudo em que consigo pensar é em ver Louis de novo.

— Eu posso entender.

— E você? — Ela me perguntou. — O que vai fazer? Vai voltar para Londres ou vai para Battipaglia ver Margaret?

— Não, tenho que ficar aqui em Roma esperando Beppi. Ele prometeu que voltaria.

— Mas você vai ficar bem sozinha?

Franzi o rosto.

— Não vou ficar sozinha, não é? Tenho Gianfranco para cuidar de mim.

Nós duas rimos e nos abraçamos novamente.

Audrey nos serviu taças de Campari com limonada, e brindamos ao futuro dela na América.

— Quanto tempo falta para você ir?

— Duas semanas. Já reservei a passagem e avisei Anastasio. Mas sou uma covarde e fiquei adiando para dar a notícia a você. Eu sabia que seria horrível.

Eu não podia imaginar como aguentaria ficar em Roma sem ela. Assim que terminei minha bebida, saí do bar e corri de volta para a casa da *signora* Lucy, onde poderia enterrar a cabeça no travesseiro e chorar bastante.

As duas últimas semanas de Audrey em Roma passaram voando. No último dia ela foi conosco para a praia, mas nós duas estávamos muito tristes para nos divertirmos de verdade.

— Estou com medo, sabe, Catherine. — Ela me contou, enquanto sentávamos lado a lado na areia. — E se quando eu o vir de novo não gostar dele?

No fundo eu me perguntava a mesma coisa, mas não esperava que Audrey fosse se preocupar com aquilo. Ela parecia tão diferente naqueles dias, menos confiante, mais vulnerável. Fazia muito tempo que eu não via aquele gesto de cabeça, que era sua marca registrada.

— Se não der certo, você pode voltar. — Assegurei a ela. Ela ficou olhando para o mar.

— Não sei se voltarei para cá algum dia. — Ela pensou em voz alta, e eu vi que franzia a testa. — E o que vai acontecer conosco — você, eu e Margaret? Você acha que algum dia estaremos juntas de novo?

O futuro era algo com que eu me preocupava desde o dia em que conhecera Beppi. Não podia imaginar viver sem ele, mas também não conseguia ver como poderíamos ficar juntos. Nossas vidas eram muito diferentes, nossos mundos, muito distantes.

— Não tenho ideia. — Eu disse, por fim. — Sou como você. Só consigo pensar em ver Beppi de novo. Não posso planejar nada além disso.

Então, Gianfranco voltou trazendo garrafas de Coca-Cola geladas, e nós as bebemos e deitamos ao sol, ouvindo os ruídos alegres dos outros frequentadores da praia e tentando não pensar muito sobre o que o futuro nos reservava.

❦

Pieta percebeu que sua mãe havia, mais uma vez, abandonado qualquer pretensão de bordar enquanto se perdia em sua história. Às vezes era quase como se tivesse esquecido que havia alguém ouvindo o que ela dizia. Na maior parte do tempo, enquanto falava, ela olhava pela janela, mas não via o céu nem os desenhos feitos pelos ramos de bambu no gramado, lá embaixo. Tudo o que conseguia ver era o passado.

Enquanto trabalhava sozinha, cobrindo mais tafetá com contas de cristal, Pieta pensava sobre o amor e como era difícil encontrá-lo. Sua mãe o havia encontrado ao lado de uma fonte em Roma, e a amiga dela, Audrey, em um carro viajando pela Suíça. Por um longo tempo Pieta havia pensado que poderia acontecer assim com ela também. Um dia, em um lugar inesperado, encontraria o homem com quem iria se casar. Mas, até então, os homens que ela conhecera em bares ou boates só haviam se interessado em estar com ela por uma noite, ou, se ela tivesse sorte, um mês ou dois. Então começavam a reclamar que precisavam de mais espaço ou, simplesmente, paravam de telefonar.

Addolorata sempre dissera que era porque ela era muito intensa, mas Pieta não concordava. Quando tinha passado da casa dos vinte, já havia se convencido de que simplesmente não existia um homem para ela. Estava destinada a ficar sozinha. Então, se concentrou em fazer vestidos de noiva para outras moças, ouvir suas histórias de amor e seus planos de casamento, tentando não pensar muito no assunto. Mas agora, ouvindo sua mãe, Pieta não podia deixar de pensar se não teria desistido de si mesma muito cedo.

Capítulo 13

Pieta sabia que não conseguiria dormir. Bebera um copo de leite, aquecera o quarto, tomara um banho — fizera todas as coisas certas para ter uma boa noite de sono. Quando se deitou e fechou os olhos, seu corpo se sentia cansado, mas sua mente se recusava a parar. Seu pensamento girava em torno da história de amor de seus pais e a fazia lembrar que, se as coisas corressem mal, aquela história logo chegaria ao fim. Pensou no pai, vivendo a vida como sempre, jogando baralho na frente do Little Italy, mexendo na horta, e esse tempo todo suas artérias se entupindo sem que ele soubesse. Isso tudo a forçava a imaginar como elas viveriam sem ele.

No meio da noite ela se levantou e desceu para o quarto de costura, tentada a tornar úteis as horas sem dormir. Mas acabou ficando com medo de que o cansaço tornasse seu trabalho malfeito, então largou o vestido e voltou para a cama.

Foi um alívio quando percebeu que estava começando a clarear, e não fazia sentido continuar tentando dormir. Acendeu o abajur da mesinha de cabeceira, encontrou um caderno e uma caneta e começou a escrever uma lista de coisas que queria perguntar aos médicos assim que tivesse uma chance.

Pieta estava fazendo um café forte quando ouviu a mãe se movendo no andar de cima.

— Você dormiu? — Ela perguntou quando Catherine apareceu, embora pudesse adivinhar qual seria a resposta.

— Cochilei um pouquinho.

— Por que não fica na cama mais um pouco? Vou visitar o *papa* agora de manhã.

Sua mãe sacudiu a cabeça.

— Não vou ficar aqui sozinha, Pieta. E, de qualquer modo, quero vê-lo.

— Mas você parece exausta.
— E você também. Então, por que não volta para a cama?

No final elas foram para o hospital juntas, viajando em silêncio no táxi, ambas impacientes para chegar lá e, ao mesmo tempo, temendo o cheiro metálico do lugar e os quartos compridos, cheios de pessoas doentes e famílias tristes.

Beppi pareceu aliviado em vê-las.

— Eu não consigo dormir aqui. — Resmungou, depois que elas lhe deram um beijo de bom dia. — Sempre tem barulho, luz e pessoas andando pra lá e pra cá... mas nunca tem ninguém por perto quando você precisa.

Pieta notou um livrinho que havia sido deixado perto da cama dele. "Sua angioplastia: o que esperar", dizia, em letras simples, na capa. Ela o apanhou e começou a ler, enquanto sua mãe se ocupava arrumando as roupas de cama e servindo café em um copo plástico.

— Não parece tão ruim. — Comentou. — Aqui diz que você vai receber apenas uma anestesia local, e que não precisa passar muito tempo no hospital depois do procedimento. Depois, só vai precisar tomar os remédios que eles vão receitar e ter cuidado com o que come. Nada mais de manteiga, queijo e *prosciutto, papa.*

— É o que eles dizem. — Ele parecia triste. — Ontem me trouxeram queijo *cottage* e alface para o jantar. Não tem gosto de nada. Qual é a razão de comer, então?

— Pelo menos você está bem, Beppi. — Havia um tom de censura na voz de Catherine. — Pelo menos está vivo para comer queijo *cottage*. Graças a Deus Frederico chamou a ambulância rápido e você chegou aqui tão depressa.

— Sim, graças a Deus. — Concordou Beppi. — Eu amo o meu restaurante, mas não quero morrer nele.

Elas passaram a manhã lá, tentando evitar que ele ficasse entediado e mal-humorado. Pieta escapuliu para comprar jornais, mais café e algumas flores para alegrar o quarto, e, quando voltou, encontrou sua mãe chorando e Beppi tentando confortá-la.

— Leve-a para casa agora. — Ele disse a Pieta. — Não é bom para ela passar tanto tempo aqui.

— Não, não, eu quero ficar. — Sua mãe parecia contrariada.

— Por que é que as pessoas estão sempre me dizendo o que fazer? Vá para a cama, vá para casa... eu posso tomar minhas próprias decisões. Não sou uma criança.

— Mas ainda há tanto trabalho a fazer no vestido, *mamma*. — Pieta lembrou a ela. — Seria bom se você voltasse e me ajudasse com ele.

— Não seja tola. Você não precisa realmente da minha ajuda. E, de qualquer maneira, eu tenho falado mais do que costurado.

— Eu gostaria que você estivesse lá mesmo assim.

— Oh, está certo, então. — Parecia resignada. — Me dê mais cinco minutinhos... dez minutos, talvez. Espere lá fora. Quero me despedir direito do seu pai.

Os motivos dos cristais no tecido estavam começando a criar forma, e o trabalho estava indo bem. Mas Pieta não estava exagerando quando afirmara que ainda havia muita coisa a fazer. Ela já estava com os dedos duros e os olhos cansados por causa das longas horas de trabalho delicado. Só a ideia de ouvir o resto da história de sua mãe tornava a perspectiva de continuar bordando suportável.

— Conte-me o que aconteceu quando Audrey a deixou em Roma. — Pieta pediu, logo que começaram a trabalhar. — Você ficou mesmo lá, sozinha?

— Não tive escolha.

—Você ficou bem?

— Não exatamente. Não, não fiquei bem de jeito nenhum.

☙

Anastasio me salvou naquelas primeiras semanas em Roma sem Audrey. Ele me pediu para trabalhar alguns turnos no bar, e, muito embora eu temesse ser inútil, aceitei. Estava calmo em Roma, porque muitas famílias haviam viajado para as casas de veraneio, e eu sabia que ele podia se virar sem mim, mas era um homem tão bom, e tenho certeza de que sabia que eu me sentia muito sozinha.

Às vezes Gianfranco aparecia e se sentava ao bar, pedia uma bebida e me observava enquanto eu trabalhava. Muitas vezes parecia que ele estava me tratando como sua propriedade, fazendo com que os clientes pensassem que eu era comprometida. Anastasio nunca disse nada, mas eu tinha a sensação de que ele não gostava muito de Gianfranco.

No final das contas, eu não era tão inútil atrás de um balcão de bar como havia pensado. Eu gostava de memorizar o que as pessoas bebiam e quão forte gostavam de seu café. Não servíamos muita comida, só doces pela manhã e pequenos pratos de pão, mozarela e salame durante o dia. O bar era um local de encontro, na verdade um lugar para as pessoas se recomporem e relaxarem por alguns momentos antes de prosseguir com os afazeres do dia. Frequentemente os clientes paravam para conversar um pouco comigo, e comecei a descobrir pequenas coisas sobre eles — os nomes de seus filhos, as pessoas com quem haviam brigado, suas esperanças e planos. Eu não falava muito sobre mim mesma, porque não queria que ninguém soubesse que estava sozinha em Roma. Ou que imaginassem que, a cada dia que passava, meu medo de que Beppi nunca voltasse aumentava.

Eu havia recebido alguns bilhetes curtos dele, mas a caligrafia era estranha, as palavras espalhadas de qualquer jeito pela página, e custava para entendê-las. Então comprei um bloco grande de papel de carta, e, quando eu não estava trabalhando no bar nem ocupada costurando, escrevia longas cartas para ele e para Margaret.

Eu lhes contava coisas bem diferentes. Margaret sabia tudo sobre Gianfranco, e como às vezes eu me sentia desconfortável perto dele, e para Beppi escrevia histórias engraçadas sobre as pessoas que eu conhecera no bar. Uma vez por semana escrevia para os meus pais, e isso era sempre difícil. Eu não podia dizer a eles que Audrey e Margaret não estavam comigo, porque havia prometido que ficaríamos juntas. Muito embora eu me sentisse culpada por

mentir para eles, nunca considerei a hipótese de voltar para casa.
Se Beppi voltasse a Roma e não me encontrasse lá, poderia pensar que eu não me importava mais com ele.

Gianfranco havia me prometido um passeio superespecial, e estava me pressionando para tirar um dia de folga. Eu deveria ter recusado, mas havia vezes em que gostava da companhia dele. Não quando ele contava vantagem e falava sobre quanto dinheiro havia ganho naquela semana, ou sobre o carro elegante que iria comprar quando tivesse economizado um pouco mais, mas quando se esquecia de ser convencido e, em vez disso, fazia palhaçadas e me fazia rir.

— Aonde exatamente você vai me levar nesse passeio especial? — Perguntei na segunda vez que mencionou o assunto.

— Como eu disse, é uma surpresa. — Ele me disse. — Mas estarei aqui no domingo de manhã, portanto diga a Anastasio que não vai trabalhar.

—Você não pode ao menos me dar uma pista? — Eu não confiava nele totalmente, e parecia estúpido sair com ele sem dizer a alguém aonde estávamos indo, ainda que fosse apenas a Anastasio.

A expressão de Gianfranco era arrogante.

—Você não vai adivinhar, então não adianta eu dar uma pista. Esteja aqui bem cedo no domingo de manhã.

Eu deveria ter sido mais forte e dito não, mas de algum modo Gianfranco sempre conseguia me convencer. Era mais fácil fazer o que ele queria. Eu estava certa de que ele iria apenas me levar a uma praia diferente ou ao topo de outra montanha para admirar a vista e tomar sorvete.

Assim, eu estava lá no domingo de manhã. Anastasio havia acabado de abrir o bar, e estávamos tomando o primeiro café do dia juntos quando Gianfranco entrou, com um andar orgulhoso, e jogou as chaves de um carro no balcão, de forma exibicionista.

— E está pronta?

— Bem, acho que sim, mas, como não sei aonde estamos indo, não tenho certeza do que devo levar. — Minha voz provavelmente soou irritada, mas não me importei.

— Tenho tudo de que precisamos. — Ele pegou o meu braço.
—Vamos, é uma viagem longa, não há tempo a perder.
Gianfranco estava com carro diferente naquele dia. Estava encerado e brilhante, e alguma coisa no modo como abriu a porta me fez perceber que queria que eu notasse.
— De quem você pediu este carro emprestadodo? — Perguntei.
— Não pedi.
Assim que me acomodei no banco do passageiro, ele ligou o motor e acelerou rapidamente pela rua estreita, o rádio berrando e todas as janelas abertas.
—Você o comprou?
Ele assentiu, satisfeito consigo mesmo.
— Lindo, não é? Fiz um ótimo negócio.
Pegamos a estrada principal para o sul, e Gianfranco apontou para a abadia do Monte Cassino, no alto do monte. Eu preferia que ele mantivesse as duas mãos no volante e se concentrasse na estrada. A velocidade em que dirigia era apavorante, e ele gostava de ficar muito perto do carro da frente, para buzinar insistentemente e ultrapassar no minuto que fosse possível.
— Este carro é rápido. — Ele disse, acariciando o painel. — Vamos chegar logo.
Quando comecei a ver as placas na estrada indicando Nápoles, pensei que Gianfranco estava me levando muito longe, mas não adiantava perguntar. Só quando percebi que estávamos indo para a cidade abri a boca.
— Gianfranco, você me trouxe para Nápoles... Não é perigoso aqui?
Ele deu de ombros.
— Para turistas, talvez. Não para mim.
Eu esperava que ele parasse, mas ele continuou dirigindo pelas ruas de pedra e passando por cima dos trilhos dos bondes. Abri mais a janela e pus a cabeça para fora. A cidade tinha um cheiro diferente do de Roma e parecia menos bem cuidada, mas, de algum modo, tinha mais vida.
— Nós vamos parar logo? — Perguntei.

Gianfranco sacudiu a cabeça.
— Ainda não.
Passamos pelo Vesúvio, e fiquei animada porque nunca tinha visto um vulcão antes. Finalmente, pegamos uma estrada que parecia acompanhar o litoral. Logo ela se tornou uma rota estreita, incrustada no penhasco, com a montanha de um lado e um despenhadeiro do outro. Até Gianfranco teve que diminuir a velocidade para fazer as curvas fechadas, e uma vez precisou encostar perigosamente perto da beirada para deixar um ônibus passar.

Ele xingou baixinho.

— Só faltava acabar com este carro na primeira vez que faço uma viagem decente com ele. — Resmungou. Finalmente, chegamos à cidade mais linda que eu já havia visto.

Casinhas cor de rosa e brancas presas nos penhascos, e, pouco acima da pequena faixa de praia, havia uma igreja, com um telhado em forma de domo coberto de telhas coloridas. Diante de nós se estendia um brilhante mar turquesa cheio de barquinhos. Fiquei cativada pelo lugar. Não conseguia imaginar alguém vivendo ali e não se sentindo feliz ao acordar todos os dias.

Gianfranco encontrou um lugar para estacionar, e minhas pernas estavam duras e um pouco trêmulas quando eu saí do carro.

— Esta é Positano. — Ele anunciou. — Fique aqui. Vou buscar café e alguma coisa para comermos.

Ele voltou com bolinhos de arroz enrolados em guardanapos de papel, e, quando mordi o meu, a mozarela derretida escorreu pela minha boca.

— Podemos ir explorar agora? — Perguntei, logo que acabamos de comer.

Ele pareceu em dúvida.

— Não acho seguro abandonar o carro.

Eu não pude deixar de rir.

— Gianfranco, você não me trouxe até aqui para eu ficar no carro. Vamos, eu quero dar uma volta.

Perto dali havia três garotos jogando futebol. Gianfranco deu a eles algumas moedas e apontou para o carro.

— Fiquem de olho nele, está bem? — Ele disse, e, depois de um ou dois olhares preocupados por cima do ombro, me seguiu pelas ruas estreitas e íngremes.

Juntos, subimos centenas de degraus e passamos por edifícios cheios de gente, parando de vez em quando para que eu pudesse admirar a vitrine de uma butique cara ou entrar em uma igreja fria e escura. Gianfranco parecia entediado, mas eu não dei importância. Podia ser que eu nunca mais voltasse a Positano e queria ver tudo o que pudesse.

Depois de uma hora ou duas, Gianfranco começou a reclamar.

— Minhas pernas estão cansadas de toda essa subida, Caterina. Hoje é meu dia de folga, e eu preciso descansar. Vamos voltar e ficar um pouco na praia.

Lá embaixo, na areia, tudo era glamour. As mulheres usavam chapéus de abas largas, muitas joias de ouro e batom vermelho enquanto repousavam em suas cadeiras de lona. Me senti deslocada com a saia de algodão que eu mesma havia costurado.

Não estávamos lá há muito tempo quando Gianfranco disse que estava com fome de novo e queria ir almoçar no terraço de um hotel de luxo, com vista para o mar.

— Não vai ser caro demais? — Perguntei.

Ele fez um gesto impaciente com a mão.

— Eu posso pagar. Não mando todo o meu dinheiro para casa, como o Beppi.

Mesmo assim, recuei quando chegamos à entrada. Tinha certeza de que os garçons iam nos dizer que aquele lugar não era para nós. Gianfranco não tinha as mesmas preocupações. De fato, ele me envergonhou ao recusar a primeira mesa que nos ofereceram e insistir que nos dessem outra, com uma vista melhor.

Ele pediu espaguete com mariscos e uma garrafa de vinho branco gelado. Eu nunca havia comido frutos do mar antes, e tive que observá-lo cuidadosamente para ver como fazer. Enrolando a massa no meu garfo, tomava cuidado para não me sujar com o líquido oleoso no qual eles nadavam. Quando afinal consegui comer, era delicioso. Tinha gosto de mar, misturado com alho e salsa fresca. Eu não podia deixar de pensar em como Margaret gostaria daquilo.

Então, um velho com um violão sentou-se no canto do terraço e começou a cantar canções de amor napolitanas em uma voz suave e profunda.

— Eu queria que Beppi estivesse aqui. — Eu disse. — Ele não iria adorar?

Gianfranco pareceu irritado.

— Ele nunca esteve em um lugar como este em toda a vida. — Ele disse, bruscamente. Acenando para o garçom, pediu sorvete e café.

— O que vamos fazer depois? Voltar para a praia? — Perguntei.

— Não, vamos voltar para o carro. Quero dar mais uma volta para você ver a costa de Amalfi.

— Não precisamos... — Comecei a dizer, mas ele já havia decidido e não quis me ouvir.

Se tivéssemos ido mais devagar teria sido um passeio lindo, mas Gianfranco acelerava como um maníaco por uma estrada que mal parecia se sustentar nos penhascos cinzentos e íngremes. O último lugar em que paramos se chamava Vietri sul Mare, onde o acostamento das estradas era cheio de vasos pintados com cores brilhantes, que pareciam saltar fora das lojas cheias de pratos, tigelas e ladrilhos decoradas com o mesmo estilo colorido. Gianfranco insistiu em comprar um ladrilho pintado a mão para mim como recordação, embora eu achasse que ele já tinha gasto dinheiro demais comigo.

Então voltamos pela estrada aterrorizante e paramos um pouco em Amalfi, para que Gianfranco pudesse se refrescar com uma cerveja e um prato de azeitonas antes de enfrentar a longa viagem de volta a Roma.

Finalmente ele concordou que já era hora de ir para casa. Voltamos para o carro, e foi aí que as coisas começaram a dar errado. Gianfranco girou a ignição e seu pé afundou no acelerador, mas o carro apenas tossiu em resposta.

— Droga. — Ele resmungou.

— O que há de errado?

— Isto não parece nada bom.

Gianfranco girou a chave de novo, uma ou duas vezes, e deu algumas bombeadas no pedal. Ele parecia zangado.

—Vamos lá, vamos lá. — Resmungava.

O carro fez um ruído como se gemesse, e depois foi só silêncio. Eu me senti inútil. Nunca havia dirigido um carro e não tinha a menor ideia de por que ele parara de funcionar de repente, portanto permaneci no banco do passageiro enquanto Gianfranco olhava debaixo do capô. Ele ficou mexendo lá por uns dez minutos, então bateu o capô com força e voltou para o carro. Àquela altura, o humor dele estava tão negro quanto o óleo que cobria suas mãos.

— Monte de merda. — O punho dele atingiu o painel.

Tinha sido um dia longo, e o jeito de Gianfranco dirigir tinha me deixado nervosa. Eu Perdi a paciência.

— Não adianta xingar e bater nas coisas. O que é que vamos fazer?

Gianfranco levantou as mãos, dramaticamente.

— Eu não sei.

Eu estava zangada, mas não só com Gianfranco. Se meus amigos não tivessem me abandonado, se Audrey, Margaret e Beppi ainda estivessem em Roma, aquilo nunca teria acontecido.

— Bem, por que você não procura uma oficina ou um mecânico para nos ajudar?

Torcendo a boca de forma petulante, Gianfranco saiu do carro de novo. Foi andando pela estrada, sem olhar para trás.

Já fazia séculos que ele tinha partido. Eu não tinha um livro nem uma revista para me distrair, então, fiquei olhando pela janela e observando a vida da cidade. Um garçom gordo estava atendendo as mesas no café da esquina, onde nós tínhamos tomado cerveja; uma jovem mãe e duas menininhas passeavam juntas; uma velhinha curvada passou depressa, carregando uma cesta pesada, com a comida para o jantar. Ocorreu-me que todos tinham lares para onde voltar e pessoas esperando por eles, e eu desejei estar aonde deveria estar — trabalhando na mercearia e esperando a hora de ir para casa, para uma refeição de cozido e batatas assadas, na mesa da cozinha, com meus pais.

Devo ter fechado os olhos e cochilado, porque, quando olhei pela janela novamente, as luzes da rua estavam acesas e o calor do dia havia ido embora. Não havia sinal de Gianfranco. Minha boca estava seca, e pensei em ir tomar um copo de Coca-Cola no café, mas teria sido estranho me sentar ali sozinha, então fiquei no carro, a cabeça apoiada na janela, esperando que Gianfranco voltasse antes que escurecesse completamente.

Quando voltou, bateu a porta do carro com tanta força que não me atrevi a falar com ele por um momento. As notícias, obviamente, eram ruins, e ele estava tão furioso que era melhor eu ter cuidado. Esperei que me contasse o que havia acontecido.

— Cidade estúpida, pessoas idiotas. — Ele disse, finalmente.

— Nenhum mecânico?

— Ah, sim, encontrei um. Mas ele estava fechando a oficina e disse que só ia poder vir ver o carro amanhã cedo. Inacreditável. Nenhum mecânico em Roma seria tão preguiçoso.

— E o que é que vamos fazer? Achar um lugar para passar a noite?

— Eu tentei, mas você não faz ideia de como esta cidade é cara. É para turistas estrangeiros ricos, não para italianos. — O tom de voz era ácido. — E gastei todo o dinheiro que trouxe no almoço e no presente que comprei para você.

— Eu tenho algum dinheiro. — Tirei a carteira da minha bolsa de mão, e retirei um maço de notas. — Deve ser suficiente, com certeza.

— Para um quarto, talvez.

Minha garganta estava seca e a minha cabeça doía. Eu queria ir para casa, mesmo que fosse apenas o meu quarto vazio na pensão da *signora* Lucy.

— Não há um ônibus?

Ele sacudiu a cabeça.

— Então estamos presos aqui.

— Sim, sim... eu lamento. — O tom de voz dele era mais aborrecido do que zangado agora. — Acho que vamos ter que dormir no carro.

A ideia de dormir tão perto dele, ouvindo seus roncos e ruídos, sentindo o seu hálito azedo em mim, me horrorizava. Eu nunca havia passado uma noite com um homem antes, e não queria que Gianfranco fosse o primeiro.

— Não podemos.

— Não temos escolha. Os bancos são reclináveis, e acho que tenho alguns cobertores no porta-malas. Quando o café fechar, não vai haver ninguém por aqui. Talvez não seja tão ruim — deu um sorrisinho para mim. — Acho que nós vamos ficar bem confortáveis aqui, juntos.

Pensei em como nós sempre conseguíamos arrumar um lugar decente para dormir quando estávamos viajando de carona, não importava quão tarde fosse. Olhei para Gianfranco e pensei no sorrisinho estranho que tinha visto em seu rosto. Minha mente fervilhava com suspeitas. Ele estaria me dizendo a verdade? Ou aquele era algum tipo de plano para me fazer passar a noite com ele? Eu estava certa de que sabia o que Audrey e Margaret diriam se estivessem ali.

Ele estendeu a mão e colocou-a sobre a minha.

— Eu vou cuidar de você. — Ele disse. — Não se preocupe.

Olhei pela janela e vi o garçom gorducho se inclinando para colocar um cinzeiro limpo em uma das mesas do lado de fora.

—Vou perguntar no café. — Eu disse. — Eles podem saber de um lugar barato onde eu possa ficar.

O garçom falava italiano com um sotaque muito forte, e eu tive que me esforçar muito para entendê-lo. Olhei para o carro, esperando que Gianfranco viesse me ajudar, mas ele estava olhando determinadamente na direção oposta.

— Preciso de um quarto para passar a noite. — Eu disse, tropeçando nas palavras. — Algo barato, porque não tenho muito dinheiro. Por favor, me ajude. Não tenho para onde ir.

Ele deve ter ficado confuso. Eu o vi olhar para Gianfranco, que estava no carro, irritado, depois deu de ombros e me disse para segui-lo. Respirando pesadamente, levou-me por um lance íngreme de escadas e mostrou-me um pequeno quarto. Havia uma cama de solteiro, encostada em uma parede descascada, e uma lâmpada simples que deixava o quarto com uma luz amarelada. Era um buraco, e ainda assim eu estava aliviada de estar ali.

— Quanto custa?

O preço que ele disse não era barato. Eu teria que usar a maior parte do dinheiro que trouxera, e só sobraria um pouco para comprar pão e sopa para o jantar. Novamente pensei em Audrey e Margaret, imaginando o que elas fariam.

Sacudi a cabeça.

— É muito caro. — Eu disse, e ofereci uma quantia menor. Ele sabia que eu estava desesperada e poderia ter insistido, mas assentiu, as bochechas balançando, estendendo a mão para pegar o dinheiro.

Ele não pareceu se preocupar com o fato de que eu não tinha bagagem. Colocando o dinheiro em um pequeno bolso costurado no avental, assentiu de novo e saiu do quarto. Sentei-me na cama por um instante e encostei-me à parede que descascava. Gianfranco ainda estaria lá embaixo, irritado, sentado no carro, e eu sabia que teria que ir até lá e contar a ele o que estava acontecendo.

Ele ficou aborrecido, é claro, mas não havia muito que pudesse dizer ou fazer.

— Eu vou ficar bem lá em cima. — Eu disse. — E tenho dinheiro suficiente para comprar o nosso jantar, então está tudo certo. Só temos que esperar que o mecânico possa nos ajudar a consertar o seu carro de manhã.

Gianfranco apenas grunhiu em resposta. A expressão dele ainda era aborrecida quando me seguiu até o café. Felizmente a comida que pedimos veio rápido, e eu só tive que me sentar ao lado dele, em silêncio, por cerca de meia hora. Então voltei para meu quarto e ele voltou para o carro, para dormir. O garçom parecia divertido, mas não disse nada.

A primeira coisa que fiz foi empurrar a cama contra a porta, como havíamos feito naquela primeira noite na França. Depois me encolhi debaixo das cobertas, apaguei a luz e fechei os olhos. Estava cansada, mas não conseguia dormir. Estava me sentindo sozinha, zangada com Gianfranco e totalmente confusa a respeito do meu futuro. Fiquei pensando em como invejava a coragem de Audrey. Ela não havia pensado duas vezes antes de cruzar o oceano inteiro em direção à América, para encontrar o soldado dela. Beppi estava apenas a algumas horas de distância, ao sul daqui, e eu não me atrevia a ir até ele.

Dormi mal e acordei com dor de cabeça. As roupas que eu usara no dia anterior estavam onde eu as havia deixado, em uma pilha no chão, e as vesti novamente. Puxei a cama para longe da porta e desci as escadas. Gianfranco estava sentado a uma das mesas do lado de fora, com uma xícara de café e um prato de doces à sua frente.

— Você já foi buscar o mecânico? — Perguntei.

Ele me olhou, mas não diretamente nos olhos.

— Dei outra olhada eu mesmo. — Ele disse. — Acho que resolvi o problema. Tome o seu café e nós partiremos.

Não acreditei nele, mas de que adiantaria ficar zangada? Tudo o que queria era voltar em segurança para a casa da *signora* Lucy. Quando chegasse lá, decidiria o que fazer.

Anastasio estava esperando por mim. Ele me aguardava para trabalhar bem cedo, e, quando cheguei, perto do meio-dia e ainda vestindo as mesmas roupas do dia anterior, ele pareceu preocupado.

— Está tudo bem, eu conto tudo mais tarde. — Eu disse, amarrando um avental à cintura e indo para trás do balcão.

Trabalhei por três ou quatro horas, então Anastasio me viu bocejando e me mandou voltar para o meu quarto, na casa da *signora* Lucy. Quando fechei a porta às minhas costas, chorei um pouco, depois abri as cortinas e sentei-me na cama, ouvindo alguém praticando piano em um apartamento nas redondezas.

Depois de descansar um pouco, peguei minha toalha e atravessei o corredor para tomar um banho. Em seguida penteei o cabelo, coloquei roupas limpas e fui até o bar de Anastasio.

Ele pareceu surpreso em me ver.

—Você está bem?

— Sim, sim. — Tranquilizei-o.

— Se aquele tal de Gianfranco vier aqui atrás de você, vou mandá-lo embora — ele prometeu.

— Acho que ele não vai voltar. — Eu disse. — Espero que nunca mais o vejamos.

Ele me serviu uma Coca-Cola, e eu me sentei ao balcão.

— Anastasio, como eu posso chegar a um lugar em Basilicata chamado Ravenno?

Ele pareceu surpreso.

— Por que você quer ir para lá?

—Vou visitar um amigo.

— Entendo. Bem, acho que você precisa pegar um trem até Nápoles e depois trocar de trem e ir mais para o sul. Daí em diante não sei mais. Um ônibus ou talvez um táxi. Fica nas montanhas, eu acho, um lugar bem remoto. Quanto tempo você vai ficar lá?

— Ainda não sei. Mas não quero continuar pagando pelo quarto na casa da *signora* Lucy enquanto estiver fora, então posso deixar uma mala com as minhas coisas aqui?

— É claro que pode. — Ele era um homem muito bom. — Quando vai partir?

— Logo que possível... amanhã, talvez.

Ele não ficou zangado comigo por abandonar meu trabalho.

— Bom, você vai ter que tomar cuidado por lá. Pode ser perigoso. — Foi tudo o que ele disse.

Naquela noite não consegui dormir, de tanta preocupação. A simples ideia da viagem era apavorante, e, mesmo que eu conseguisse chegar até lá, não estava certa de que Beppi ficaria feliz em me ver. Só me atrevi a ir porque sentia que não tinha outra escolha. Não podia ficar em Roma e não queria ir para casa, e a única alternativa era Ravenno. Afofando o travesseiro sob minha cabeça, fechei os olhos e tentei dormir. No dia seguinte, teria que desocupar meu quarto e ir à Stazione Termini para encontrar um trem que me levasse para o sul, para Beppi.

☙

Pieta ponderava por que sua mãe nunca havia contado nada daquilo a ela antes. Como uma mulher tão apagada poderia ter uma história tão vibrante dentro dela e nunca pensar em compartilhá-la com as filhas? Envergonhada, Pieta percebeu que nunca havia realmente pensado na mãe como uma pessoa. Ela era apenas alguém que estava sempre ali, preocupada com coisas como roupas quentes e horários de dormir, quando elas eram crianças, e com o horário em que chegavam em casa quando eram adolescentes. Pieta via a mãe todos os dias, mas nunca se perguntara quem ela era realmente. Jamais havia imaginado quais seriam seus segredos, no que estaria pensando, ou quem teria sido, antes de ter filhos. Quando pedira para ouvir a história, Pieta pensara apenas em descobrir a razão da inimizade entre seu pai e Gianfranco DeMatteo. Agora, percebia que estava descobrindo algo muito mais valioso — o mistério de sua mãe.

Capítulo 14

Era o dia da cirurgia de Beppi. Não importa quanto os médicos garantissem que tudo ia ficar bem: a ideia de ele ser levado para longe delas e a possibilidade, mesmo que ínfima, de ele nunca mais voltar não saíam da cabeça de todos eles.

Addolarata foi com eles ao hospital, mas não ficou por muito tempo. Pareceu aliviada em dar uma desculpa e ir para o Little Italy.

— O dia hoje vai ser cheio. — Balbuciou. — Muitas reservas e um grupo grande para a noite. E estamos com pouco pessoal... Há algum vírus de gripe no ar... Eu queria ficar, mas...

—Vá, *cara*. — Beppi disse com doçura. Eles ainda não haviam conversado sobre a briga ou sobre a ameaça de Addolarata de partir, e as palavras não ditas formavam uma barreira entre eles. — Que bom que o movimento é grande. Mas não trabalhe demais.

Houve um pouco de choro e "agarração" de Catherine quando levavam Beppi, mas, assim que ele se foi e Pieta a acomodou na sala de espera, ela pareceu mais calma.

—Tudo o que podemos fazer agora é esperar. — Ela disse com a voz tranquila. — Está nas mãos dos médicos.

— É um procedimento de rotina, *mamma*. Eles já devem ter feito isso mais de mil vezes. Vai correr tudo bem.

Elas se sentaram na sala de espera, em cadeiras desconfortáveis, debaixo de uma iluminação forte, bebendo um café horrível e imaginando o que dizer uma para a outra.

— Então, você foi a Ravenno ver o *papa*. — Disse Pieta, para distrair a si mesma e à sua mãe. — Ele ficou feliz em ver você? E você gostou de ter ido?

— Bem, sim. — A mãe dela disse, sua mente voltando anos e

anos no tempo. — No final, eu fiquei contente. Mas as coisas não foram fáceis no início. Houve alguns problemas.
— Que problemas? Me conte enquanto esperamos notícias sobre o *papa*.

❦

Reservei meu lugar no trem e fiz minhas malas. Só me dei conta de como estava me sentindo triste quando elas estavam empilhadas na cama. Era um quarto grande, e eu odiava ser a única pessoa nele. Talvez algum dia Margaret e eu pudéssemos voltar e ficar aqui de novo, mas, de alguma forma, eu duvidava disso. Esse tempo parecia ter passado.

Anastasio e eu tomamos um último café juntos, e ele me deu um sanduíche de salame embrulhado em papel impermeável.

— Cuide-se, Caterina. — Ele disse, dando-me dois beijos no rosto. — Mande-me um cartão postal para me contar que chegou bem.

Durante os meses que passei em Roma, acumulei mais coisas do que realmente precisava: roupas que fiz para mim mesma, livros de segunda mão e uma caixa com apetrechos de costura. Deixei a maior parte dessas coisas com Anastasio e só levei comigo o que cabia na malinha que trouxera da Inglaterra.

Sentia-me muito só, andando pelas ruas cheias de gente rumo à Stazione Termini. Eu me perguntava se o estava fazendo a coisa certa e ficava remoendo o que podia dar errado. Assim que tirava uma preocupação da cabeça, outra tomava seu lugar. Quando cheguei à estação, era um feixe de nervos. O lugar pululava de gente. Algumas pessoas eram viajantes, outras pediam um trocado. Mais de um homem parecendo suspeito me deu uma olhada de lado enquanto eu passava. Segurei minha mala bem junto a mim e me senti feliz de ter guardado a maioria do meu dinheiro em um cinto próprio para isso, que usava debaixo das roupas.

De alguma forma, consegui comprar uma passagem e achar a plataforma certa para embarcar.

Uma vez acomodada no trem, senti-me um pouco melhor. Havia dado o primeiro passo na minha jornada, e pelas próximas poucas horas tudo o que tinha para fazer era ficar sentada ali, enquanto o trem corria na direção de Nápoles. A viagem acabou sendo bem mais fácil do que eu podia imaginar. Em Nápoles, mudei para outro trem, este muito mais velho que o primeiro e muito barulhento, mas seguiu a costa, e a vista era suficiente para me distrair dos ocasionais balanços alarmantes que fazia quando passávamos por um desnível dos trilhos.

Quando desci em uma estaçãozinha bem perto do mar, descobri que só tinha que esperar uma hora pelo ônibus que me levaria a Ravenno. Eu chegaria lá ao cair da noite. Foi quando desejei que não tivesse sido tão fácil. Seria bom ter tido mais tempo para reunir coragem antes de ver Beppi e decidir o que ia dizer.

Eu ensaiava em minha mente enquanto o ônibus cortava as montanhas rumo a Ravenno. Prometi a mim mesma que não iria mencionar Gianfranco e seu comportamento estranho, enquanto passávamos, fazendo muito barulho por um túnel longo. Não iria me agarrar a Beppi ou dizer a ele que o amava, decidi, enquanto o ônibus diminuía a marcha para o motorista gritar uma saudação para um velho camponês que cuidava de sua plantação de cebolas no chão duro ao lado de sua mal cuidada casa de pedra.

Uma vez tivemos que parar porque a estrada estava cheia de cabras. Elas se recusavam a sair do caminho mesmo com as buzinadas do motorista, e alguns dos passageiros dos bancos da frente tiveram que sair do ônibus para espantá-las. A senhora desdentada ao meu lado deu uma risada ofegante e disse alguma coisa em seu italiano rápido e difícil, que eu não pude entender. Aquilo parecia outra Itália, um país diferente. Eu me perguntava como seria Ravenno.

Ainda estávamos a alguma distância de lá quando eu a vi. Cravada no topo da montanha, as casas tinham o mesmo tom cinzento das pedras sobre as quais estavam. Eu não conseguia ver nenhuma nesga de verde. Exatamente como em Amalfi, as construções pareciam encarapitadas umas sobre as outras, mas as janelas estavam fechadas por causa da luz. Cercada por uma enorme parede de pedra, o lugar parecia frio e pouco amigável.

— Próxima parada, Ravenno. — Gritou o motorista, e o motor começou a guinchar conforme o ônibus subia as montanhas em direção à cidade que se erguia acima de nós.

Paramos em uma *piazza* pequena, dentro das muralhas de Ravenno. Eu era empurrada e jogada para o lado por pessoas que tentavam subir no ônibus antes que eu conseguisse descer. Um velho me xingou baixinho, e sua mulher bateu em mim com sua cesta.

Fiquei olhando o ônibus partir, levantando poeira com os pneus, depois peguei uma escadaria, cujos degraus estavam em péssimo estado, em direção à rua mais baixa da cidade.

Embora tivesse o endereço de Beppi, eu não fazia ideia de como encontrar a casa de sua mãe. E, para piorar, Ravenno era muito confusa. As ruas pareciam se dobrar em círculos, e as casas não eram numeradas de forma apropriada.

Eu poderia ter pedido informações, mas não havia quase ninguém por ali, só umas poucas velhas senhoras, vestidas de preto, que me encaravam e depois saíam de perto rapidinho quando eu olhava de volta para elas.

Andei um pouco sem rumo, esperando encontrar de repente a rua de Beppi, uma loja ou um bar abertos onde alguém pudesse me ajudar. Mas estava tudo fechado, trancado e escuro. Não havia cheiro de cebola refogada nem de pimenta assada, como em qualquer ruela de Roma. Comecei a pensar que lugar era aquele, e se eu realmente encontraria Beppi ali. Por fim, dobrei uma esquina e encontrei uma banquinha. Não havia muito à venda, só uns poucos maços magros de espinafre, algumas cebolas vermelhas estranhas e uma caixa de tomates machucados. Ao lado havia um velho, que parecia muito infeliz, sentado embaixo de um toldo rasgado.

— *Buona sera*. — Eu disse, e ele me deu uma olhada e rosnou em resposta.

Mostrei a ele o endereço de Beppi e ele rosnou de novo. Quando falou, foi como se detestasse cada palavra que dizia, e eu tive que me esforçar muito para entendê-lo. Ele acabou perdendo a paciência. Levantando-se de seu banco, me agarrou pelo ombro e me empurrou na direção do alto muro de pedra que cercava Ravenno. Com um dedo amarelado, apontou na direção de uma casa que ficava no meio de pasto íngreme, abaixo de nós. Havia cabras pastando em seu telhado baixo e coberto de musgo e eu podia ver uma janela fechada e incrustada nas antigas paredes escuras.

— O senhor está tentando me dizer que Beppi Martinelli mora ali? — Perguntei, apontando para a casa.

Ele concordou com a cabeça, rosnou de novo e voltou para a sua solitária banca.

Fiquei ali parada por um instante, olhando para o que parecia ser um pouco maior que uma cabana, com um telhado inclinado que se derramava para baixo na direção da colina íngreme. Eu sabia que a família de Beppi não tinha muito dinheiro, mas pensava que sua mãe vivesse em um lugar melhor do que aquele. Uma parte de mim queria voltar correndo para a *piazza* e verificar se havia outro ônibus partindo em breve. Mas agora eu estava ali, e, se Beppi realmente estava naquela pequena casa solitária, então eu queria vê-lo. Só quando fui chegando perto percebi como o lugar era decadente. Havia duas oliveiras empoeiradas crescendo junto a um muro que desmoronava, e pude ouvir galinhas cacarejando.

Ao lado da casa havia um pedaço estreito de terra que havia sido revirada recentemente, onde haviam sido plantados alguns vegetais de folhas verdes que ainda estavam murchos por causa do calor daquele dia.

— Beppi! — Chamei, mas não houve resposta.

As janelas estavam ligeiramente entreabertas, e pude sentir o cheiro ácido de tomates cozinhando para molho.

— Olá, Beppi... tem alguém aqui?

Ouvi o barulho da porta da frente sendo aberta, e uma voz familiar disse:

— Caterina?

Mas, quando olhei na direção do som, não era meu Beppi que estava ali de pé. Seus cachos pareciam sujos e embaraçados, seu rosto marcado com barba por fazer e ele vestia um velho colete branco, com manchas de tomate amareladas.

— Caterina? — Ele repetiu, parecendo surpreso.

— Sim, sou eu — apesar de todos os meus ensaios, eu não sabia mais o que dizer.

— Mas... — Beppi abriu a porta um pouco mais, e eu pude dar uma olhada na sala escura atrás dele.

— O que você está fazendo aqui?

— Não sei. Eu não deveria ter vindo.

Ele deu um passo em minha direção e fechou a porta atrás de si.

—Você está realmente bem? — Perguntou.

Sacudi a cabeça.

— Não, não realmente.

Antes que eu me desse conta, meu rosto estava escondido na curva de seu pescoço e seus braços estavam em volta da minha cintura.

Ele cheirava como sempre, a almíscar e terra, como alcaçuz. Fechei meus olhos e aspirei fundo.

— Caterina, o que foi que aconteceu? — Ele murmurou, a boca junto a meu cabelo. — Por que veio até aqui?

Ele me levou até um muro baixo de pedra e me fez sentar.

— Conte-me tudo. — Pediu.

Assim, com o rosto encostado em seu ombro nu, contei a ele como ficara triste desde que todo mundo havia me deixado sozinha em Roma. Quando acabei, ele afastou seu ombro do meu rosto.

— Fiquei muito feliz em vê-la, claro, mas... — Ele começou sem muito jeito.

Todas as minhas preocupações usuais ocuparam minha mente ao mesmo tempo: ele tinha outra namorada, não me amava mais, nunca me amara de verdade.

— Mas o quê? — Perguntei.

— Eu não sei onde é que você vai ficar.

—Não posso ficar aqui?

Ele estalou a língua contra os dentes em resposta.

— Por que não?

— Porque esse não é o tipo de lugar onde moças como você ficam. E, de qualquer forma, aqui não há espaço.
— Eu não ligo como é o lugar. Só quero ficar com você.
Ele se levantou e estendeu a mão.
— Então, venha cá e dê uma olhada.
A casa tinha dois cômodos. No primeiro havia uma mesinha de fórmica e quatro cadeiras de plástico vermelho, um sofá longo e estreito, com almofadas duras, uma pia de esmalte amarelado e um fogão a gás, com uma panela de molho de tomate borbulhando. A porta para o cômodo seguinte estava fechada, mas Beppi apontou para ela.
— Aquele é o quarto em que minha mãe e Isabella dormem. Elas dividem a cama. Eu durmo aqui, no sofá.
Ele estava certo. Não havia espaço para mim.
— O que eu vou fazer?... Não pensei em...
Beppi apertou o indicador e o polegar na parte de cima do nariz enquanto considerava a situação. Depois sorriu, fez uma pausa por um momento para mexer o molho e disse:
— Tenho uma ideia. Você pode ficar com a família de Gianfranco.
— Não, eu não quero ficar lá. — Disse, rápido. — Não há uma pousada ou um hotel barato onde eu possa ficar por umas duas noites?
— Em Ravenno? — Beppi pareceu surpreso. — Acredito que não. As pessoas não vêm para cá passar férias. Você poderia voltar para a costa e ficar em um hotel lá, mas perdeu o último ônibus de hoje. Não, a casa da família de Gianfranco é sua única opção.
Olhei para baixo, para o piso rachado e a galinha ciscando sob a mesa.
— Tudo bem, eu fico lá, se não houver problema.
Beppi sorriu.
— Claro que vai ficar tudo bem. Conheço os pais dele desde criança. Eles são minha segunda família. Por que eu não dou uma corrida lá em cima agora mesmo e já aviso a eles? Você fica aqui e espia o molho para mim. Mexa de vez em quando para não grudar. Não vou demorar muito.

Ficando ali sozinha, aproveitei a oportunidade para olhar melhor o lugar. Minha família não era rica, algumas vezes meus pais se preocupavam com as contas, mas essas pessoas não tinham nada. Em uma parede havia uma cruz de madeira, simples, e alguns santinhos coloridos. Na outra havia um armário de cozinha bem velho, com alguma louça barata lascada e, penduradas sobre ele, algumas fotos em preto-e-branco da família. Fui olhar de perto o retrato de um menininho sorridente, que levava à boca um garfo cheio de espaguete. Certamente era o jovem Beppi. Ao lado havia a fotografia de casamento de um casal que parecia duro e desconfortável em suas roupas formais. E perto dessa, havia um retrato de Beppi com uma garota que eu esperava fosse sua irmã. Estavam sentados em uma Vespa juntos e riam.

Além daquelas poucas coisas, não havia nada que decorasse a sala pequena e simples, nem mesmo cortinas bonitinhas na janela. Mexi o molho e lambi a ponta da colher de pau. Tinha gosto de manjericão e azeite de oliva, e fiquei imaginando se tinha sido feito por Beppi.

Por trás da porta fechada, alguém tossiu. Imaginei que seria a mãe dele, mas não quis entrar e dar uma olhada para ver se estava bem. Eu me sentia uma intrusa e estava começando a desejar que pudesse apenas desaparecer sem fazer alarde, quando a porta da frente se abriu e uma jovenzinha entrou por ela.

Ela não era bonita. Seu nariz era largo demais e seus dentes eram tortos, mas havia nela uma vivacidade que tornava seu rosto tão animado que rapidamente você se esquecia de que não era bonita.

— Ah, é verdade! — Ela disse, sorrindo. — Encontrei Beppi e ele me disse que você estava aqui! A garota inglesa de quem ouvi falar tanto. Eu sou Isabella e estou encantada em conhecer você.

Ela tirou o lenço que usava sobre os cachos escuros e brilhantes, depois me beijou dos dois lados do rosto.

— Nunca vi meu irmão tão apaixonado antes. O que foi que você fez com ele, hein, inglesa?

Eu não sabia o que dizer.

— Meu nome é Catherine. — Consegui dizer, afinal. — Conheci Beppi em Roma.

— Sim, sim, inglesa, eu sei tudo sobre isso. Agora venha conhecer a *mamma*. Ela vai querer dizer olá para você.

Isabella segurou a porta para o segundo cômodo, e vi uma mulher deitada entre lençóis brancos em uma cama de casal alta. Ela parecia muito velha, e eu poderia facilmente acreditar que era a avó de Beppi, em vez de ser sua mãe.

— *Mamma*, olha só quem está aqui. Ela não conseguiu ficar longe do nosso Beppi, então veio encontrá-lo. — Isabella disse.

A velha mulher ergueu-se, apoiando as costas em um grande travesseiro que tinha o formato de uma linguiça. Colocou a mão magra sobre boca e sorriu para mim.

— Seja bem-vinda à minha casa. — Ela disse, e seu sotaque era tão carregado que mal consegui entendê-la. Eu nunca vi a mãe de Beppi sorrir sem colocar a mão na frente da boca antes. Acho que tinha vergonha de não ter os dentes. Mas sempre se comportou com uma tremenda dignidade, mesmo nos dias em que estava tão doente que não conseguia se levantar da cama.

— Desculpe-me por aparecer aqui sem avisar antes. — Eu disse a ela, em meu italiano claudicante.

— Ah, estamos encantadas em vê-la.

— Ela vai ficar hospedada com a família DeMatteo, *mamma* — Isabella contou a ela, enquanto fechava a janela, por causa do vento frio da noite. — Mas vai jantar conosco primeiro. Beppi está cozinhando, então espero que ela goste de nossa comida italiana.

Comemos em volta da mesa pequena na cozinha. Primeiro o espaguete com o molho que Beppi havia feito, depois linguiças apimentadas que ele fritava rapidamente com cebolas vermelhas, pimentas e pimentões.

Antes de voltar a cozinhar, ele fez a barba e penteou os cabelos, de modo que parecia o meu Beppi de novo.

Enquanto comíamos e bebíamos o vinho tinto encorpado que Isabella sevia de uma garrafa empoeirada e sem rótulo, tentei não

pensar na noite que iria passar na casa dos pais de Gianfranco. Estava com medo de encontrá-los.
Inventei o máximo de motivos que pude para não ir muito cedo para lá.
Primeiro ajudei Isabella a lavar a louça, depois fui com ela alimentar as galinhas. Eu teria ficado mais tempo, mas, quando viu a lua brilhando sobre Ravenno, Beppi insistiu que era hora de irmos.
— É só durante a noite, Caterina. — Prometeu. Vou buscá-la logo de manhã cedinho.
Andamos na direção de Ravenno e paramos para nos beijar nos degraus da escadaria que levava à cidade. Ficamos ali por um longo tempo.
— Senti sua falta. — Beppi me disse. — Estou feliz que tenha vindo.
Os pais de Gianfranco eram tão cinzentos quanto as pedras da cidade de Ravenno, com as quais a casa deles fora construída. Seus quartos estreitos eram mobiliados com peças sólidas de madeira escura, e o único cômodo que parecia realmente ter alguma vida era a cozinha. Eles estavam esperando por mim. Assim que cheguei, me levaram para o andar de cima, para me instalar no quarto onde eu iria dormir. Lá havia uma jarra de água fria e um pedaço de linho branco dobrado, que deduzi que fosse uma toalha. Fiquei feliz por me deixarem sozinha. Tudo o que eu queria era me enfiar na cama, pensar nos beijos de Beppi e adormecer.
Exatamente como prometera, Beppi veio me buscar logo cedo, no dia seguinte. Estava dirigindo uma Vespa que pedira emprestada ao primo, com um sorriso enorme nos lábios.
— Venha, Caterina, vou levar você para a praia.
— Mas não fica a muitos quilômetros de distância? — Perguntei, cheia de dúvidas. — Nós vamos pelo mesmo caminho por onde o ônibus veio? Aquela estrada cheia de curvas e de túneis?
— Não se preocupe tanto. Vamos ficar bem. Nada de ruim vai acontecer. Já fiz isso centenas vezes.
— Tudo bem. — Concordei. — Mas não vá rápido demais.

A praia à qual ele me levou era quase que inteiramente cercada por um muro de pedra e coberta de pedregulhos em vez de areia. Passamos o dia lá, nadando nas águas tranquilas, ou deitados lado a lado, ao sol. Parecia natural deixá-lo espalhar óleo nos meus ombros, ou beijar minhas costas nuas. Não foi como aquelas vezes estranhas, deitada na praia ao lado de Gianfranco.

Almoçamos em um café que ficava no topo da encosta, sob a sombra de pinheiros. Enrolados em nossas toalhas, comemos pizza coberta com tomates frescos e manjericão, e tomamos uma bebida que tinha gosto de limões doces. Foi lá que Beppi disse, pela primeira vez, que me amava, e senti uma pequena bolha de felicidade estourando dentro do meu peito quando disse a ele que o amava também.

— Não tenho nada para oferecer a você, Caterina. — Ele disse, com tristeza. — Nem dinheiro, nem uma casa. Você viu como nós vivemos.

— Nada disso importa.

— Ah, importa, sim — ele insistiu. — No final importa, sim.

— Tudo o que quero é ficar com você, Beppi.

— Em Ravenno?

Pensei na casa baixa de dois cômodos, à sombra da cidade montanhosa. Ele estava certo, eu não podia viver ali.

— Mas você não disse que estava voltando para Roma?

Ele pareceu perturbado.

— Não sei o que fazer. Minha mãe ainda não está bem, como você viu, e é difícil para Isabella ser a responsável por tudo, todo o tempo. Mas não há trabalho para mim em Ravenno.

— Mas e aqui, na costa?

— No verão, talvez, mas tudo fecha durante o inverno.

— Volte para Roma. — Eu disse, egoísta. — Sua mãe vai ficar bem. Por favor, volte.

— Vamos ver. — Ele disse, e depois sorriu. — Não vamos pensar sobre isso agora. Quero voltar para a praia e aproveitar a tarde.

Tentei relaxar enquanto deitávamos em nossas toalhas, com o sol aquecendo nossos corpos, mas minha cabeça fervilhava, cheia de pensamentos e planos.

Tinha que haver um jeito de ficarmos juntos.

No dia seguinte ficamos em Ravenno, e Beppi me levou para passear pela cidade. Era um lugar desolado, cheio de prédios decadentes e pessoas velhas, que desconfiavam de gente de fora.

— Onde estão os jovens? — Perguntei a Beppi.

— Eles deixaram a cidade para procurar trabalho. Alguns foram para a América ou para a Inglaterra. Outros foram para Nápoles ou para Roma, como eu. Não há nada aqui para eles.

—Você iria para a Inglaterra? — Eu estava cheia de esperança.

— Eu gostaria de ver como é lá algum dia, mas quem tomaria conta da minha mãe e de Isabella? Bem, de qualquer forma, dizem que lá é frio e que a comida é horrível.

Eu já estava em Ravenno há quatro dias e ajudava Isabella na horta quando ouvimos um carro estacionando lá fora.

— Quem será? — Isabella disse, colocando sua pá no chão.

Então, um sorriso se espalhou em seu rosto e ela gritou:

— Gianfranco, é você? Até que enfim você voltou para casa, para nós.

Ela correu e jogou os braços ao redor de seu amplo corpo.

Ao ver seu carro brilhante, ela gritou de novo e pulou no banco do passageiro. Colocando os pés no painel, ela exigiu:

— Leve-me para dar um passeio. — Mas Gianfranco não pareceu interessado. Ele estava olhando para mim.

— Então é aqui que você está escondida, Caterina.

Tentei não demonstrar como me desagradava vê-lo de novo.

— É isso mesmo. Vim para ver Beppi.

— E você está hospedada na casa de meus pais, pelo que ouvi dizer.

— Não há lugar para mim aqui.

— Gianfranco! — Isabella pediu sua atenção. — Você pode falar com a inglesa depois. Sou eu que não vejo você há meses. Leve-me para dar uma volta!

— Tudo bem, tudo bem, me dê só um minuto. Por que você tem sempre que ser tão barulhenta, Isabella?

Ela pareceu magoada por um minuto, mas depois devolveu.
— Tenho que ser barulhenta para chamar a sua atenção. Você vai me dar as chaves? Vai me deixar dirigir? Ah, vamos, Gianfranco, eu nunca dirigi.

Vendo os dois se afastarem de carro, me dei conta de que odiava Gianfranco. Fiquei surpresa, porque não estava acostumada a me sentir assim com relação às pessoas. Pensei em dizer algo a Beppi. Mas eles se conheciam desde a infância, e ele não ia querer ouvir nada de ruim sobre amigo.

Beppi havia ido comprar um pouco de carne para o jantar, porque gostava de escolher pessoalmente a comida. Quando voltasse, ficaria contente em ver Gianfranco. Eu não queria estragar esse momento feliz. Agora, pensando naquela época, acho que devia ter dito alguma coisa. Se eu tivesse alguma ideia do que estava para acontecer, teria contado a Beppi como me sentia a respeito de seu amigo.

Claro que, no dia seguinte, Gianfranco quis que nós quatro fôssemos juntos à praia, no carro dele. Isabella estava excitada, e Beppi feliz, porque aquilo significava que poderíamos ir a praias mais distantes, onde houvesse mais areia, onde as praias fossem mais bonitas ainda que aquela aonde ele me levara.

— É tão lindo, Caterina. Espere só para ver. — Ele me disse, entusiasmado.

Sentei-me no banco de trás com Isabella, que se agitava sem parar para cima e para baixo e cantou a maior parte do caminho. Ela não tinha muitas oportunidades de diversão em sua vida. Dividia seus dias entre as obrigações do serviço doméstico e os cuidados com a mãe. Por isso fiquei feliz em vê-la tão animada e tentei sorrir e me juntar a ela na cantoria.

Isabella se grudava em Gianfranco, embora eu pudesse ver que ele não estava interessado nela. Ela insistiu em se apoiar no braço dele assim que pegamos a trilha para descer o barranco que levava à praia; e colocou sua toalha perto da dele, na areia. Mas eu sabia que Gianfranco mantinha seus olhos grudados em mim. Ele conversava com Beppi, fofocando sobre as pessoas que conheciam do hotel, e se gabava sobre seu carro. Mas era a mim que observava o tempo todo.

Beppi não percebera. Ele estava feliz em passar aquele dia quente de verão com as pessoas que mais amava. Correu para o mar, gritando o mais alto que podia e mergulhou nas ondas. Vi a água escorrendo de seu corpo esguio e firme quando reapareceu.

— Meu irmão é um louco. — Isabella murmurou, com carinho.

Gianfranco virou os olhos para cima:

—Você acha que algum dia ele vai crescer?

Passamos o dia ali, tomando sol e nadando. À tarde, Isabella saiu para dar um longo passeio à beira-mar, chutando a água rasa. Ela queria que Gianfranco fosse com ela, mas ele andou só um pouquinho antes de dar meia-volta.

— Sua irmã gosta um bocado de Gianfranco. — Eu disse, enquanto via Gianfranco andando pela praia em nossa direção.

— Ela sempre teve uma queda por ele. — Beppi concordou.

— Mesmo quando éramos crianças. Pobre Isabella. Quais são as chances de ela encontrar um marido num lugar como Ravenno?

— Quem sabe ela não se casa com Gianfranco?

— Ah, acho que não. Ele gosta dela, mas não posso imaginá-lo se conformando com alguém de Ravenno.

No carro, na volta para casa, observei Isabella. Era uma dessas pessoas que optam por serem felizes a não ser que haja uma razão muito boa para a tristeza. Sempre rindo, sempre contando piadas. Ela era muito parecida com Beppi, em muitos sentidos, mas não era abençoada com sua boa aparência. Eu esperava que ela encontrasse alguém que a amasse, mas, lá no fundo, sabia que era bem improvável que esse alguém fosse Gianfranco.

Na noite seguinte, Isabella quis passear de carro de novo.

—Vamos fazer um passeio sob a luz do luar. — Ela nos disse.

— *Mamma* pode ficar sozinha por algumas horas.

A ideia de ter que fazer todas aquelas curvas fechadas depois de anoitecer me encheu de horror, e dei uma olhada para Beppi.

— Mas ontem nós deixamos sua mãe sozinha o dia inteiro. — Eu disse. — Não me importo em ficar aqui com ela, se vocês todos quiserem ir.

Beppi ficou dividido. Ele sabia que sua obrigação era acompanhar sua irmã, mas acho que considerou que Gianfranco era como um irmão para ela. E, de qualquer forma, preferia ficar comigo. Então, ficamos em casa, e, assim que a mãe dele dormiu, passamos o tempo conversando e nos beijando.

Já era tarde, e nós dois começamos a prestar atenção para tentar ouvir o barulho do carro de Gianfranco voltando.

— Espero que esteja tudo bem. Ele dirige feito um maluco às vezes. — Eu disse

Beppi pareceu preocupado:

— Ele vai tomar cuidado com minha irmã no carro. — Ele disse, sem muita convicção.

Uma hora depois não havia nem sinal deles, e Beppi nem tentava mais esconder sua ansiedade. A cada poucos minutos corria para olhar lá fora, pensando ter ouvido um carro estacionar.

— Talvez o carro tenha quebrado. — Eu disse. — Uma vez Gianfranco me levou para passear, e o carro não dava partida.

— Talvez. — Disse Beppi, mas não parecia muito convicto.

Quando chegou a hora de eu ir embora, ele me acompanhou até a casa dos pais de Gianfranco. Não houve parada nos degraus para beijos, e, quando me disse boa-noite, sua voz estava tensa.

Ninguém me esperava, então subi sozinha e fui direto para a cama. Fiquei ali, deitada, esperando ouvir Gianfranco chegar, mas nem sinal dele.

Já era bem tarde quando caí no sono, naquela cama estreita. Acordei cedo. Ouvi movimento no andar de baixo, e sabia que era a mãe de Gianfranco limpando o chão e esfregando as paredes. Ela parecia estar sempre limpando alguma coisa.

— Onde está Gianfranco? — Perguntei, quando desci as escadas.

— Na cama, eu acho. — Ela deu de ombros.

Não me agradava a ideia de ir até o quarto dele, mas eu queria ter certeza de que ele e Isabella tinham chegado em segurança. Por isso, subi as escadas e, com certa hesitação, abri a porta do quarto. Havia um cheiro almiscarado no ar e vi sua mala no chão, com roupas saindo dela. Embora sua cama estivesse desarrumada, ele não estava lá.

De manhã eu costumava fazer hora por ali até Beppi vir me buscar, mas naquele dia eu não podia mais aguentar. Desci correndo os degraus de Ravenno até chegar à casa de Beppi.

Sua mãe estava sentada do lado de fora, instalada em uma velha cadeira de armar, com um cobertor sobre os joelhos. Era a primeira vez que eu a via fora de casa, e sua pele, sempre pálida, agora estava branca como giz.

— Beppi não está aqui. — Ela explicou, com seu italiano de sotaque pesado, mas falou devagar, então pude entendê-la. — Ele pegou a Vespa de seu primo emprestada e foi procurar por Isabella. Ela e Gianfranco não vieram para casa na noite passada.

Fiz uma xícara de café para ela e tentei confortá-la, contando que o carro de Gianfranco não era nada confiável. Mas, depois de certo tempo, paramos de tentar manter uma conversa e esperamos juntas, em silêncio. Após muitas horas, ouvimos Beppi voltando.

— Andei por todas as estradas em volta de Ravenno; eles devem ter ido para algum outro lugar. — Ele disse, de cara fechada.

— O que devemos fazer? — Perguntei.

— Não sei. Eles podem estar em qualquer lugar.

A mãe dele e eu ficamos ali sentadas, olhando para ele, esperando que tivesse um plano. Estávamos tentando decidir se ele deveria procurar pela costa ou voltar às montanhas quando ouvimos um guincho de pneus seguido pela batida da porta de um carro. Todos nós, mesmo a mãe dele, corremos para a rua. Tivemos tempo de ver o carro de Gianfranco desaparecendo ao longe e encontramos Isabella sentada no chão, as lágrimas escorrendo pelo rosto.

— Ele não me quer, ele não me quer. — Ela repetia.

De alguma forma conseguimos levá-la para dentro de casa e a fizemos deitar no sofá duro. Dei a ela um copo de água, enquanto sua mãe limpava as lágrimas de seu rosto e fazia carinho em sua cabeça.

— Está tudo bem, está tudo bem. — Ela ficava repetindo.

Apenas Beppi ficou para trás. Sem que nenhuma de nós percebesse, ele saiu de casa.

Levou algum tempo para que a histeria de Isabella se acalmasse. Sua mãe não fez nenhuma pergunta; só fez carinho nela até que ela caísse no sono. Eu não sabia o que fazer. Todos pareciam entender o que acontecera, menos eu.

Quando Beppi voltou, trazia minha malinha em sua mão.

— Hoje você vai ficar aqui. — Ele me disse.

— Mas onde ela vai dormir? — A mãe dele perguntou. Ela havia desabado sobre uma das cadeiras da cozinha e estava com o rosto escondido nas mãos. Notei que estivera chorando.

— Nenhum de nós vai dormir muito, então não fará tanta diferença.

Naquele dia, parecia que alguém tinha morrido. Todos nós andávamos pela casa cuidadosamente, mal conversando. Passei a tarde tirando mato de um pedaço do jardim para que Beppi pudesse plantar vegetais ali. Pareceu melhor ficar fora do caminho das pessoas da família. Comemos muito pouco na hora do jantar; apenas uma tigela de espaguete, que mal tocamos.

Quando escureceu, Beppi jogou um cobertor sobre Isabella, que ainda dormia no sofá, e fez uma cama para si mesmo no chão. Nunca o tinha visto assim. Sua expressão era de fúria, e mesmo a forma como ele se movia tinha algo de furiosa.

Quando ele me disse que era melhor que eu fosse dormir com a mãe dele, fiquei horrorizada, mas não ousei discutir. Enfiei-me na cama, no lugar ocupado por Isabella, e fiquei ali, dura e desconfortável, ouvindo sua respiração difícil. Ela dormiu com os braços acima da cabeça e soluçava baixinho de vez em quando.

Quando estava quase amanhecendo, eu a ouvi sussurar:

— Caterina, você está acordada?

— Sim, estou. — Sussurrei de volta.

—Você tem que ir embora hoje, no primeiro ônibus. Volte para Roma.

— Mas eu não entendo. O que aconteceu? — Eu não podia ver o rosto dela na escuridão, mas sua voz era áspera e amarga.

— Gianfranco desgraçou minha filha.

Dando as costas para mim, ela afundou o rosto no travesseiro.

⊙⊹⊙

Até Pieta sabia que as coisas eram diferentes naquela época, especialmente na Itália. Uma garota não podia passar a noite com um rapaz a menos que fosse casada com ele. Pensando no Gianfranco DeMatteo que ela conhecia, um homem de meia-idade atrás de um balcão de vidro cheio de peças de presunto e bolas de queijo, ela se perguntava como Isabella poderia ter se apaixonado tanto a ponto de arriscar tudo por ele.

Capítulo 15

A enfermeira entrou na sala de espera com um sorriso tão treinado que era quase como se fosse parte de seu uniforme. Era impossível deduzir alguma coisa só de olhar.
— Sra. Martinelli?
— Sim, sou eu. — Catherine pulou da cadeira.
— Eu só vim para lhe dizer que tudo correu bem. O Sr. Martinelli está na sala de recuperação agora. Ele precisa ficar completamente imóvel por algumas horas, e nós vamos monitorar a frequência cardíaca e a pressão arterial de forma regular.
— Quando ele poderá ir para casa? — Perguntou Pieta.
— Não antes de alguns dias. Ele vai ficar em observação até termos certeza de que a dosagem dos remédios está correta.
— Podemos vê-lo? Não nos importamos em esperar.
A enfermeira dirigiu à mãe da moça um olhar avaliador:
— Acho melhor que você leve a Sra. Martinelli para casa. — Ela disse a Pieta. — A cor dela não me parece muito boa. Descansem um pouco e voltem pela manhã, quando ele vai estar de pé e se sentindo mais disposto.
— Eu não acho certo ir embora sem vê-lo... — Catherine insistiu. — Prefiro esperar, se você não se importa.
— Bem, a decisão é sua, obviamente — A enfermeira deu de ombros. — Mas foi um procedimento de rotina, e o Sr. Martinelli não teve nenhuma reação negativa, então não há nada com que se preocupar.
— Venha, *mamma*. — Pieta tomou o braço da mãe. — Vamos para casa. A enfermeira tem razão, você está com uma aparência horrível. Agora que sabemos que o *papa* está fora de perigo, talvez você possa dormir um pouco, então vai se sentir bem melhor.
A mãe devia estar exausta. Adormeceu no táxi, e Pieta se sentiu muito mal em ter de acordá-la quando estacionaram em frente a

casa. Ela pôs a mãe na cama e depois fez um pouco de chá, mas quando o levou para o andar de cima descobriu que Catherine já havia adormecido de novo.

Pieta deixou o chá no quarto e foi para a sala de costura. A ideia de bordar sem se distrair com a história de sua mãe não era atraente, e pela primeira vez Pieta se arrependeu de tentar algo tão ambicioso. Addolorata não tinha noção de quanto tempo e trabalho estavam sendo dedicados àquele vestido. Pensava que era a mais ocupada, administrando o Little Italy. Jamais reconheceria o que Pieta estava fazendo para que ela ficasse linda no dia do seu casamento.

Cerca de uma hora depois de ter começado a trabalhar, Pieta ouviu o barulho do assoalho rangendo e percebeu que sua mãe já havia acordado.

— O que você está fazendo em pé tão cedo? — Ela perguntou quando Catherine entrou segurando uma xícara de chá fresco.

— Telefonei para o hospital para saber de seu pai, e eles me disseram que ele está dormindo, e que está tudo bem. Não quero voltar para a cama ainda. Pensei em me sentar aqui e conversar um pouco com você. Queria contar o que aconteceu depois que Gianfranco desgraçou a vida de Isabella. Fiquei deitada lá, pensando naquilo.

Pieta sorriu. Estava satisfeita em saber que a mãe queria continuar com a história. Andara pensando sobre o que acontecera em seguida.

— Você deixou Ravenno, como lhe mandaram fazer? — Perguntou. — Ou ficou com o *papa*?

Catherine sentou-se na poltrona, no canto da sala, segurando a xícara de chá com ambas as mãos.

— Como eu poderia ter ficado depois do que aconteceu? Não tive escolha, precisei partir. Eu não era mais bem-vinda ali.

Logo que ouvi os primeiros pássaros cantando, escorreguei para fora da cama e peguei minha mochila. Beppi e Isabella eram apenas duas sombras encolhidas, e não se moveram quando passei por eles, pé ante pé, em direção à porta. Eu estava muito assustada com o que havia acontecido e não queria mais testemunhar a tristeza daquela família, por isso parti sem dizer adeus.

Durante todo o caminho para Roma, tentei pensar apenas em coisas práticas. Calculei quanto dinheiro ainda me restava, planejei como ganhar mais e me preocupei em encontrar um lugar para morar. Se começasse a pensar em Beppi acordando e descobrindo que eu me fora ou me permitisse imaginar quando o veria de novo, as lágrimas começariam a escorrer dos meus olhos, e eu teria que esconder o rosto dos outros passageiros.

Era muito frustrante estar voltando para a cidade, sentada naquele trem. Eu não podia deixar de suspeitar que Gianfranco sabia que aquilo ia acontecer. Por que outro motivo ele teria passado a noite com Isabella se não a amava e não tinha nenhuma intenção de se casar com ela?

O bar de Anastasio foi o primeiro lugar para onde fui quando cheguei a Roma. Era reconfortante estar ali, cercada de todos os espelhos, os cromados e as pequenas cabines vermelhas. As coisas haviam mudado tanto para mim naqueles poucos dias que, de algum modo, eu achava que o resto do mundo deveria ter mudado também. Mas o bar de Anastasio era o mesmo lugar, é claro.

Ele pareceu feliz em me ver e me beijou rapidamente nas duas faces.

— Margaret andou procurando por você. — Ele me disse. — Ela voltou de Battipaglia e está na casa da *signora* Lucy.

Fiquei tão feliz que quase o beijei de novo. Se Margaret tinha voltado para Roma, então talvez as coisas não estivessem tão ruins. Agarrei minha mocila, corri pelo beco e subi, também correndo, as escadas escuras. Uma das meninas da *signora* Lucy atendeu quando eu bati à grande porta de madeira.

— *Ciao, bella.* — Ela disse, de maneira casual.

Encontrei Margaret em um quarto ainda menor do que o nosso antigo. Ela pareceu aliviada em me ver. Sentamos lado a lado, em uma das camas estreitas de solteiro, encostadas contra a parede, e conversamos até ficarmos quase roucas. Acontece que ela tivera uma experiência péssima em Battipaglia. A casa de férias da família rica estava caindo aos pedaços e cheia de ratos. As crianças corriam por toda a parte, e ela tinha que correr atrás

delas de manhã até a noite. Pior de tudo, eles a obrigavam a vestir seu uniforme branco engomado todos os dias, e, quando ela saía para os passeios de bicicleta, que eram a sua única forma de escapar daquela casa por uma ou duas horas, a saia comprida se enroscava nas rodas.
— Chega. Já estou farta de ser governanta. — Ela me disse. — A primeira coisa que vou fazer amanhã é pedir demissão.
— E o que você vai fazer?
— Vou voltar para casa, é óbvio. Qual é o motivo de ficar aqui? A Audrey já foi, e foi tudo ideia dela, pra começar. Nós duas devíamos ir para casa.
— Mas eu não posso, ainda não.
Margaret revirou os olhos.
—Você não está esperando pelo Beppi, está? Já não é hora de desistir dele?
Ela ficou atônita quando lhe contei sobre a viagem a Ravenno. Acho que não esperava que eu tivesse coragem de viajar para tão longe sozinha.
— Ainda acho que você devia voltar para casa comigo. — Ela disse quando terminei. — Escreva para o Beppi e dê a ele seu endereço em Londres. Se ele a ama de verdade, irá atrás de você.
— Não é assim tão simples. Ele precisa pensar na mãe... e na irmã.
— O caso, Catherine, é que você não pode ficar em Roma esperando por ele para sempre. Como é que você sabe que ele vai voltar?
Ela estava certa, é claro. Mas, além de ser mais corajosa do que ela imaginava, eu também era muito mais teimosa.
— Eu não me importo. Não vou partir. — Insisti. — E também não acho que você deveria ir agora. Você tem estado tão ocupada trabalhando que não viu quase nada de Roma. Por que não ficamos mais algumas semanas? Podemos nos divertir muito juntas.
— Oh, Catherine, eu não sei... — Margaret parecia cansada e aborrecida.
— Por favor. — Implorei. — Pode ser que a gente nunca mais volte a Roma. Esta pode ser a nossa última chance de aproveitar de verdade.

Por algum motivo, eu sempre tinha sido capaz de convencer Margaret do meu modo de pensar. Era bem provável que ela fosse apenas boa demais para dizer não.

— Está bem, então. — Ela parecia relutante. — Só por algumas semanas, porém, depois eu vou para casa com ou sem você.

Eu esperava que isso me desse o tempo de que precisava. Pela manhã eu enviaria uma carta a Beppi, dizendo a ele que, se não viesse logo, eu partiria. Era um risco. Eu sabia que ele tinha outras coisas com que se preocupar: a desgraça da irmã, a doença da mãe, a traição do amigo. Era muito provável que eu fosse a última coisa com que ele se preocupasse. Mas, como Margaret havia dito, eu não podia esperar por ele para sempre.

De certa forma, aquelas semanas seguintes foram as melhores. Era como se estivéssemos dizendo adeus a Roma. Todas as manhãs Margaret e eu acordávamos cedo, tomávamos café com Anastasio e saíamos a pé, para explorar uma parte diferente da cidade. Um dia, andando pelas vielas estreitas de Trestevere; no outro, admirando as riquezas do Vaticano ou sentadas em um café de rua na Via Veneto, fingindo que éramos estrelas de cinema. Havia sempre alguns rapazes italianos assobiando de forma galante, e prometendo nos mostrar partes da cidade que jamais encontraríamos sozinhas. Mas nós apenas sorríamos, balançávamos a cabeça e continuávamos andando; Margaret, porque estava decidida a voltar para casa e encontrar um rapaz inglês decente para se casar; e eu, pensando apenas em Beppi e imaginando se ele havia recebido a minha carta.

Eu não havia recebido notícias dele, e, a cada dia que passava, começava a perder as esperanças de que ele viria. Nunca disse nada a Margaret, e ela nunca mencionou nada, mas nós duas pensávamos a mesma coisa: ele tinha me esquecido. Então, quando uma furiosa *signora* Lucy esmurrou a nossa porta uma noite, já bem tarde, nós duas ficamos tão assustadas que pensamos que um incêndio havia começado ou que alguém tinha sido assassinado.

— Eu disse a vocês, nada de rapazes. — Ela gritou para mim quando abri a porta.

— Não há nenhum rapaz aqui. Pode olhar. — Abri mais a porta, para que ela pudesse ver dentro do quarto. — Só estamos eu e Margaret.

— Ele está lá fora, perguntando por você.

— Quem? Beppi?

Eu nem sequer me preocupei em verificar se estava decente. Empurrando a *signora* Lucy para o lado, desci correndo as escadas.

— Nada de rapazes! — Ela gritou atrás de mim. — Ele não pode entrar!

Quando vi que era ele mesmo, quase chorei. Havia sombras roxas sob seus olhos, e parecia triste e cansado.

— Caterina, eu sinto tanto. — Ele disse. — Recebi a sua carta há semanas e levei tanto tempo para vir. Obrigado por esperar por mim.

Ele deu um passo à frente, quase cruzando a soleira da porta. Atrás de mim, ouvi o grito da *signora* Lucy. Empurrando-o para fora com a palma da mão, fechei a porta.

—Aqui não — eu disse a ele.—Vamos ao bar do Anastasio.Você pode tomar uma bebida e me contar o que anda acontecendo.

O bar estava barulhento, com a música alta da *jukebox*. Mas nós encontramos uma cabine vazia, e nos sentamos aconchegados um ao outro. Eu senti os lábios de Beppi roçando os meus cabelos, e ele passou o braço em volta dos meus ombros.

— Foi um desastre, Caterina — ele me disse. — Eu me sinto como se tivesse perdido a minha irmã e o meu melhor amigo. Agora, só tenho você.

Com calma, ele me contou toda a história. Na noite do passeio ao luar, Isabella e Gianfranco haviam ido até a costa e passeado juntos na praia. Quando voltaram para o carro, Gianfranco não conseguiu dar partida. Disse que precisariam passar a noite lá e encontrar um mecânico de manhã. Acho que engasguei quando ouvi aquilo, mas não disse nada sobre a minha própria experiência em Amalfi.

Beppi não sabia exatamente o que havia acontecido no carro naquela noite. Nem Gianfranco nem Isabella tocavam no assunto. Mas, de certa forma, não importava de verdade. Ela havia passado a noite sozinha com um homem, e isso queria dizer que estava arruinada aos olhos de todos os que importavam. Nenhum outro homem tocaria nela agora.

— Há quinze, vinte anos, a solução teria sido simples. — Disse Beppi, com amargura. — *Carabinieri* teriam ido buscar Gianfranco, e ele seria forçado a se casar com minha irmã. Talvez eu devesse tê-lo forçado. Mas minha mãe disse não. Ela preferia que Isabella ficasse sozinha a ter qualquer outro envolvimento com ele. Ainda assim, Beppi não havia ficado satisfeito. Ele precisava se vingar de alguma forma. Então, numa noite, bem tarde, roubara o carro de Gianfranco, estacionara-o na *piazza,* em Ravenno, e ateara fogo ao veículo. Metade da cidade havia ido olhar. Mas Gianfranco e sua família haviam dormido durante a coisa toda e, quando acordaram pela manhã, encontraram o carro reduzido a nada além de metal preto retorcido e cinzas. Aparentemente Gianfranco havia chorado com a cena.

— Eu não me importo. — Declarou Beppi. — Ele arruinou algo que me pertencia, e eu destruí algo que pertencia a ele.

— Então, agora vocês estão quites?

— É claro que não. — A voz de Beppi soava ferida. — Ele desgraçou minha irmã. Nunca estaremos quites. O pior é que ela pensou mesmo que ele a amava. Foi só quando ele a trouxe de volta, na manhã seguinte, que ele disse estar apaixonado por outra.

— Quem? — Perguntei, apavorada com a possível resposta.

Beppi deu de ombros.

— Não faço ideia. Quando estivemos em Roma juntos, eu nunca o vi com uma garota. Estava sempre conosco nos dias de folga, lembra?

Se houve um momento em que eu poderia ter contado a Beppi a verdade sobre o amigo dele, foi aquele. Mas não me atrevi. Ele já havia queimado um carro; que tipo de vingança iria planejar se soubesse que Gianfranco também havia tentado passar uma noite comigo? Portanto, fiquei quieta.

— O que você vai fazer agora? — Perguntei, em vez de dizer algo.

— Encontrar trabalho o mais rápido possível.
—Aqui em Roma?
— Sim, é claro. — Respondeu, apertando o meu ombro outra vez. — Para que possamos ficar juntos de novo, Caterina.
— Mas Margaret e eu estamos partindo de Roma. Só fiquei todo esse tempo para esperar por você. O inverno vai chegar logo. Já é hora de voltarmos para casa.
Ele pareceu confuso.
— Pensei que você quisesse ficar comigo.
— Eu quero. Mas você pode voltar comigo para Londres. Iria ganhar mais dinheiro lá e estaria longe de Ravenno, e de Gianfranco. Você não quer pelo menos pensar no assunto?
Ele concordou em pensar, embora eu tivesse certeza de que estava fazendo aquilo apenas para me agradar. Beppi jamais tinha saído da Itália. Roma era o lugar mais longe para onde havia ido.
Ele me beijou, em despedida, ao pé das escadarias da *signora* Lucy. Eu não o deixei ir mais longe, porque ela poderia ter um ataque histérico de novo.
— Onde vai ficar esta noite? — Perguntei.
— Com um garçom do hotel onde eu trabalhava. Amanhã vou ver se consigo o meu antigo emprego de volta.
— E se eles disserem que não?
—Vou continuar procurando. Não se preocupe, vou achar alguma coisa. Encontre-me no bar do Anastasio amanhã à noite, e eu conto como foram as coisas.
Margaret estava na cama quando cheguei.
— Catherine, é você? — Ela perguntou, sonolenta. — O que aconteceu?
Sentei-me na cama dela, e ela passou as pernas em volta de mim enquanto eu lhe contava sobre a minha noite.
Ela ficou em silêncio por algum tempo depois que eu havia terminado.
— O que os seus pais vão dizer?
— O que você quer dizer com isso?

— Se você chegar em casa com um rapaz italiano, dizendo que o ama, como eles vão reagir?

Eu havia passado muito tempo preocupada com outras coisas, mas, por algum motivo, jamais havia pensado nos meus pais. Agora, de repente, e graças a Margaret, podia ver muito mais problemas em nosso caminho. Beppi era não apenas italiano, mas católico. Aquilo poderia não soar muito bem para meu pai, um protestante fervoroso.

Meus pais haviam sempre sido pessoas de vida simples e honesta. A ideia de diversão do meu pai era apostar nos times de futebol ou jogar dardos no bar da esquina. Mamãe gostava de uma xícara de chá e alguns momentos de paz na casinha estreita deles, em Balls Pond Road. Beppi não se encaixaria naquele mundo.

— Eu não me importo. — Disse a Margaret. — Não podem me impedir de ficar com ele.

— Não, mas você tem certeza de que isso não é só um romance de férias? E se você convencer Beppi a ir para a Inglaterra e depois chegar à conclusão de que não o ama? Não seria melhor deixá-lo aqui e ter apenas lembranças boas dele?

— Não. — Eu não podia acreditar que ela estava dizendo aquelas coisas.

—Volte comigo e vamos juntas procurar por dois bons rapazes ingleses. — Disse Margaret. — Quem é que quer casar com um italiano, de qualquer modo? Todos eles têm um temperamento terrível e estão sempre à beira da histeria. Eu é que não iria querer um rapaz italiano, mesmo que ele fosse maravilhoso. Acho que amanhã deveríamos procurar saber quanto custa uma passagem de trem para Calais. E que deveríamos partir logo que possível.

Voltei para a minha cama e fiquei deitada, ouvindo a respiração regular de Margaret, enquanto ela adormecia. Se ela queria tanto partir de Roma, tudo bem. Tudo o que havia dito era verdade, mas não me importava. Eu já havia decidido.

Beppi estava cheio de entusiasmo quando fui encontrá-lo na noite seguinte, no bar do Anastasio. O antigo gerente dele, no hotel, havia ficado contente em vê-lo. Não apenas havia um emprego disponível para ele, mas melhor ainda, ele tinha sido promovido. Agora ocupava o antigo cargo de Gianfranco, como *chef de rang*, e seria responsável por seis mesas, servindo a salada, a carne e o peixe em uma bandeja de prata, ou fazendo *crêpe suzette* no *gueridon*, ao lado da mesa.

A coisa toda era um espetáculo na verdade, e tudo tinha que ser feito de forma bastante precisa. Por exemplo: eles traziam um salmão inteiro, cozido com aipo e cebolas, e decorado com pedaços de limão. Em volta, havia pequenos potes com diferentes molhos: limão e manteiga, rábano ou maionese com mostarda. O trabalho de Beppi era cortar um filé sem espinhas e, então, servir o molho escolhido. Tudo tinha que estar arrumado lindamente no prato, e durante todo o tempo Vittorio, o chefe dos garçons, observava para assegurar que nada sairia errado.

— É uma grande promoção. — Ele me disse, orgulhoso. — Normalmente *um* assistente como eu seria promovido a *demi-chef* primeiro, e aí você só serve os turistas. Mas todas as pessoas da alta sociedade estarão nas minhas mesas. É mais dinheiro também, Caterina, e se eu for cuidadoso poderei economizar e também mandar uma parte para casa, em Ravenno. Mas isso significa que não vou poder ir para a Inglaterra, pelo menos por enquanto.

— Um dia, então?

Ele sorriu e me beijou, mas não disse que sim.

Era uma noite fresca. O outono estava chegando a Roma, e as mulheres sofisticadas já tiravam dos armários os *tailleurs* de lã e os tricôs elegantes. Eu só tinha as saias e vestidos de algodão que eu mesma costurara, e havia sentido frio o dia inteiro. Assim, quando Beppi sugeriu que saíssemos do bar do Anastasio e fôssemos dar uma volta na Piazza Navona, não fiquei muito satisfeita.

— Mas está quentinho aqui. — Eu disse. — Por que não pedimos outra bebida e ficamos onde estamos?

— Não, não. — Beppi parecia agitado e excitado. — Vamos dar uma volta. A Piazza Navona é tão bonita à noite, com todas as fontes iluminadas.

— Mas eu vou congelar neste vestido fino.
—Vamos nos aquecer rápido, você vai ver.
Como sempre, não consegui resistir a ele. Em dez minutos estávamos caminhando pela Piazza Navona, de braços dados. Ainda havia pessoas nos cafés das ruas, jantando ou apenas tomando um drinque. E havia outros casais, andando de mãos dadas ou sentados perto das fontes. Beppi estava quieto e parecia distraído enquanto andávamos ao redor da *piazza*. Eu tentava imaginar o que estaria errado, e se ele estava pensando nos problemas de sua irmã.

—Você se lembra da primeira vez em que nos vimos, quando eu estava naquele café sofisticado, com Audrey e Margaret? — Perguntei, tentando distraí-lo daquelas coisas.

— É claro que me lembro. — Ele sorriu. — Parece que foi há muito tempo, não é?

— Nem tanto assim; apenas poucos meses. — Lembrei a ele.

—Tempo suficiente, entretanto.

Paramos perto da fonte que sempre havia sido o nosso ponto de encontro, e Beppi voltou o rosto para mim.

—Tempo suficiente para quê? — Perguntei.

— Para eu saber o quanto amo você. — A voz dele era baixa, e quase tive de me esforçar para ouvi-lo.

— Eu te amo também, Beppi. — Estava feliz em dizer aquilo para ele, de novo, e de novo.

Ele olhou para mim por um instante, como se estivesse tentando decidir o que dizer em seguida.

— Eu não tenho muita coisa, Caterina, você viu. — Ele começou —, mas, com esta nova promoção, posso ter alguma perspectiva. Então, o que eu quero saber é...

— Sim?

— Nem tenho um anel para dar a você, mas... você se casaria comigo, Caterina?

Por um momento, fiquei pasma demais para falar.

— Caterina? — Ele insistiu, em voz tensa, ansiosa.

— Sim, sim, é claro. É claro.

— Mesmo? — Ele parecia incrédulo.
— Sim, é claro.
Ele soltou um grito alto.
— Ela vai se casar comigo! — Ele anunciou para as pessoas sentadas nas mesas de fora do café. — Eu não sou o homem mais feliz do mundo?
Eles aplaudiram e gritaram:
— *Auguri!*
Fiquei um pouco envergonhada, em especial quando alguém mandou um garçom trazer dois copos de *prosecco* para celebrarmos. Mas, quando nos sentamos perto da fonte, bebericando aquele líquido cheio de bolhas, me senti tão feliz quanto qualquer garota que acabara de ficar noiva. Não me importava se não havia um anel no meu dedo nem pensei nos problemas que poderíamos enfrentar. Só estava interessada na sensação de ser uma garota que alguém amava. Uma garota que tinha um noivo.
Nem sequer falamos sobre a data do casamento. Estávamos contentes só de estarmos juntos, aproveitando aquele pouco de felicidade que havíamos construído um para o outro.
Já era tarde quando ele me deixou, com um beijo, na porta da casa da *signora* Lucy. Como eu havia imaginado, Margaret dormia profundamente, suas malas já prontas ao pé da cama. Ela havia descoberto que tinha dinheiro suficiente para as passagens de trem e de barca para casa, e partiria pela manhã. Eu me sentira triste com a ideia de dizer adeus a outra amiga, mas agora tudo aquilo havia desaparecido da minha mente, porque Beppi havia me escolhido. Ele seria a minha família agora, além de meu amigo. Fiquei ali deitada, acordada durante metade da noite, pensando nele.

Capítulo 16

Na manhã seguinte, precisei de uma grande quantidade do café forte de Anastasio para despertar, de tão sonolenta que estava. Margaret e eu havíamos decidido tomar o último café da manhã juntas antes de ela pegar o táxi para a Stazione Termini. Nos esbaldamos com *cornetti* salpicados de açúcar de confeiteiro e escorrendo creme de ovos. Anastasio nos trouxe alguns doces recheados com chocolate e nozes e disse que era por conta da casa.

—Vou sentir falta disto. — Suspirou Margaret. — E vou sentir falta da mozarela fresca e daqueles pedaços de pizza da loja no fim da rua.

Ela havia engordado um pouco na Itália, mas estava bem.

—Você vai comer apenas purê de batata e salsichas com molho de cebola em alguns dias. — Lembrei a ela.

Ela franziu a testa.

— Eu sei, e não estou nada ansiosa por isso. Gostaria que tivéssemos comida italiana em casa. Eu nunca comeria nada diferente.

Eu não me importava tanto com comida como ela, mas podia ver como até mesmo as famílias italianas mais pobres comiam melhor que as inglesas. Mesmo os pratos mais simples estavam sempre explodindo com sabores de alho ou manjericão, e cada garfada era saboreada, não engolida obedientemente.

—Talvez você possa cozinhar à moda italiana em casa. — Sugeri.

— Onde é que eu ia encontrar os ingredientes? Não, vai ser salsicha com molho de cebola, como você disse.

Eu não contara a ela sobre o pedido de casamento de Beppi. Estava com medo de que ela tivesse algo sensato a dizer, que eu preferia não ouvir. Até então, as únicas pessoas que sabiam eram os estranhos no café, e eu achava melhor continuar daquele jeito até escrever para contar a novidade aos meus pais.

Colocamos a bagagem de Margaret no porta-malas de um táxi, e eu me despedi dela na calçada.

—Vejo você em breve. —Disse ela, me abraçando.

— Sim, espero que sim. — Respondi.

Quando o táxi partiu, eu me senti completamente sozinha, mais uma vez. Mas, então, disse a mim mesma que agora eu tinha Beppi, e que ele iria cuidar de mim.

O fato de existir uma carta esperando por mim quando eu voltei para a casa da *signora* Lucy ajudou bastante. O envelope estava coberto de selos norte-americanos e estava escrito com a letra bonita de Audrey. Não consegui esperar os poucos minutos que levaria para chegar ao meu quarto, de modo que rasguei o envelope e li a carta ali mesmo, no corredor, enquanto as meninas da *signora* Lucy iam de um lado para o outro.

Queridas Catherine e Margaret,

Desculpem-me por ter demorado tanto a escrever, mas ando tão ocupada que parece nunca haver tempo para pegar caneta e papel. Em primeiro lugar, acho que vocês vão querer saber sobre mim e Louis. Bem, nós estamos casados... e eu estou grávida! Vou ter um "bebê de lua de mel", o que não era exatamente o que eu esperava, mas Louis está feliz o suficiente por nós dois. Admito que, no começo, achei que vir para cá tinha sido um erro. Quando Louis veio me receber na chegada do navio, os cabelos dele estavam muito mais longos, e, sem o uniforme, ele me pareceu um pouco desgrenhado. Então fomos para o apartamento da mãe dele, no Brooklyn, e ela não me fez sentir muito bem-vinda. Eu já estava decidida a fazer as malas e ir embora quando Louis me levou a Coney Island para passar o dia, e nos divertimos muito. Foi aí que me lembrei por que tinha me apaixonado por ele.

De qualquer modo, a mãe dele está um pouco mais afável desde que nos casamos. Ainda estamos morando com ela, e eu espero, por Deus, que tenhamos condições de ter um lugar só nosso em breve. Louis está fazendo horas extras nas docas, e eu estou trabalhando como garçonete em um restaurante. Parece um pouco com o bar do Anastasio, com espelhos e pequenas cabines, mas todos os fregueses pedem coisas como ovos fritos

moles e o gosto do café é horrível.
Eu penso em vocês, meninas, o tempo todo, e me lembro das nossas aventuras. Não foi divertido? Mesmo que as coisas estejam um pouco mais difíceis agora, acho que foi muito bom ter vindo para Nova York. Louis e eu estamos muito apaixonados, e sei que, assim que escaparmos da velha rabugenta, tudo vai ficar perfeito.
Escrevam-me logo e contem o que está acontecendo. Sinto tanta saudade de vocês!
Com amor,
Audrey.

Ler a carta de Audrey fortaleceu a minha decisão. Se ela pode, eu também posso, disse a mim mesma. Naquela tarde, sentei-me e escrevi uma carta para ela, em resposta. Escrevi páginas e páginas e contei-lhe tudo, até mesmo que Beppi e eu estávamos noivos. Foi bom compartilhar a notícia com alguém, e tinha certeza de que ela não teria a menor dificuldade de entender como eu me sentia. Afinal, ela havia feito mais ou menos a mesma coisa.

A carta para os meus pais foi mais difícil. Parte de mim estava assustada em escrever, com medo de que eles tentassem, de alguma forma, me impedir de casar com Beppi. Não sabia se conseguiria fazê-los entender quão maravilhoso ele era ou o quanto eu o amava. Nada do que escrevia parecia bom, de modo que amassei as primeiras tentativas, fazendo pequenas bolas de papel, e acabei desistindo. Com o passar dos dias, inventava desculpas para mim mesma. Eu havia começado a trabalhar para Anastasio novamente e estava cansada e ocupada. A *signora* Lucy havia me pedido para fazer mais capas para as almofadas. Uma das meninas queria um vestido vermelho. Havia sempre alguma coisa a fazer.

Foi cerca de duas semanas depois do pedido de casamento de Beppi que pensei ter visto Gianfranco pela primeira vez. Ele estava parado no final da viela que levava à casa da *signora* Lucy. Quando percebeu que tinha sido visto, desapareceu. Deve ter corrido muito rápido, porque não havia sinal dele quando cheguei à rua.

Pensei tê-lo visto novamente dois dias depois, no meio de um bando de turistas, andando pela Piazza Navona. Então, quando estava comprando flores no mercado, em Campo dei Fiori, eu me virei e o vi, alguns metros atrás de mim. Novamente ele correu logo que percebeu que havia sido visto. Comecei a ficar preocupada, achando que ele estava me seguindo, mas tinha muito medo de dizer alguma coisa a Beppi. Eu tinha certeza de que ele nem imaginava que Gianfranco estava de volta a Roma. Então, fiquei quieta, mas sempre que saía sozinha me flagrava observando a multidão, procurando o rosto dele.

Havia momentos em que eu imaginava que o havia visto, mas era outra pessoa. Comecei a ficar nervosa e a me sentir desconfortável sempre que saía. Parecia melhor ficar no meu quarto ou no bar de Anastasio, a menos que Beppi estivesse comigo.

Com o primeiro salário que recebera, ele me comprou um casaco pesado de inverno.

— Sinto muito por não ser um anel de noivado, mas achei que você ia precisar mais disto agora. — Disse ele, sorrindo.

O casaco era azul, com gola de pele, e eu adorei. Ao mesmo tempo, quando abri o presente, senti um aperto no estômago. Se Beppi tinha me comprado um casaco, era porque esperava que eu passasse o inverno inteiro em Roma.

Todos os meus problemas começaram a se acumular sobre mim. Quando estava costurando no meu quarto ou servindo bebidas para os fregueses de Anastasio, minha mente ficava livre para vagar. Comecei a acordar no meio da noite e me torturava com preocupações até que a luz entrava pelas frestas das cortinas da *signora* Lucy e eu ouvia os pássaros começarem a cantar.

Mesmo assim, não disse nada a Beppi. Muito embora estivéssemos noivos, tinha medo de perdê-lo se não tomasse cuidado.

Eu adorava ficar com ele. Algumas noites, quando ele não estava trabalhando, andávamos pelas ruas perto da Stazione Termini, onde havia muitos restaurantes pequenos e baratos. Beppi sempre sabia onde encontrar a melhor comida.

Na maioria das vezes eu só conseguia dar conta de um pouco de massa com tomate e manjericão, enquanto ele devorava pratos de miúdos ou fígado, porco assado lentamente, um tipo de pão duro e crocante e tigelas de lulas pequenas e gordas.

Beppi comia rápido, com a cabeça curvada sobre o prato, como alguém que já soube o que era sentir fome. Ele sempre queria conversar sobre os pratos que havia experimentado. Durante todo o caminho de volta para a Piazza Navona, ele me contava sobre os sabores da comida que havia escolhido, imaginando o que o *chef* teria usado para temperar o molho, ou tecia comentários apaixonados sobre o porco que havia sido assado tão lentamente, e durante tanto tempo, que a carne estava se desmanchando. Eu ficava espantada com sua capacidade de pensar sobre comida depois de servir as pessoas durante o dia inteiro, mas ele jamais se cansava daquilo.

Embora eu ficasse sempre alerta, procurando por Gianfranco, jamais o vi quando Beppi estava comigo. Talvez ele estivesse por ali, nas sombras dos becos, nos observando astutamente, mas se mantinha escondido. Comecei a me sentir segura novamente, protegida por Beppi, Anastasio e a *signora* Lucy, mesmo que nenhum dos três soubesse disso. Mas então, um dia, eu estava sozinha atrás do balcão do bar. Anastasio havia saído para comprar o jornal, e, quando eu levantei os olhos do que estava fazendo, lá estava Gianfranco, parado na porta, olhando para mim.

Ele estava diferente. A gordura que lhe dava um ar infantil havia desaparecido, e havia novas linhas em volta dos seus olhos. Por um instante, nenhum de nós falou.

— Caterina. — Ele disse, enfim. Sua voz era baixa, e pronunciou o meu nome devagar.

— O que você quer, Gianfranco? — Minha voz soou mais corajosa do que eu me sentia.

— Ele tomou o meu emprego, você sabe. — Chegou um pouco mais perto. — Ele me tomou você, e depois tomou o meu emprego.

Pela janela vi Anastasio atravessando a rua, com um jornal enrolado embaixo do braço.
— Vá embora. — Levantei a voz. —Vá embora.
Quem poderia saber o que ele andava planejando? Felizmente, quando Anastasio entrou e lhe deu um olhar de esguelha, Gianfranco se afastou.
— Vejo você mais tarde, Caterina, tudo bem? — Disse ele por cima dos ombros, ao sair.
Anastasio jogou o jornal no balcão do bar.
— O que ele está fazendo aqui de novo?
— Eu não sei.
— Então por que você estava gritando com ele quando eu entrei?
Eu queria contar a ele. Andava guardando as preocupações para mim mesma por tanto tempo que precisava compartilhá-las com alguém, mas Anastasio, mesmo sendo tão bom, ainda era quase um estranho.
— Oh... nada de importante. — Balbuciei, e voltei a limpar os copos.
Anastasio sacudiu a cabeça.
— Eu não gosto daquele garoto. Tem alguma coisa errada com ele — Disse. Então, apanhou o seu exemplar de *Il Messagero* e foi ler o jornal na cabine do fundo, onde sabia que encontraria um pouco de paz e silêncio.

Foi cerca de uma semana mais tarde que Beppi entrou no bar desesperado. Sentou-se ao balcão, e suas mãos começaram a tremer quando tentou segurar a bebida que eu havia lhe servido.
— Perdi o meu emprego, Caterina. — Ele me contou. — Me demitiram.
— O quê? Como puderam demitir você?
— Me acusaram de roubo, mas eu não fiz nada. — Colocou as mãos na cabeça. — Eu não fiz nada, Caterina, sinceramente.
Aos poucos, consegui arrancar dele toda a história. Vittorio, o chefe dos garçons, não havia tirado os olhos dele o dia todo, e Beppi havia se esforçado para fazer um trabalho especialmen-

te bom. No final do expediente, Vittorio o seguira ao pequeno quarto onde todos os garçons guardavam as roupas.

— Ele me disse que tinha havido denúncias de que alguém no restaurante andava roubando. Em seguida, coloquei o casaco, e um garfo caiu do meu bolso. Havia outras coisas enfiadas lá — facas, uma colher, um pote pequeno, todo o melhor serviço de prata. Mas eu não coloquei nada lá, e não sei quem fez aquilo. Quem poderia me odiar tanto, Caterina?

Eu sabia a resposta, mas ainda estava com medo de falar. Foi Anastasio quem veio me salvar. Ele serviu uma grande dose de uísque para Beppi e depois disse, em voz baixa,

— Seu amigo Gianfranco, é claro.

Beppi levantou a cabeça rápido, e os olhos dele se arregalaram.

— Gianfranco? Mas ele nem está em Roma.

Anastasio apenas ergueu as sobrancelhas. Então, virou-se para mim e disse:

— Catherine, eu acho que vocês dois têm coisas que precisam discutir. Por que não deixa Beppi terminar o uísque dele e então o leva para um passeio pela *piazza*? Eu tomo conta de tudo sozinho.

Então, me embrulhei no meu casaco azul e encostei meu rosto na gola de pele macia. Estava nervosa, mas sabia que Anastasio tinha razão. Já era hora de Beppi saber de tudo. Nós nos sentamos ao lado da fonte, nosso estado de espírito muito menos feliz do que da última vez em que estivéramos ali. Quando contei a Beppi sobre as tentativas patéticas de seu amigo para passar a noite comigo no carro, ele ficou mais furioso do que eu jamais havia visto.

— Por que você não me contou isso antes?

— Eu estava com medo.

Ele xingou baixinho.

— *Cose da pazzi*. Não vê o que fez? Se tivesse me contado tudo isso, eu poderia ter salvo a minha irmã.

— Sinto muito.

— Sente muito? Sim, eu aposto que sente. — Sua voz soou amarga. Era quase como se ele me culpasse pelo que tinha acontecido, como se eu tivesse provocado Gianfranco. A injustiça da situação me sufocava, e eu podia ver que aquele não era o momento de discutir com ele.

— Se você explicar tudo para eles, talvez lhe deem seu emprego de volta. — Eu disse, em vez de retrucar.

Ele sacudiu a cabeça.

— Você só tem uma chance neste ramo. Minha carreira em grandes hotéis está terminada. Todos já devem saber agora. Talvez eu consiga trabalho em uma *trattoria* em algum lugar. — Colocou as mãos na cabeça novamente. — Que confusão, que confusão.

Ele me acompanhou de volta à casa da *signora* Lucy e partiu sem me dar um beijo de despedida. Na manhã seguinte, Anastasio me contou que ele havia voltado para o bar e bebido a garrafa inteira de uísque. Eu não o vi no dia seguinte nem no outro, e não sabia bem onde poderia encontrá-lo. Ele estava dividindo um quarto com outro garçom do hotel, mas eu nunca tinha ido até lá; sabia apenas que não era longe da Escadaria Espanhola.

Eu me sentia péssima, mas furiosa também. Não era minha culpa. Com certeza, quando Beppi se acalmasse, perceberia que ele é que tinha pedido ao amigo para que cuidasse de mim. Ele é que tinha começado tudo.

Eu preenchia meu tempo limpando. Os espelhos e cromados do bar de Anastasio nunca haviam brilhado tanto, e nunca uma vassoura havia ido tão longe, nos cantinhos, removendo os rolos de poeira e cabelos. Tentei afastar Beppi de minha cabeça descendo todas as garrafas de bebida das prateleiras e tirando o pó de cada uma delas, e obriguei Anastasio a me ajudar a arrastar a geladeira grande da parede para que eu pudesse limpar atrás dela.

Uma semana se passou, e nada de Beppi aparecer. Eu estava desesperada. Uma noite, sentei-me em meu quarto e contei o meu dinheiro para ver se tinha o suficiente para a passagem de volta para casa. Partir parecia o melhor a fazer.

Estava a caminho da Stazione Termini para comprar a passagem quando ouvi Beppi chamando meu nome.
— Caterina, pare! Espere por mim!
Virei-me e o vi correndo em minha direção. Eu me senti um pouco como uma pessoa que acha que alguém vai encostar em um local machucado de seu corpo e machucá-la mais ainda. Na defensiva e nervosa. Muito embora eu tivesse andado ansiosa por ver Beppi, no momento em que pus os olhos nele, entrei em pânico. Em vez de esperar, comecei a correr, desviando dos grupos de pessoas que bloqueavam meu caminho, o tempo todo ouvindo Beppi gritar o meu nome, atrás de mim.
— Caterina, não corra! Eu só quero falar com você!
Dobrei uma esquina e entrei numa rua lateral, que levava à Fontana di Trevi, e dei de cara com um muro de turistas. Uma mulher americana apertou a bolsa contra o peito, como se eu fosse arrancá-la dela, e o marido ralhou comigo:
— Ei, olhe por onde anda!
Eles ficaram olhando quando Beppi me alcançou e agarrou meus ombros.
— Caterina, por que você fugiu de mim? — Estava mais ofegante do que eu.
Tentei me livrar dele.
— Me largue!
— Não antes de você me dizer por que fugiu.
—Você não pode simplesmente me ignorar a semana inteira e esperar que eu fique feliz quando você decide aparecer. — Era eu quem estava furiosa, agora. — E não pode me culpar por tudo o que deu errado. Não é justo.
— Eu sei, eu sei. Vamos sentar perto da fonte e nos afastar destas pessoas, que parecem pensar que somos algum tipo de atração turística. — Fez uma careta para o grupo de turistas curiosos. — Eu tenho uma coisa a lhe dizer.
Deixei-me levar para um banco de madeira e me sentei ao lado dele, olhando diretamente para a frente, para a fonte, e esperando que ele falasse.

— Me desculpe por ter desaparecido, mas eu precisava de um tempo para pensar. — Fez uma pausa e esperou a minha reação. Assenti com a cabeça, e ele continuou. — Eu sei que nada disso foi culpa sua, e fui um idiota em acusar você. É de Gianfranco que eu deveria ter ficado com raiva.
— Como é que você pôde não ver como ele era? — Eu jamais tinha sido capaz de compreender aquilo. — Até o Anastasio desconfia dele, e mal o conhece.
— Ele era meu amigo.
— Eu sei, mas por quê? — Me virei para olhar para Beppi, e vi o quão triste e confuso ele estava.
— Ele é meu amigo desde que eu consigo me lembrar — ele disse, baixinho. — Temos a mesma idade e fizemos tudo juntos, desde que éramos garotos. Ele costumava me ajudar a levar as cabras para a fonte, na *piazza*, na época em que não tínhamos água em casa. Íamos pescar enguias no verão e colocávamos armadilhas para os pássaros que voavam para o sul no começo do inverno. Gianfranco era um irmão para mim. Eu o amava, Caterina. Ainda não posso acreditar no que ele fez.
— Mas ele sempre teve muita inveja de você. É por isso que ele tinha que ter o melhor emprego, o melhor carro, mais dinheiro.
Beppi sacudiu a cabeça.
— Isso é loucura.
— Eu sei.
Ficamos olhando os turistas por algum tempo. Parecia haver um desfile interminável deles, mas quase todos faziam a mesma coisa: olhavam embevecidos para o espetáculo da fonte, jogavam uma moeda na água e, então, ficavam parados de costas para ela, sorrindo, enquanto alguém tirava uma foto. Eu não era mais um deles. Agora me sentia parte de Roma.
— Gianfranco não está apaixonado por mim de verdade, você sabe. — Eu disse. — Ele só me quer porque eu pertenço a você.
— E você acha que, porque não pode tê-la, está tentando me destruir? — Perguntou Beppi.

— É, acho que sim.
— Bem, funcionou. Ele destruiu minha família, minhas perspectivas... — De repente agarrou a minha mão e a apertou com força. — Case comigo, Caterina.
— Eu já disse que sim.
— Eu quero dizer agora, esta semana. Quando estivermos casados, estaremos a salvo dele. Ele não pode destruir você e eu, como fez com todo o resto.
— Mas eu não posso. E quanto aos meus pais? Nem contei a eles ainda, e... — Parei e pensei por um instante. Talvez Beppi estivesse certo. Se nos casássemos, Gianfranco não poderia tocar em nós. Teria que nos deixar em paz.
— Está bem, então vamos nos casar assim que for possível. — Concordei. — Esta semana, se conseguirmos.
Não usei um vestido de noiva no dia do meu casamento. Em vez disso, fui a uma loja elegante na Via Condotti e comprei um terninho creme de lã, que sabia que poderia usar novamente mais tarde. Beppi foi me buscar na casa da *signora* Lucy em uma Vespa emprestada e me levou ao cartório. A cerimônia foi curta e celebrada em um italiano ligeiro. Antes que nos déssemos conta, estávamos assinando a certidão, com Anastasio como nossa testemunha, junto com o garçom que ainda estava dividindo o quarto com Beppi.

Depois, fomos para a Piazza Navona, e Anastasio tirou a nossa fotografia, diante da nossa fonte preferida. De volta ao bar, onde ele havia colocado um *prosecco* para gelar no refrigerador, brindamos ao nosso futuro juntos. Foi um dia feliz, mesmo que não tivesse sido a cerimônia com que eu havia sonhado.

Passamos a primeira noite de casados separados. A *signora* Lucy jamais teria permitido que um homem entrasse em um dos seus quartos, mesmo que agora ele fosse meu marido. Mas eu me sentia diferente mesmo assim, com o anel fininho de ouro aquecendo meu dedo e a lembrança de ter prometido amar e honrar Beppi tão fresca em minha mente.

Na manhã seguinte nos encontramos no bar, para tomar café e discutir nosso futuro. Beppi ainda não havia encontrado trabalho, e o dinheiro dele estava acabando. Enquanto isso, eu estava preocupada com meus pais em como ia explicar o que tinha feito. Parecia que já tínhamos percorrido nossa cota de felicidade, e agora tudo o que nos restava eram problemas.

— Você volta para ver sua família — Beppi sugeriu —, e eu fico aqui, para ver se consigo arrumar algum trabalho.

— Eu não vou sem você — disse, teimosamente.

— Mas não temos dinheiro suficiente para duas passagens.

— Vamos pedir carona. Foi assim que eu cheguei aqui, lembra?

Ele estalou a língua.

— Talvez seja fácil para três garotas bonitas conseguir carona. Não é tão simples assim para você e eu.

Eu estava exasperada.

— Bem, então, o que é que nós vamos fazer?

— Eu não sei, Caterina. — Ele torceu as mãos. — Eu gostaria de ter alguma resposta, mas não tenho. Mesmo se eu tivesse dinheiro para a passagem de trem, como é que eu posso ir para a Inglaterra e abandonar minha família? Não posso deixar minha mãe.

— Agora eu sou sua família também, Beppi. — Lembrei a ele. — Pertenço a você tanto quanto elas.

— Sim, sim, eu sei disso.

Eu o pressionei ainda mais.

— E sua mãe e a Isabella dependem do dinheiro que você manda para casa, não é? Como é que elas vão fazer se você não puder sustentá-las? Na Inglaterra podemos morar de graça com os meus pais, conseguir bons empregos, economizar dinheiro e ainda podemos mandar alguma coisa para elas.

Ele parecia derrotado.

— Eu não sei, Caterina, eu simplesmente não sei.

— Roma estará sempre aqui. Venha para a Inglaterra comigo por um tempo — implorei a ele —, por favor.

— Tudo bem — ele cedeu —, se pudermos achar um meio de eu ir para lá, então eu vou... por um tempo.

Anastasio tinha estado ocupado servindo os fregueses, mas devia estar ouvindo nossa conversa, porque, quando se aproximou de nós para trazer mais café, permaneceu ali por um momento, depois perguntou:

— Vocês se importam se eu der uma sugestão?

Beppi deu de ombros.

— É claro que não.

— Eu tenho um amigo que tem um restaurante grego no Soho. Se eu escrever para ele talvez ele possa ajudá-los, oferecendo um emprego.

— Obrigado, mas eu nem sequer posso pagar a passagem agora. — Beppi disse a ele.

— Eu empresto a você.

— Por que você faria isso? — Beppi, que antigamente confiava com tanta facilidade, parecia agora não confiar em ninguém.

— Por que eu sei que você vai me pagar.

Beppi franziu a testa.

— É muita gentileza sua, mas não posso aceitar.

Anastasio se sentou na cadeira vazia à nossa mesa.

— Olhe, Beppi, alguém já me ajudou uma vez; foi assim que eu consegui este lugar. Agora eu quero ajudar você. Talvez um dia você também possa ajudar alguém. É assim que a vida deveria ser, mesmo que não seja sempre assim.

Eu falei, antes que Beppi tivesse uma chance de responder:

— Obrigada, nós aceitamos a sua oferta generosa. E prometo que vamos pagar logo que pudermos. Não vamos, Beppi?

Relutantemente, ele acedeu. Eu podia ver que não estava contente, nem por partir nem por aceitar dinheiro de alguém que mal conhecia.

— Obrigado. — Ele disse, quase que por obrigação.

— *Prego*. — Respondeu Anastasio e então se levantou para voltar a servir os fregueses.

Capítulo 17

Escrevi para meus pais dizendo que estava voltando para casa. Imaginei-os lendo minha carta na cozinha escura do andar de baixo, que cheirava a repolho e carne assada, e adicionei uma última linha. "Não vou sozinha. Estou levando meu marido comigo". Aquilo teria que bastar. Cuidaríamos do resto quando estivéssemos todos na mesma sala. Estava morrendo de medo, mas Beppi e eu éramos marido e mulher agora, e não havia nada que alguém pudesse fazer para mudar isso. Estávamos a salvo.

Uma semana depois, pegamos o trem na Stazione Termini. Alguém havia dito a Beppi que fazia muito frio na Inglaterra, e ele comprara um sobretudo de segunda mão, que havia encontrado no mercado. Era cinza, um pouco comido pelas traças e cerca de três números maior que o tamanho dele.

— Estou indo embora da Itália, Caterina. — Ele disse, lamentoso. — Quem sabe quando vou voltar?

Havíamos reservado cabines, e ele se animou um pouco quando percebeu que tínhamos um compartimento só para nós. Naquela noite, a camareira veio e arrumou seis camas, desdobrando-as da parede. De algum modo nós dois conseguimos nos espremer em uma delas. Era a nossa primeira noite juntos, como marido e mulher.

Quando acordei de manhã, Beppi estava no chão. Ele havia sido derrubado da cama durante a noite pelo movimento do trem, e estava tão exausto que tinha se encolhido e continuado a dormir onde havia caído.

Nós dois estávamos cansados. A tensão das últimas semanas, a preocupação com Gianfranco e em encontrar um modo de ficarmos juntos tinha sido mais difícil para nós do que havíamos percebido. Então, a viagem de trem foi como férias, a lua de mel que jamais tivéramos. Não havia nada a fazer exceto conversar, olhar pela janela e

ir ao vagão-restaurante de vez em quando, nos apoiando um no outro para manter o equilíbrio, enquanto o trem corria pelos trilhos.
— Como vai ser na Inglaterra? — Beppi perguntava sem parar.
— Eles têm massa? Vinho tinto? Eu vou gostar de lá?
— Você vai descobrir em breve. — Era tudo o que eu dizia. Às vezes, enquanto observávamos a paisagem que passava rapidamente, eu me preocupava; se ele odiaria a chuva e o frio, e se o ar cinzento de Londres iria penetrar nele, e ele se sentiria triste. Estava chovendo forte no dia em que chegamos. Beppi pegou nossas malas, e nós corremos para o ponto do ônibus. Parecia estranho estar de volta, cercada de vozes que falavam a minha própria língua. Os cheiros e sons pareciam estranhos para mim, e eu percebi como ia sentir saudades da Itália. Isso me fez ficar ainda mais preocupada quanto às chances de Beppi se ajustar a esta nova vida. Mas, justiça seja feita, ele parecia animado e me bombardeava com perguntas enquanto o ônibus rodava por entre o tráfego.

— Para que lado fica esse tal de Soho, onde o amigo do Anastasio tem o restaurante? — Perguntou.

— Para lá. — Eu apontei. — Não é longe daqui, na verdade. Ele se levantou, rápido.

— Então vamos lá, vamos vê-lo agora.

— Mas nós acabamos de chegar. Deveríamos ir para casa antes, para você conhecer a minha família.

— Não vai ser melhor se eu me apresentar a eles como um homem empregado? Vamos — ele insistiu —, vamos descer do ônibus e ver se ele tem alguma coisa para mim.

O restaurante grego ficava em um porão, e a curta escadaria que levava a ele tinha um cheiro forte de desinfetante. Beppi torceu o nariz, com nojo. Para ele, restaurantes deviam cheirar a cebola frita, ou caldo de carne, ou alho frito. Mas bateu à porta aberta assim mesmo e chamou pelo proprietário.

No final das contas, eles não precisavam de um garçom, mas estavam procurando por um *chef* que soubesse cozinhar pratos típicos gregos como *moussaka*, *souvlaki* de porco e *stifado* de carne, servidos com batatas fritas crocantes e salada verde.

— Sem problemas. — Disse Beppi. — No hotel, em Roma, eu cozinhava o tempo todo.

Estava exagerando, é lógico. O trabalho de *chef de rang*, em um hotel grande, era mais uma questão de desempenho e apresentação. Ele punha fogo no *Grand Marnier* para flambar o *crêpe suzette*, ou preparava a massa à mesa, adicionando o molho escolhido e espalhando queijo por cima. Nada disso era realmente cozinhar, e Beppi nem sequer havia mantido aquele emprego por muito tempo.

— Não importa. — Ele me disse, quando estávamos de volta ao ônibus, seu humor quase triunfante. — Ninguém vai a um restaurante daqueles por causa da qualidade da comida. Eles comem lá porque é barato e as porções são grandes. Vou dar um jeito, você vai ver.

Ele continuava nesse estado de espírito quando o ônibus virou para Essex Road. Foi apenas no fim da rua, quando eu disse a ele que não faltava muito, que mostrou sinais de nervosismo.

— Seu pai vai ficar muito zangado? Que tipo de homem ele é? Você não me contou nada sobre ele.

Eu também estava ansiosa. Não por medo da raiva do meu pai, porque ele era um homem gentil, que quase nunca levantava a voz. Mas eu sabia que ele ficaria desapontado comigo, e, de certo modo, aquilo era ainda mais difícil de suportar.

Meu pai ficou de lado enquanto cruzávamos a porta da frente, deixando que minha mãe me tomasse em seus braços magros. Olhei por sobre os ombros dela e vi como ele parecia ter envelhecido. Seus cabelos estavam mais grisalhos, e seus olhos estavam cansados por detrás dos óculos grandes, de lentes grossas, que sempre usava.

Eles foram muito simpáticos com Beppi, e eu fiquei grata por isso. Na sala de jantar havia um chá especial preparado para ele, com presunto, pão branco com manteiga e salada de pepino. Minha mãe tinha até mesmo colocado um guardanapo de papel no prato, e me dirigiu um olhar áspero para o caso de eu estar pensando em comentar aquilo.

Beppi foi o centro das atenções. Enquanto comia, perguntaram a ele sobre sua vida e família, tentando decidir que tipo de homem ele era.

— Agora que está em Londres, o que vai fazer? — Meu pai perguntou.

Beppi contou a ele sobre o emprego de *chef* que começaria no dia seguinte, e vi meu pai fazer um gesto de aprovação. Para ele, a vida consistia em trabalho duro, e mostrar que não era um folgado era a melhor coisa que Beppi podia fazer.

Durante um ano nós moramos no andar de cima da casa dos meus pais, e Beppi pegava o ônibus para o Soho todos os dias para trabalhar no restaurante grego. Às vezes, trabalhava até tão tarde que perdia o último ônibus, então voltava para casa caminhando por mais de uma hora, para não desperdiçar dinheiro com táxi.

Pagar Anastasio era o principal objetivo de Beppi, e, depois que conseguiu fazer isso, pareceu relaxar. Ele ia ao bar com meu pai às vezes, e aprendeu a jogar dardos e beber cerveja morna.

Ainda estava mandando dinheiro para casa, em Ravenno, e economizava o que podia; fiquei surpresa quando começou a me levar a restaurantes italianos. Costumávamos ir em suas noites de folga, e a cada vez Beppi escolhia um diferente. Alguns eram pequenos, em porões na Charlotte Street, outros eram maiores e mais caros.

Beppi achava defeitos em cada um dos restaurantes. Ou a comida não estava certa ou o serviço não era atencioso o bastante. Era engraçado observá-lo comer. Ele dava a primeira garfada com uma expressão azeda no rosto, então sorria logo que provava.

— Tem muito açúcar neste molho porque estão tentando compensar a acidez dos tomates que usaram. — Declarava, feliz. — É terrível, terrível.

Quanto mais achava motivos para reclamar, mais feliz parecia.

— Usaram creme neste prato porque acham que é o que os ingleses querem. — Dizia. — Cortam o peixe contra as fibras, os bárbaros. Põem a carne e o espaguete no mesmo prato. Será que não entendem nada de comida?

Então, abruptamente, as visitas a restaurantes pararam, e, depois disso, quando não estava trabalhando, Beppi comprava os legumes mais baratos que encontrava em Berwick Street e os trazia para casa, junto com cortes estranhos de carne ou pedaços nojentos de cabeças de peixe, e tomava conta da cozinha da minha mãe. Logo que a primavera chegou, plantou ervas no jardim dela; salsa e manjericão, alecrim e sálvia. Sempre estava de pé, fazendo alguma coisa, colocando uma panela de feijão para cozinhar ou fazendo anotações sobre a comida que preparara no dia anterior. Sempre que se sentava, em questão de minutos seus olhos se fechavam, e logo começava a roncar.

Uma noite ele e meu pai ficaram no bar até a hora de fechar e depois ficaram conversando na cozinha até tarde. Quando me levantei, encontrei um cinzeiro com dois charutos apagados. Fiquei pensando no que poderiam ter celebrado.

Foi meu pai quem me contou, mais tarde, enquanto comia ovos cozidos no café da manhã. Ele havia dormido demais, e seus cabelos estavam arrepiados. Achei que seus olhos pareciam um pouco injetados de sangue.

— Esse restaurante que o Beppi quer abrir, você acha que vai dar tão certo quanto ele pensa?

Eu não sabia nada sobre restaurante nenhum, mas tentei não demonstrar minha surpresa.

— Ele é um bom cozinheiro. — Foi tudo o que eu disse.

— É o que eu acho, também. Muita coisa que ele faz parece gosma estrangeira, mas o gosto é bom. Aquele negócio de arroz que ele fez no outro dia, com repolho e *bacon*, estava bom, ainda que tenha colocado alho demais.

Eu sorri, lembrando do meu pai comendo uma segunda porção, empurrando com cuidado os pedaços de alho e as fatias gordurosas de *bacon* para o canto do prato.

— Mas um restaurante, bem, não sei. — Ele continuou, terminando os ovos. — Eu disse a ele que pensaria sobre o assunto.

— Pensaria sobre o quê?
— Emprestar algum dinheiro a ele para ajudá-lo a começar.
Tirei o prato do meu pai da mesa e limpei a cozinha, o tempo todo pensando no que Beppi estaria inventando. Naquela noite, ele me explicou, quando estávamos deitados lado a lado no colchão encaroçado da cama de casal, em nosso quarto, no andar de cima da casa. Toda aquela história de comer e cozinhar era pesquisa. Ele estava determinado a abrir o próprio restaurante e havia planejado tudo até os mínimos detalhes.
— Achei um lugar, próximo a um mercado movimentado. É perto de Clerkenwell, e há muitos italianos nas redondezas. O aluguel é baixo, é perfeito. — Disse ele, entusiasmado. — Tudo o que eu preciso é do dinheiro para começar.
Beppi tinha me surpreendido. Todo aquele tempo eu havia esperado que ele sugerisse que era hora de voltarmos para a Itália. Eu sabia que ele estava com saudades da mãe e que se sentia culpado por negligenciá-la. E, embora ainda estivesse muito bravo com Isabella, eu tinha certeza que ele tinha saudades dela, também.
— Um restaurante vai mantê-lo aqui em Londres. — Eu disse, hesitando. — Você tem certeza de que é isso que quer?
— Esta é a minha oportunidade de construir algo por mim mesmo. Pode ser que eu não tenha outra. — Beppi parecia orgulhoso e animado.
Fiquei preocupada.
— Mas você sente falta da Itália, não sente? E da sua mãe?
Ele assentiu com a cabeça.
— Quando o restaurante estiver funcionando, eu posso voltar para visitá-las. Mas agora preciso me concentrar em fazer sucesso. Em Roma há centenas de restaurantes como este que estou planejando. Aqui parece que não há nenhum. Esta é a minha grande chance, Caterina.
Ele me levou para ver o lugar, no dia seguinte. Era tão estreito e escuro que parecia um túnel. Havia um vazamento, e uma das pa-

redes estava estufada e coberta de mofo. Mas, na cabeça de Beppi, aquilo já era um restaurante.

—Vamos passar massa corrida nas paredes e pintá-las de branco. A cozinha vai ser ali no fundo, com uma pequena janela, para que eu possa ver o restaurante inteiro de lá. Vamos colocar mesas e bancos compridos ao longo daquela parede, e em cada mesa haverá uma cesta de pão, uma jarra de água e uma garrafa de vinho. As pessoas vão se sentir como se estivessem vindo à minha casa, para compartilhar da minha comida.

Olhei em volta.

— Mas isto aqui é horrível, Beppi. Como é que você vai transformar isto em um lugar onde as pessoas vão querer vir comer?

— Eu mesmo vou decorar tudo, quando não estiver trabalhando.

— E onde é que o meu pai vai arranjar esse dinheiro que você está pedindo a ele?

— Ele vai pedir emprestado ao banco e dar a casa como garantia.

— E se você não conseguir pagar de volta?

— Eu paguei o Anastasio, não paguei? — Ele parecia ofendido.

—Aquilo não foi nada perto do que isto vai custar.

Não é que eu quisesse destruir o seu sonho, mas tinha medo do risco que estava correndo. Ele tinha um emprego, e nós tínhamos um ao outro. Não estávamos felizes o suficiente do jeito que as coisas estavam?

— Por que você sempre tem que procurar problemas, Caterina?

— Sua voz parecia aborrecida. — Pare de se preocupar, pelo menos uma vez. Eu vou fazer com que tudo dê certo.

Nas semanas seguintes, Beppi não dormiu muito. Assim que o empréstimo do meu pai foi aprovado e o contrato foi assinado, ele fez um chapeuzinho engraçado com um jornal, colocou-o na cabeça e começou a limpar o lugar. Quando não estava cozinhando no restaurante grego, estava lá, decorando. Economizava todo o dinheiro que podia fazendo pequenos negócios com as pessoas e oferecendo pagar com refeições, em vez de dinheiro. Nas paredes, colocou as poucas fotografias de família que sua mãe havia enviado da Itália. Eu reconheci uma, de um Beppi jovem, comendo massa,

que estivera sobre a cômoda da casa dela, em Ravenno, e outra dele com Isabella, rindo, andando de Vespa. Ele colocou até mesmo o nosso retrato de casamento na parede, para meu grande embaraço. Lá estava eu, no meu terninho de lã creme, em pé, ao lado da fonte da Piazza Navona, apertando os olhos contra a luz ofuscante do sol.
—Você não pode pendurar isto aí. — Eu disse a ele.
— Sim, sim. Eu quero que as pessoas se sintam como se estivessem comendo com a família quando vierem aqui. E quero que vejam a minha linda esposa, Caterina.

No dia em que o pintor escreveu as palavras "Little Italy" em grandes e brilhantes letras vermelhas sobre a porta, eu me senti muito orgulhosa de Beppi. Ele havia conseguido, e agora tínhamos o nosso próprio restaurante. Mas, na verdade, o trabalho duro havia apenas começado. Para conseguir dinheiro suficiente para pagar o empréstimo, tínhamos que abrir para o almoço e o jantar, sete dias por semana. Durante o dia eu trabalhava em uma loja, em Oxford Street, mas às cinco horas corria o mais rápido possível para Little Italy e servia as mesas até tarde. Nem sequer tínhamos cardápios impressos. As pessoas comiam qualquer coisa que Beppi quisesse cozinhar, normalmente sopa, um prato de massa ou um risoto, seguido de carne ou peixe com salada. No começo eu apenas dizia aos clientes qual era o prato em promoção naquela noite, depois compramos um pequeno quadro-negro e escrevíamos tudo com giz.

Era um lugar barato para comer, particularmente porque o vinho e o pão estavam incluídos no preço. Mas Beppi fazia questão de que a comida fosse boa. Ele ficava tão entusiasmado às vezes que saía correndo da cozinha para mostrar a um freguês um prato de moluscos frescos que ia cozinhar com o espaguete que havia preparado no dia anterior.

Nem sempre era fácil encontrar os ingredientes de que ele precisava, e era por isso que mantínhamos o cardápio simples. Além disso, não podíamos arcar com qualquer desperdício. Beppi havia descoberto que o proprietário do restaurante grego conseguia manter os preços baixos aproveitando tudo o que podia. As sobras dos legumes usados para decorar os pratos viravam sopa, e a gordura tirada da carne era usada para dar sabor a um molho. Então, Beppi fazia o mesmo. Comprava os pedaços mais baratos de carne, frequentemente desossava coxas de galinha, achatando-as, enrolando-as e recheando-as com queijo e presunto, para fazer *involtini*. As sopas eram cheias de feijão e folhas de aipo, temperadas com um pouco de gordura de *bacon*, e o ragu era cozido durante horas para tornar a carne de segunda mais tenra. Beppi registrava os ganhos semanais meticulosamente em um pequeno caderno, e todo o dinheiro que ganhávamos era investido novamente no negócio.

No começo apenas italianos frequentavam o restaurante, mas pouco a pouco os ingleses descobriram o Little Italy, e logo havia filas do lado de fora na maioria das noites, e as pessoas chegavam a esperar meia hora por uma mesa. Na cozinha, Beppi trabalhava como um maníaco, enxugando a testa com uma toalha velha, e eu me exauria servindo a comida que ele cozinhava e recolhendo os pratos vazios.

Pelo menos uma vez por semana Margaret vinha jantar, mas eu nunca tinha tempo de parar para conversar com ela. Finalmente o empréstimo foi pago e a casa dos meus pais ficou segura de novo. Nós nem comemoramos, porque não havia tempo. Mas, quando o apartamento no andar de cima de Little Italy ficou disponível para alugar, Beppi decidiu que podíamos arcar com a despesa. Enfim, tínhamos a nossa própria casa.

Se eu pensava que aquilo era suficiente para manter Beppi satisfeito, estava errada. Ele era muito ambicioso. Conseguiu outro empréstimo, desta vez diretamente com o banco, e alugou o imóvel ao lado do restaurante. A cozinha foi aumentada, e abrimos arcos nas paredes para ligar as duas salas de jantar. Beppi contratou Frederico como garçom e um napolitano chamado Aldo para ajudá-lo na cozinha. Ele disse que ter um *chef* treinado para trabalhar tornava tudo mais fácil. Eu tentava não procurar problemas, mas tinha medo, porque as coisas estavam acontecendo rápido demais.

Já era verão, e o Little Italy era um lugar barulhento e quente. Uma ou duas vezes, enquanto eu corria para a cozinha para entregar um pedido a Beppi, a sala começou a girar à minha volta, e tive que encontrar uma cadeira vazia e me sentar por um momento. Tudo ficou escuro à minha frente, e tive medo de vomitar.

— Não se preocupe, querida, eu senti o mesmo quando estava grávida. — Disse uma das freguesas costumeiras, com alegria. — Normalmente passa depois dos primeiros meses.

Havíamos estado tão ocupados que eu não notara as mudanças que estavam acontecendo no meu corpo. Logo que percebi que estava grávida, ficou evidente que a minha cintura havia aumentado e que meu estômago estava arredondado como uma das tigelas de massa de Beppi.

Ele começou a me paparicar imediatamente.

—Vamos ter que contratar outra garçonete, porque você não pode ficar em pé a noite toda. — Ele insistia. — Você tem que parar de trabalhar e descansar.

Mas, quando o enjoo passou, me senti bem o suficiente e voltei a ajudar Beppi. Do contrário raramente o veria, já que ele trabalhava desde cedo, quando ia fazer compras no mercado, até o último freguês sair do restaurante.

Eu estava com sete meses de gravidez quando Beppi aumentou o Little Italy de novo, desta vez colocando um toldo do lado de fora, com mesas e cadeiras. Aquilo causou uma violenta briga entre nós.

— Isto significa que nos meses de verão não vamos precisar recusar clientes. — Ele me disse. —Vamos ter todo este espaço para eles.

— Mas e quanto a mim, Beppi?

Ele pareceu confuso.

—Você não vai estar trabalhando. A irmã de Aldo vai vir nos ajudar, lembra?

— Não foi isso que eu quis dizer. Temos um bebê a caminho e aqui está você, arrumando mais trabalho. Eu nem lhe vejo mais, do jeito que as coisas estão.

— Estou trabalhando para construir um futuro para o nosso filho, Caterina. Você sabe disso.

Sentei-me pesadamente em uma das cadeiras e desviei os olhos dele para o movimento diurno do mercado.

— E quanto a mim? — Repeti, baixinho.

— Pare de se preocupar... tudo vai ficar bem... você vai ver.

— Ele parecia me dizer aquelas palavras cada vez mais frequentemente naqueles dias.

Desapareci pelos degraus que levavam ao nosso pequeno apartamento no andar de cima e me deitei sozinha na cama. Ainda não havíamos decorado o lugar, e ele parecia velho e deprimente. Eu detestava o papel de parede desbotado, com rosas cor de rosa, o teto manchado de nicotina e a pintura amarelada. Agora ia ficar presa, sozinha ali por horas a fio, com um bebê pequeno, enquanto Beppi trabalhava lá embaixo.

Parte de mim estava assustada, como é o direito de toda nova mãe, mas outra parte se ressentia por causa daquela criança que estava chegando tão cedo. Eu tinha a impressão de que jamais havia tido o suficiente de Beppi, e agora teria que dividi-lo com outra pessoa.

Foi então que comecei a escrever para a Audrey de novo, porque, embora ela estivesse um oceano de distância, sua situação era bem parecida com a minha. Talvez fosse ainda pior, ela me escreveu, já que ainda estava morando com a sogra, enquanto Louis continuava a fazer horas extras para que pudessem, um dia, ter um lugar só deles.

Quando os envelopes de bordas azuis chegavam, eu sempre me sentia mais animada. Ler o quão irritada, cansada ou triste Audrey se sentia e como ela tinha saudades dos nossos dias despreocupados fazia com que eu me sentisse melhor.

Mas, quando o bebê chegou, nem mesmo as cartas de Audrey conseguiam despertar muito interesse em mim. Eu me sentia como se estivesse desbotando, como as rosas do papel de parede. Todo dia era a mesma rotina: hora de mamar, hora de trocar a fralda, hora de dormir. Eu fazia tudo tão bem quanto podia, e esperava o dia em que amaria o bebê.

Via como as outras pessoas reagiam a ela, abraçando-a, cheirando o alto da sua cabecinha e dizendo quão linda ela era. Beppi deixava o restaurante toda vez que tinha uma chance, para ficar em pé, ao lado do berço, olhando encantado para a filha. Mas, quando eu olhava para ela, tudo o que via eram as mesmas obrigações a cumprir, de novo e de novo, quando o que eu queria era me encolher na cama, fechar os olhos e esquecer tudo.

— Precisamos dar um nome ao bebê. — Disse Beppi uma noite. Ele havia vindo para a cama tarde, como sempre, e estava sentado na beira do colchão, espiando dentro do berço. — As pessoas perguntam como ela se chama e eu fico envergonhado por não poder dar uma resposta.

— Dê a ela o nome que quiser. — Eu disse, com uma voz sem inflexão.

Beppi lançou-me um olhar desapontado, mas não disse nada. Ele não sabia como lidar com esse novo estado de espírito em que eu sempre me encontrava.

— Eu quero chamá-la de Pieta. — Ele decidiu.

Eu descobri, mais tarde, que o nome significava "piedade", o que parecia bom para uma criança cuja mãe havia se esquecido como era ter sentimentos.

Quando meus pais decidiram que eu deveria me mudar para a casa deles por uma ou duas semanas, enquanto meu pai decorava o apartamento, deixei que me colocassem num táxi e arrumassem minhas coisas no meu velho quarto, como se eu fosse o bebê. Escolhi as cores que queria para as paredes do apartamento de um mostruário que meu pai trouxe: vermelho para a cozinha, amarelo para a sala de estar e azul para o quarto. As cores mais brilhantes que pude encontrar.

— Tem certeza? — Papai parecia confuso.

— Sim, o lugar precisa de alegria. — Eu disse, com convicção.

— Bem, está certo, se é isso que você quer.

Minha mãe teria cuidado do bebê e feito tudo por ela, se eu tivesse deixado. Mas me parecia que o mínimo que eu podia fazer era trocar a fralda, dar banho nela e alimentá-la. Então continuei com a minha rotina, deprimida.

Tanto ela quanto meu pai estavam preocupados comigo. Tarde da noite, eu os ouvia murmurando um para o outro e, se me esforçasse, conseguia ouvir as palavras.

— Ela vai ficar bem. Só precisa de algum tempo. — Meu pai dizia, frequentemente.

Minha mãe não estava convencida disso. Tentava me paparicar, mas eu me afastava dela, e, logo que meu pai declarou que o apartamento estava em condições de ser habitado de novo, coloquei o bebê num táxi e voltei para lá. Beppi ficou felicíssimo de nos ter de volta em casa. Parecia haver esquecido de que eu me tornara uma estranha. Mas, à medida que as semanas passaram, começou a me evitar. Se tinha algum tempo livre, ele colocava o bebê no carrinho, ao lado de uma das mesas do lado de fora do restaurante, enquanto jogava baralho com seu amigo italiano, Ernesto.

Lá em cima, sozinha e trancada em meu próprio mundo, eu não me importava muito com o que ele estava fazendo. Na maioria dos dias, nem sequer me importava em me vestir de modo apropriado. Se fizesse frio, colocava mais casacos sobre a camisola, para poder voltar para a cama de novo a qualquer momento.

Finalmente ele perdeu a paciência comigo.

— Caterina, já basta. — Me disse, uma manhã. — Está um dia lindo, então levante, vista-se e leve Pieta para um passeio de carrinho.

Eu sabia que ele tinha razão. Então, assenti.

— Está bem.

— É sério? Você vai?

— Sim, vou.

—Vou ficar de olho em você e, se você não sair do apartamento em meia hora, vou voltar para buscá-la. — Estava ansioso, mas parecia zangado.

Achei estranho vestir roupas apropriadas e calçar sapatos nos pés em vez de chinelos; estar abotoada, em vez de sufocada sob camadas de roupas. Eu me sentia instável, como se tivesse sofrido de uma longa doença, e tudo no mundo parecia maior, mais brilhante e mais barulhento do que antes.

Empurrei o carrinho por entre as barracas do mercado, fingindo procurar pechinchas, embora estivesse, na verdade, pensando em quanto tempo Beppi esperava que eu demorasse. Talvez uma hora e depois eu poderia voltar para o apartamento? Dei uma volta no quarteirão e subi até Hatton Garden, depois dos comerciantes de diamantes. Estava quase lá em cima quando percebi que alguma coisa no cenário familiar estava fora do lugar. Eu estava olhando para um rosto que não se encaixava. Lá, parado ao lado da janela de uma joalheria, com uma mulher tão pesada com a gravidez quanto eu estivera poucos meses antes, estava Gianfranco. Dei um grito e coloquei a mão na frente da boca. Um casal de transeuntes se virou para olhar para mim e imediatamente desviou o olhar. Apenas os olhos de Gianfranco permaneceram fixos em mim. Ele não chegou perto, nem tentou falar comigo. Simplesmente ficou parado, junto à mulher grávida, e me olhou.

Segurando o carrinho com mais força, abaixei a cabeça e apressei o passo. Minha cabeça estava fervilhando de perguntas. O que ele estava fazendo ali? Será que havia nos seguido? A presença dele era só uma coincidência? Quase corri de volta ao Little Italy para contar a Beppi o que tinha visto. Mas, quando empurrei o carrinho pela porta, ele me olhou e perguntou:

— Já está de volta? — E falou de modo tão desapontado que engoli as palavras e voltei para o apartamento, sem mencionar o nome de Gianfranco.

Todas as manhãs, a não ser que estivesse chovendo forte, Beppi me forçava a levar o bebê para um passeio. E todas as manhãs eu pensava em contar a ele o novo motivo pelo qual não queria ir, mas as palavras não saíam.

Nem sempre via Gianfranco, porque eu fazia questão de mudar trajeto. Mas às vezes eu o via, na calçada do outro lado da rua, e então um ônibus passava e quando olhava de novo ele já havia sumido. Uma ou duas vezes o vi parado em uma loja, me olhando passar, silenciosamente. No começo a mulher grávida estava com ele, mas, depois de cerca de uma semana, estava sempre sozinho. Eu tinha certeza de que era o mesmo jogo que ele havia jogado comigo em Roma.

No final das contas, foi para Margaret que eu contei. Ela ainda vinha comer no Little Italy uma vez por semana e sempre passava no apartamento para me ver primeiro.

— Acho que ele está me seguindo. — Admiti. Embora eu não tivesse contado a ela sobre a noite em Amalfi, quando ele havia armado para tentar fazer com que eu passasse a noite com ele, nem sobre o que ele havia feito com Isabella, eu sabia que Margaret jamais havia gostado de Gianfranco.

O conselho dela era previsível.

— Catherine, você tem que contar a Beppi imediatamente. Como pôde esconder isto dele?

— Mas ele vai ficar tão zangado, e... — Eu não sabia ao certo como colocar o meu medo em palavras. — Talvez não acredite em mim. Não temos nos dado muito bem desde que o bebê nasceu.

— É claro que ele vai acreditar em você. É de Beppi que estamos falando.

Eu sempre tentava parecer corajosa quando Margaret vinha me visitar. Ela não tinha ideia do quanto a vida tinha ficado difícil para mim.

— Não posso contar a ele. — Insisti. — Ele está tão feliz com o restaurante, e isso vai deixá-lo furioso. Vai arruinar tudo.

Margaret sacudiu a cabeça.

— Ainda não posso acreditar que aquele cretino apareceu aqui. E ele não fala nada, só fica olhando? Isso é horrível!

Prometi a ela que falaria com Beppi antes que ela viesse me visitar outra vez. Mas o que Gianfranco fez em seguida tornou minha promessa irrelevante. Ele anunciou sua presença em Londres de um jeito que nem Beppi nem ninguém mais poderiam ignorar.

Capítulo 18

Os dias de Pieta haviam se tornado uma rotina de visitas ao hospital, onde seu pai estava se sentindo melhor, mas ficava cada vez mais agitado e impaciente, e tardes passadas na sala de costura, trabalhando no vestido e ouvindo a mãe contar sua história. Pieta podia sentir que tudo estava chegando ao fim; o vestido estava quase terminado, assim como a história. Logo Beppi voltaria do hospital, e a casa ficaria novamente cheia de barulho e impregnada com cheiro de comida. Pieta estava ansiosa por isso, mesmo assim sentiria saudades das horas passadas naquela pequena sala, as mãos ocupadas com o trabalho ouvindo a voz de sua mãe, relembrando o passado.

— Como foi que Gianfranco anunciou sua presença em Londres e pegou todos vocês de surpresa? — Ela perguntou, na próxima vez em que se sentaram juntas, na sala de costura.

A mãe franziu a testa.

— Acho que você sabe o que ele fez. — Ela disse. — Você já esteve lá várias vezes.

ꙮ

Houve uma grande empolgação na cozinha do Little Italy quando ouvimos falar sobre a loja que ia abrir na esquina.

— Uma *salumeria*. — Disse Beppi. Uma legítima *delicatessen* italiana, vendendo salame e queijo importados da Itália, boa massa e óleo de oliva. Talvez possamos fazer negócios com eles e comprar algumas coisas de que precisamos, no atacado.

— Quem está abrindo essa *salumeria*? — Perguntei.

— Ninguém parece saber. — Beppi parecia animado. — Tem jornal colado nos vidros de todas as janelas, mas há homens trabalhando lá, então não deve demorar muito até abrirem.

Três dias depois, o nome foi pintado sobre a porta da loja. "Mercearia Italiana DeMatteo", dizia, em letras escarlates.
— Não pode ser. — Beppi parecia certo.
— Pode sim. — Respondi e contei a ele o porquê.
Foi a vez de Beppi se afastar. Na semana seguinte, ele mal parecia lembrar que tinha uma esposa e uma filha pequena. Eu o deixei em paz, em seu mau humor, mas, quando ele tirou um dia inteiro de folga e ficou na cama, deixando Aldo cuidar da cozinha sozinho, comecei a me preocupar.
— Do que você está reclamando? Você passa metade da sua vida aqui. — Beppi argumentou. — Eu trabalho duro, então por que não posso passar um dia na cama se quiser?
Sentei-me na cama, mas não fiz menção de tocar nele.
— Porque você não é assim. — Eu disse. —Você não faz esse tipo de coisa.
Eu o ouvi resmungar um xingamento em italiano.
— *Mannagia*... — Então afundou mais ainda sob as cobertas.
— Mas Beppi, o que é que vamos fazer?
— A respeito do quê? — Sua voz estava abafada, mas o tom era impaciente.
— Gianfranco, é claro.
— Ignore-o, apenas. Não fale com ele. Se o vir, vire as costas.
— Mas eu não quero ficar aqui se ele está ali na esquina.
Beppi empurrou as cobertas.
— Nós chegamos aqui primeiro. — disse, com raiva. — Se ele acha que abrindo a *salumeria* dele vai me assustar, ou destruir o Little Italy, está muito enganado. Não vamos a lugar nenhum, Caterina.
— Está bem, então vou ignorá-lo... virar as costas para ele. — Murmurei, sem querer ver Beppi ficar com mais raiva ainda. — Talvez o negócio dele não dê certo e ele precise ir embora daqui.
Ele estendeu a mão e tocou no meu braço.
— Toda vez que o vejo me lembro do que ele fez com minha irmã e do que tentou fazer com você. Isso vai me matar — falou cada palavra como se doesse. Cheguei mais perto, para que

ele pudesse envolver-me com os braços, e ficamos ali, deitados juntos na semi-escuridão, ouvindo a respiração um do outro. Por algum motivo, mesmo tendo acontecido algo tão ruim, me senti um pouco melhor.

A Mercearia DeMatteo teve uma inauguração grande e ostentosa; Gianfranco contratou músicos, pendurou faixas com as cores da bandeira italiana na fachada e ofereceu degustação grátis de *prosciutto* e queijo para os passantes. Beppi e eu ficamos longe, mas ouvimos a história toda de quase todo mundo que foi ao Little Italy naquele dia. Eu me sentei ao sol, dobrando guardanapos e ouvindo as conversas.

— Queijos maravilhosos: *parmigiano, pecorino, dolcelatte.* — Ernesto me disse. — Salames pendurados em ganchos de metal, como em casa, prateleiras cheias de massa, anchovas e azeite. Até o cheiro é igual ao da Itália.

Beppi e eu nos perguntávamos onde Gianfranco tinha encontrado dinheiro para tal empreitada.

— Deve ter feito um empréstimo, eu acho. — Disse Ernesto.

— Arriscou-se, do mesmo jeito que você, quando abriu este lugar. Se você não corre riscos, nada acontece, hein, Beppi?

Eu passava em frente à mercearia de vez em quando e comecei a olhar lá para dentro para ver quantos fregueses ele tinha. Havia sempre alguém lá, esperando que um pedaço de queijo fosse embrulhado em papel branco brilhante, ou comprando garrafas de vinagre balsâmico e potes de azeitonas. Se Gianfranco levantava o olhar e me via, eu virava o rosto rapidamente e continuava andando. Eu me sentia melhor sabendo que ele estava ocupado atrás do balcão e não poderia estar escondido por aí, esperando por mim.

Pouco a pouco comecei a ajudar no Little Italy de novo, levando o bebê comigo. Eu ficava de lado quando havia fregueses, mas podia ajudar arrumando as mesas, descascando legumes ou escrevendo o cardápio do dia no quadro-negro. Isso significava que eu podia ver Beppi com mais frequência, mesmo quando estávamos ambos ocupados.

A cada dia que passava as coisas ficavam um pouco mais leves, e eu percebi que, em vez de construir um muro entre nós, Gianfranco parecia haver nos aproximado. Beppi e eu passamos horas tentando entender como ele poderia ter nos encontrado. Era óbvio. Beppi ainda escrevia para a mãe com regularidade. Uma vez me fizera tirar uma fotografia sua, em pé, do lado de fora do Little Italy, segurando um grande pedaço de presunto nos braços, e a enviara para ela. Ele queria que todos soubessem como estava indo bem. Era natural que ela contasse aos amigos e vizinhos, mostrando com orgulho a foto do seu Beppi, que estava fazendo tanto sucesso na Inglaterra. Ravenno era um lugar pequeno, e logo todos ficaram sabendo, até mesmo os pais de Gianfranco.

— Mas por que ele nos seguiria até aqui? — Beppi perguntou.

— Não faz sentido.

— Pelo mesmo motivo que fez todo o resto; ele quer tudo o que você tem.

— E talvez ainda esteja apaixonado por você. — Beppi parecia enciumado.

— Ele tem uma esposa agora. Eu a vejo o tempo todo. Ela tem um filhinho pequeno.

—Você não fala com ela?

— Não... embora ela pareça simpática... e sozinha, talvez.

— Mas ela é a esposa do Gianfranco.

— Então eu não falo com ela. — Concordei.

Às vezes, no entanto, eu dava um meio sorriso para ela, quando passávamos uma pela outra, empurrando nossos carrinhos, e ela fazia o mesmo.

Bem, quando as coisas estavam começando a melhorar tanto, notei os sinais novamente. Minha cintura se alargando, minha barriga se arredondando e o cheiro de alho frito que vinha da cozinha do Little Italy me dando enjoo. Minha filha tinha menos de um ano e eu já estava grávida outra vez. Eu não podia acreditar. Desta vez até mesmo a alegria de Beppi foi comedida. Ele queria o novo bebê, mas não queria que a esposa se tornasse uma estranha, modorrenta e triste.

— Desta vez vai ser diferente. — Prometi a ele. E foi. Pelo segundo bebê eu sentia muita coisa. Desde o momento em que a segurei em meus braços, minha mente não tinha espaço suficiente para todas as preocupações que a invadiam. Eu andava pela casa com roupinhas de bebê enfiadas embaixo da minha própria blusa, para que o calor do meu corpo apagasse qualquer vestígio de umidade. Acordava dez vezes durante a noite e ficava parada junto ao berço vendo se o bebê ainda estava respirando. Comecei a ficar obcecada com o quanto ela comia, o quanto dormia, e quando eu tinha que trocar sua fralda. Para piorar, a outra criança, talvez sentindo que havia sido tão facilmente colocada de lado, se tornara manhosa. Às vezes o choro dela podia ser ouvido no restaurante.

Tanto Beppi quanto eu estávamos exaustos e infelizes. Uma manhã eu o ouvi resmungando enquanto dava mamadeira ao bebê, e percebi que ele a chamava de "Addolorata". Talvez não tenha tido a intenção de chamá-la assim, mas, de algum modo, o nome ficou. Quando ela foi batizada, na igreja de São Pedro, até mesmo o padre pareceu surpreso com o fato de que a nossa primeira filha se chamava "Piedade" e agora havíamos escolhido chamar a segunda de "Tristeza".

Não sei como teríamos sobrevivido sem Margaret. Beppi deve ter lhe contado o quanto as coisas iam mal, e ela começou a vir nos visitar sempre que tinha um tempo livre, e a tirar um dos bebês das minhas mãos. Eu relutava, a princípio, porque havia chegado àquele ponto em que não confiava em ninguém mais para tomar conta das crianças de forma correta.

— Pelo amor de Deus, Catherine, eu era governanta, lembra? Até a condessa confiava em mim para cuidar dos filhos dela.

Pouco a pouco fiquei agradecida, especialmente quando ela levava os bebês para longas caminhadas. Eu ouvia seus gritos ficando mais e mais baixos à medida que Margaret se afastava com o carrinho, e mais e mais altos conforme elas voltavam. Às vezes, quando estava por perto, Ernesto as acompanhava, e ela começou a ficar embaraçada cada vez que o nome dele era mencionado.

— Eu achava que você não se interessasse por rapazes italianos.
— eu disse, quando finalmente percebi o que estava acontecendo.
—Você me disse que jamais se envolveria com um.

Ela deu uma risadinha e corou.
— Bem, Ernesto é diferente. Ele é tão gentil, e não tem aquele temperamento terrível.
— Mesmo assim, eu não acredito! Você e Ernesto!

Nós duas rimos então, e por um momento foi como se estivéssemos de volta ao nosso pequeno quarto na casa da *signora* Lucy. Mais tarde, Margaret deitou-se na cama, ao meu lado, com aquele jeito dela que significava que queria me dar um conselho.
— O que foi? — Perguntei.
— Isto vai passar, você sabe, com o tempo.
— O que você quer dizer?
— Muitas mulheres ficam deprimidas depois de ter um filho. Ou ficam um pouco obcecadas com as coisas. — Margaret não era mais governanta, mas ainda achava que era uma especialista no assunto. — As coisas vão terminar melhorando, não se preocupe.
— Eu não me preocupo. — Disse, embora não fizesse outra coisa.

Ela deve ter conversado com a minha mãe, e as duas provavelmente fizeram um plano juntas. Três ou quatro vezes por semana, uma delas vinha cuidar dos bebês, e eu tinha que sair e ir a algum lugar. Não tinha certeza sobre o que elas esperavam que eu fizesse — dar uma olhada nas lojas talvez, ou ir a galerias. Nada daquilo me interessava. Em vez de sair, eu ia ajudar no restaurante, onde pelo menos podia ficar perto de Beppi. Era um alívio sair daquele apartamento, que já parecia pequeno quando éramos apenas nós dois, mas era insuportável agora que éramos quatro.

— Temos que encontrar um lugar maior. — Eu disse a Beppi um dia, enquanto estava arrumando as mesas e ele preparava o almoço. — Uma casa com jardim, para que as crianças tenham um lugar para brincar quando crescerem.
— Precisamos de uma casa decente. — Beppi concordou. — Mas não muito longe, porque não quero ficar sentado naquele

ônibus por horas todas as semanas, como fazia quando trabalhava no restaurante grego.

Margaret e eu começamos a andar por Clarkenwell, procurando propriedades à venda. Eu sabia exatamente o que queria. Uma casa escondida, em uma rua quieta, com um pequeno jardim. Quando encontramos a casa, atrás do pátio da igreja de São Tiago, eu sabia que aquela era a casa para mim. Talvez tenha gostado dela porque não era muito diferente daquela onde eu havia crescido, em Balls Pond Road. Era alta e estreita, com grades pintadas de preto na frente. Mas, em vez de dar para uma rua movimentada, o que se via era grama verde e árvores frondosas. Em todo o lugar, em volta, havia pequenos cafés italianos que me faziam lembrar do bar de Anastasio.

— Será que é muito cara? — Margaret perguntou.

— Eu não sei. Beppi e eu nunca falamos sobre dinheiro. Ele toma conta de tudo.

Beppi tirou algumas horas de folga e foi ver a casa. Quando voltou, estava animadíssimo.

—É perfeita, Caterina. Adorei.

— Não é muito cara?

Ele franziu a testa.

— Nós vamos ter que fazer um empréstimo. Mas, como o Ernesto diz, se as pessoas não correm riscos, nada acontece.

— Isso não significa que você vai trabalhar mais do que nunca, não é? Porque, se for assim, prefiro ficar aqui.

— Não se preocupe, Caterina. — Ele sorriu. — As coisas vão dar certo. Vai ficar tudo bem.

Massa do Beppi

Eu deveria começar dizendo que até as donas de casa italianas atualmente compram massa fresca no supermercado, e ficam bem satisfeitas com a qualidade dos produtos disponíveis. Mas, se você tiver uma hora de folga e não se importar com o trabalho extra, eis como eu faço:
750 g de farinha de trigo
4 ovos grandes
60 ml de água
Coloque a farinha na mesa da cozinha, faça um buraco no meio, adicione os ovos e a água e misture os ingredientes até obter uma massa grossa (comece a misturar pelo lado de dentro do buraco, para não perder o líquido). Amasse por pelo menos vinte minutos. Adicione um pouco de farinha se a mistura estiver muito úmida, ou mais água se estiver muito seca. O produto final não deve grudar nas mãos nem ter qualquer bolha de ar dentro. Você pode verificar isso cortando a massa na metade com uma faca; se houver bolhas, elas aparecerão. Continue a amassar até que as bolhas desapareçam. Corte a mistura em três ou quatro partes e enrole todas (menos uma) em filme plástico, para que não ressequem enquanto você abre a massa. E se você não tiver uma daquelas máquinas sofisticadas de fazer massa? Minha mãe usou um rolo de macarrão a vida inteira. Eu costumava usar uma velha garrafa de vinho para abrir a massa. Sério. Não é tão difícil. Você só precisa de braços fortes. Quando usar a máquina, contudo, corte a mistura em vários pedaços, uns seis, e polvilhe com farinha. Passe todos os pedaços pelo primeiro ajuste, depois pelo segundo e finalmente ajuste a máquina para o penúltimo — o que significa que, se houver cinco, você deve terminar no quarto, para que a massa não fique muito fina (estou escrevendo uma receita para idiotas, como você pode ver). Corte as tiras de massa num comprimento adequado e então enrole-as num pano para secar ou até que você queira cozinhá-la.

Comentário de Caterina: Você sabe que nem todo mundo quer massa secando por toda a casa, não é, Beppi? Já pensou nisso?

Capítulo 19

O vestido estava pendurado no manequim, no canto do quarto de costura, e era tudo o que Pieta sonhara que seria: lindo, elegante, cintilante. Agora ela sabia com certeza que sua irmã iria parecer uma princesa. Mas qualquer felicidade que sentisse ao ver o vestido terminado estava misturada com outros sentimentos, mais complicados. A história de sua mãe havia deixado Pieta mais confusa do que nunca. Enquanto andava por ali, cobrindo o vestido para protegê-lo da poeira e limpando pedaços de tecido e contas que haviam caído no chão, tentava associar o Beppi e a Caterina da história com as pessoas que eles haviam se tornado ao se aproximarem da velhice.

Fechando a porta do quarto de costura, Pieta pensou em telefonar para Addolorata. Sabia que tinha que compartilhar pelo menos uma parte da história da família com a irmã, mas não conseguia se mexer para pegar o telefone. Afinal, ela havia recebido o amor da mãe, e Pieta não. Parecia adequado que ela devesse ao menos ficar com a história.

A mente de Pieta continuou a voltar à infância delas, tentando lembrar qualquer desigualdade, mas tudo o que ela conseguia recordar eram os muitos dias em que sua mãe fechava a porta do quarto e passava horas deitada na cama, reclamando de dor de cabeça, e como ela frequentemente parecia triste sem motivo. Não havia a menor recordação de não ter se sentido amada.

Já estava perto da hora do almoço, e Pieta se sentia agitada. Os últimos dias tinham sido passados entre o quarto de costura de sua mãe e a cama de hospital de seu pai. Agora era hora de sair, de encher os pulmões com a fumaça de escapamentos de Londres e passar pelos cafés cheios de gente. Ela tinha que voltar à sua própria vida outra vez.

Seus pés a levaram em direção a Hatton Garden, o lugar onde sua mãe estivera quando percebeu que Gianfranco os havia seguido até Londres. Fora apenas inveja que o trouxera até ali, um amor obsessivo por sua mãe ou algo mais? Pieta ponderava. Pensando no modo como o amigo de infância de seu pai havia se tornado seu inimigo da vida toda, virou a esquina e se deu conta de que estava indo para a Mercearia Italiana DeMatteo.

Ficou parada do lado de fora da loja por algum tempo, olhando pela janela para as prateleiras de massa italiana seca, o salame pendurado nos ganchos e os armários cheios de queijo. Seu pai havia ficado tão empolgado com a loja antes de saber a quem pertencia...

Michele estava atrás do balcão. Ele olhou para ela e sorriu, cumprimentando-a. Logo que se livrou do freguês, saiu para falar com ela.

—Você está bem? — Perguntou.

— Meu pai teve um ataque cardíaco. — Ela disse.

— Eu sei, ouvi falar. Mas ele vai ficar bem, não vai?

— Sim, acho que sim. Os médicos parecem satisfeitos e a angioplastia correu bem.

— Como a sua mãe está lidando com isso? E a sua irmã?

— *Mama* está bem, dentro do possível. Está pondo o sono em dia, afinal. Mas Addolorata parece ter ficado completamente louca. Eu mal a tenho visto por dias e dias. Acho que ela ainda está se culpando.

Parecendo preocupado, Michele tomou-a pelo braço.

—Venha para dentro. Vou fazer um café pra você. — Ele disse.

— Não... eu não devo. — Por algum motivo, quanto mais gentil ele era com ela, mais ela sentia vontade de chorar. —Você sabe como são as coisas com o meu pai. Se ele souber que estive aqui, vai ficar furioso, e agora não é hora de aborrecê-lo. Eu nem deveria ter vindo.

Voltando para dentro da loja, Michele colocou a placa de "fechado" na porta de vidro da mercearia. Então fechou a porta com um movimento firme e a trancou.

—Venha — ele disse, voltando para onde ela estava —, você precisa beber alguma coisa.

— O seu pai não vai se importar de você fechar a loja desse jeito, no meio do dia?

— É provável. — Ele admitiu, e, tomando-lhe o braço de novo, levou-a dali.

Andaram até um bar na Farringdon Road, aonde Pieta nunca havia ido, mas que obviamente era o local preferido de Michele. O gerente chamou-o pelo nome e serviu-lhe um copo de cerveja, sem esperar pelo pedido.

— Minha amiga precisa de alguma coisa para restaurar as forças. — Michele disse a ele, e Pieta recebeu um coquetel forte, feito com Stone's Green Ginger Wine.

Eles se sentaram em um canto, bem longe dos outros fregueses, e conversaram por algum tempo sobre o pai dela e o choque da doença repentina.

— Ele sempre pareceu tão bem. — Pieta disse, virando a bebida mais rápido do que pretendia. — Nunca parou quieto, nem um minuto.

Michele sorriu.

— Deve ser algo típico de italianos. Meu pai é exatamente assim.

— Eles eram amigos quando crianças, você sabia? — Pieta imaginava se Michele sabia alguma coisa sobre o passado dos pais deles. — Em alguma cidadezinha horrorosa de montanha, no sul da Itália.

— Eu sei, eu estive lá.

— Mesmo?

Ele virou o copo de cerveja.

— Quando eu era garoto, costumávamos passar um mês lá todo verão. Meus avós ainda estavam vivos. Você não lembra que o meu pai fechava a loja sempre em agosto?

— Sinceramente, não.

Ele fez uma careta e gesticulou para o balcão, pedindo mais bebidas.

— Eu odiava Ravenno porque não havia absolutamente nada para fazer lá, só um monte de parentes para visitar, e eu tinha que sentar e me comportar direito. Os únicos dias bons eram quando o meu pai nos levava para a praia, e isso significava passar horas no carro, atravessando as montanhas. Você nunca esteve lá?

Pieta sacudiu a cabeça.

— Meu pai voltou poucas vezes. Estava sempre tão ocupado com o restaurante... Acho que voltou uma vez quando a mãe dele morreu, e outra vez quando foi a Roma, mas nunca nos levou com ele.

— Talvez decida ir agora. Ter ficado doente pode fazer com que ele queira ver a Itália de novo.

— Acho que não. Não há ninguém para ver lá agora, só uns poucos primos, com quem ele dificilmente fala.

— E a irmã dele?

— Isabella? Ela também morreu.

Ele pareceu chocado.

— Quando foi que isso aconteceu?

— Ah, há alguns anos.

— Não pode ser verdade. — Michele parecia confuso.

— Por que está dizendo isso?

Ele fez uma pausa, por um instante, como se estivesse pensando no que dizer.

— Porque ela e o meu pai costumavam escrever um para o outro — ele explicou, enfim. — Eu me lembro de que houve uma grande confusão quando minha mãe achou as cartas.

Pieta sentiu-se um pouco zonza. Já estava na metade da segunda dose, e deu outro grande gole.

— Então... você está dizendo que ela está viva?

— Bem, até onde eu sei ela está. Mas o que fez você pensar que estivesse morta? — Michele perguntou. — Foi isso o que seu pai contou a você?

— Acho que sim... não sei.

De repente, Pieta não tinha mais certeza se alguém tinha mesmo dito isso, ou se ela e Addolorata haviam presumido que ela devia estar morta, porque seu pai dificilmente mencionava seu nome.

— As cartas dela eram sempre enviadas de Roma, não de Ravenno. — Michelle completou.

— Mas eu não entendo por que o seu pai escrevia para ela. Ele pareceu embaraçado.

—Talvez eles tenham tido um caso. — Ele disse, e ela ficou pensando se sabia mais do que estava deixando escapar. — Eu sei que minha mãe tentou interromper a correspondência, mas não sei se conseguiu. Meu pai nunca gostou que lhe dissessem o que fazer.

Pieta estava tão espantada que aceitou uma terceira dose e a terminou tão rápido como havia feito com as duas primeiras. Seu rosto estava vermelho, e ela sabia que devia ir para casa, mas não era fácil afastar-se de Michele e daquele cantinho do bar onde estavam. Ficou sentada ali por mais meia hora, conversando sobre a Itália e os pais deles, até que Michele comentou que ela parecia exausta e se ofereceu para acompanhá-la até em casa.

Houve um breve momento, quando ele se despediu, na frente da casa dos pais dela, em que ela pensou que Michele iria se inclinar e beijá-la. Em vez disso, tocou no ombro dela e lhe disse que se cuidasse e que esperava revê-la logo.

— Addolorata não pode estar certa — ela pensou, meio tonta, ao fechar a porta da frente. — Ele não tem uma queda por mim de jeito nenhum.

Capítulo 20

A dor de cabeça e a garganta seca acordaram Pieta horas depois. Ela fez café e torradas, como se fosse de manhã cedo e não o fim da tarde, e sentou-se no degrau da porta, de robe, tentando colocar as ideias em ordem. Michele ocupou seus pensamentos enquanto bebericava o café. Havia uma gentileza nele, uma doçura... Era difícil acreditar que era filho do homem que tentara destruir o pai dela.

Quando terminou o café, Pieta ficou olhando para as fileiras de legumes, e tentou decidir como ocupar seu tempo agora que o vestido estava pronto. As ervas daninhas estavam tomando conta do jardim, e a casa estava sendo invadida por pó e sujeira, mas ela se sentia exausta só de pensar em cuidar de qualquer coisa.

De qualquer maneira, havia um problema maior com que se preocupar. Addolorata, teimosa em sua vergonha e culpa, parecia estar evitando-a. Sua irmã havia telefonado algumas vezes e tinha visitado o pai, mas se mantinha longe da casa e de Pieta tanto quanto possível. Era difícil saber o que fazer. Ela deveria ir ver se a irmã estava bem ou deixá-la em paz e esperar que voltasse para casa quando estivesse pronta?

Pieta foi para o andar de cima, vestiu uma calça *jeans* confortável e um camisão. Pegando um agasalho de lã de carneiro para o caso de fazer frio, saiu e começou a andar lentamente, na direção do Little Italy. Mas, quando chegou à rua principal, mudou de ideia. Um táxi preto estava passando, com o sinal "livre" aceso, e não tomá-lo parecia uma oportunidade perdida. Sentindo-se e instruindo o motorista a levá-la para o hospital, ela se sentiu aliviada. Era mais fácil deixar o problema de sua irmã para outro dia.

Quando chegou ao hospital, Pieta ficou feliz por ter decidido ir. Seu pai andava impacientemente de um lado para o outro, enquanto sua mãe, sentada em uma poltrona, parecia ser quem precisava de cuidados médicos. O peso das noites passadas costurando e a constante ansiedade a respeito de Beppi eram visíveis.

— *Mamma*, olhe para você. — Exclamou Pieta. —Você precisa ir para casa descansar. Eu fico aqui com o *papa*. Você precisa de uma folga.

— Eu estou bem.

— Não, não está. — seu pai interrompeu. —Vá para casa, Caterina. Eu estarei de volta com você logo. Veja só como estou saudável de novo. Aqueles médicos me consertaram com os tubinhos e os remédios deles. Você, ao contrário, está com uma aparência terrível, *cara*. Vá para casa descansar.

Assim que ela saiu, ele se deitou na cama, fechando os olhos por um instante, e Pieta viu a mudança nele. Parte de sua força e confiança haviam se esvaído. Ele havia envelhecido cinco anos em poucos dias.

— Ah, minha pobre esposa. — Ele murmurou. — Como ela está se virando sem mim?

— Ela está bem, *papa*. Pare de se preocupar.

— Mas o que ela está comendo, Pieta? Ela está dormindo? Ela não é forte, a sua mãe, não consegue se virar sozinha.

— Ela se virou sozinha quando morava em Roma. — Pieta lembrou a ele. Normalmente seu pai ignorava referências ao passado, mas agora não parecia tão contrário às lembranças. Talvez fosse o tédio de estar preso a um hospital que o havia tornado mais falante, ou o choque de perceber que seu corpo lhe falhara.

— Em Roma a sua mãe morava em um lugar horroroso, cheio de prostitutas e administrado por uma louca. — Ele recordou. — Não posso acreditar que tenha ficado lá.

— O que aconteceu com ela, *papa*?

— O que você quer dizer?

— Por que ela mudou tanto, daquela pessoa para a mulher que é hoje?

Ele fechou os olhos de novo, e por um momento ela pensou que fosse voltar a adormecer. Então, começou a contar o lado dele da história.

Eu soube que havia algo realmente errado quando ela fez o pai pintar o apartamento com aquelas cores malucas. *Mannagia chi te muort* — vermelho vivo, roxo, laranja. Você teria morrido se tivesse visto aquilo. Quando Margaret e Ernesto se mudaram para lá, a primeira coisa que fizeram foi raspar as paredes. Pensei que as coisas iam melhorar quando nos mudamos para nossa casa, mas, na verdade, tudo piorou. O mundo dela parecia se resumir àquelas quatro paredes. Por um tempo consegui persuadi-la a trabalhar no restaurante como garçonete. Só duas noites por semana. Margaret ou a mãe dela cuidavam dos bebês. Achei que estava ajudando, mas isso só durou uns seis meses, e então ela se trancou em casa novamente.

A culpa é toda minha. Quando abri o Little Italy, tinha que trabalhar horas e horas para torná-lo um grande sucesso. A diferença entre lucro e perda era muito pequena naquele tempo. Então, quando o dinheiro começou a entrar, resolvi construir um negócio mais forte, para que as minhas filhas lindas sempre tivessem tudo o que precisassem e nunca soubessem o que é passar fome e frio, como quando eu era criança em Ravenno. Mas eu estava tão ocupado que negligenciei Caterina, e ela acabou passando tempo demais sozinha.

Margaret sempre dizia que muitas mulheres ficam deprimidas depois de dar à luz. Ela prometeu que Caterina ia sair daquele estado, afinal, e voltar a ser ela mesma. Mas isso nunca aconteceu, não de todo. Gianfranco tem sua parcela de culpa nisso. Ele estava sempre ali, perto das nossas vidas, e, embora ela nunca tenha me contado, acho que andou seguindo a minha Caterina por algum tempo. Ele era um homem em que eu confiara demais. Eu era cego a respeito do seu verdadeiro caráter, mas ela viu tudo desde o começo.

Esta é uma das coisas que eu amava em Caterina. Ela era tão sábia... Mas também era sensível. Sempre se preocupando com as coisas antes que acontecessem, e eu tinha que confortá-la e dizer que tudo ficaria bem. Às vezes eu ficava zangado e gritava com ela. Havia grandes discussões que acordavam os bebês, e, no final, todos acabavam gritando.

Depois de algum tempo, me pareceu mais fácil ficar no Little Italy. Quando eu não estava na minha cozinha, me sentava do lado de fora e jogava baralho com Ernesto. Evitava voltar para casa, e arranjava qualquer desculpa para estar em outros lugares. Depois que o restaurante fechava, ia para o Soho com Aldo, o *chef*. Ele era solteiro e gostava de ir beber em um pequeno bar flamenco, numa travessa escura da Oxford Street. Nós sempre ficávamos cercados de moças bonitas e pagávamos champanhe para elas, e deixávamos que flertassem conosco. Geralmente Aldo saía de lá com uma delas, mas eu sempre ia para casa sozinho. Mas havia uma mulher que me intrigava, uma bailarina de flamenco chamada Inês, que dançava como se quisesse assassinar um homem. Tão apaixonada, tão intensa. Depois que terminava de se apresentar no palco, ela vinha beber uma taça de sangria comigo. A música era alta, e, quando falava comigo, chegava tão perto que eu podia sentir seu hálito quente no meu rosto. Ela normalmente estava suada por causa da dança, a maquiagem escorrendo e o rosto brilhando, mas não se importava. Parecia tão forte e tão livre que terminei me apaixonando um pouco por ela.

Como Caterina descobriria? Eu ponderava. Ela estava trancada em seu mundo de preocupações, e eu estava seguro. Sim, havia noites em que eu não voltava para casa. Saíamos do bar flamenco quando os pássaros já estavam cantando e íamos para o minúsculo apartamento de Inês, no subsolo, perto da Fitzroy Square. E de lá eu ia direto para o Little Italy. Caterina nunca disse nada. Acho que não se importava.

Inês começou a exigir mais de mim. Ela apareceu no restaurante um dia, porque queria ver onde eu trabalhava. Depois começou a aparecer no meio da tarde, quando sabia que eu estaria jogando cartas com Ernesto. Ele tinha me avisado de que eu deveria mantê-la longe. Embora não tivesse dito uma palavra a ele, Ernesto parecia compreender o que estava acontecendo. Mas eu gostava da presença dela ali. Ela era glamourosa, com o batom vermelho e o cabelo preto brilhante puxado para trás. E podia ser tempestuosa também. Quando percebeu que eu jamais deixaria Caterina, começou a fazer cenas.

Quando minha irmã, Isabella, me escreveu para dizer que minha mãe estava muito doente de novo, e que eu deveria ir a Ravenno, fiquei triste por deixar meu restaurante e minhas meninas. Mas foi um alívio fugir de Inês.

A Itália foi uma experiência estranha. Enquanto minha vida havia mudado tanto, tudo em Ravenno parecia ter permanecido como antes. Até mesmo o velhinho que cuidava da barraca na praça parecia não ter se dado ao trabalho de levantar de seu banquinho. Estar de volta me fez sentir grato pela nova vida que eu tinha, e agradecido à minha Caterina por ter me levado a ela.

Logo que vi minha mãe, soube que não levaria muito tempo. Não havia necessidade de algum médico me dizer quão doente ela estava. Eu me sentava ao lado dela e segurava-lhe a mão por horas a fio. Gosto de pensar que ela encontrou algum conforto por saber que o filho único estava ali.

Perder a mãe é algo terrível, saber que você está por sua própria conta e que ninguém jamais vai amar você como ela. No dia em que minha *mamma* fechou os olhos pela última vez, me senti perdido. De novo, percebi quão grato eu era por ter Caterina, a única pessoa no mundo que havia me amado quase tanto quanto minha mãe. E me sentia culpado pelo modo como eu a estava tratando.

Depois do enterro, Isabella me disse que não havia motivo para ficar em Ravenno, e que ia fechar a casa e se mudar para Roma. As coisas estavam estranhas entre nós, porque ela havia feito uma coisa que me deixara muito zangado, e eu achava difícil perdoá-la. Por causa de minha mãe, nós havíamos colocado tudo de lado, nos últimos dias. Agora que *mamma* se fora, brigamos de novo.

Eu não conseguia entender por que ela queria se mudar para Roma. Ela não conhecia ninguém lá, não tinha amigos nem família.

— Acho que você deve ficar aqui e cuidar da casa — eu disse a ela. — Vou lhe enviar dinheiro suficiente para se manter.

— Eu não dou a mínima para o que você acha, e não quero o seu dinheiro — Isabella disse, com raiva. —Vou para Roma.

Ela começou a atirar as poucas roupas que tinha em uma mala e, então, colocou seu casaco bom, saiu batendo a porta e foi pegar o próximo ônibus na *piazza*. Eu tinha certeza de que ela não iria longe, assim esperei dois ou três dias. Mas estava errado. Ela não mudou de ideia e não voltou para casa. Comecei a me preocupar. Isabella havia vivido em Ravenno a vida inteira, e eu não podia imaginar como conseguiria se virar na cidade.

Ravenno ficava mais deprimente a cada dia que passava, e eu estava desesperado para ir embora. Fechei todas as janelas, tranquei a casa e deixei a chave debaixo de uma pedra no jardim, para o caso de um de nós decidir voltar.

Peguei o trem para Termini e, quando cheguei, tudo o que eu pude enxergar eram os perigos que esperavam por Isabella: os batedores de carteira prontos para roubar seu dinheiro; as crianças ciganas; os homens que cobiçavam moças jovens. Queria saber para onde ela teria ido, mas Roma é uma cidade grande, e eu não tinha esperanças de encontrá-la.

Em vez disso, fui até a Piazza Navona e andei pelas ruas estreitas, lembrando da época que passara ali enquanto namorava Caterina. Até mesmo parei no café onde ela trabalhara e fiquei feliz por encontrar o velho proprietário, um grego chamado Anastasio, atrás do balcão. Tomamos um café juntos e eu contei a ele sobre o meu sucesso com o Little Italy. Quando ele perguntou sobre Caterina, foi difícil saber o que dizer. Na verdade ele dificilmente a reconheceria se a visse agora.

— Ela é uma *mamma* agora. Duas menininhas perfeitas. — Eu me vangloriei, pegando as fotos das minhas filhas, que sempre carregava na carteira.

Na viagem de volta para casa, houve bastante tempo para refletir sobre o que havia perdido e o que estava me arriscando a perder. Prometi a mim mesmo que iria terminar tudo com Inês logo que chegasse.

Mas não foi fácil. Caterina estava mais distante do que nunca, e eu me sentia sozinho e infeliz. Não demorou muito para que eu voltasse a procurar o conforto de estar com Inês. Mesmo ficando zangado comigo mesmo por ser tão fraco, era mais fácil continuar com ela do que afastá-la de mim.

Deve ter sido um ano mais tarde que chegou um postal de Isabella. Na frente havia uma foto da Escadaria Espanhola, e no verso ela havia escrito que estava com problemas e precisava de mim. Fiquei com raiva, mas era minha irmã e eu não podia recusar-lhe ajuda. Então, voltei para Roma e a encontrei em um pequeno apartamento de dois cômodos, não muito longe de Terrini. Era um lugar horroroso, apertado e quente, e, aos meus olhos, Isabella parecia endurecida. O problema com que ela havia se envolvido era um homem, obviamente. Ajudei-a a se mudar para um lugar melhor e prometi enviar-lhe dinheiro com regularidade. Foi difícil para Isabella, porque era orgulhosa, mas não tinha escolha.

Desta vez, enquanto voltava para casa, pensei sobre o homem que eu havia me tornado e percebi que não era tão diferente do *scemo* que havia causado todos os problemas de Isabella. Fiquei muito envergonhado de mim mesmo e, pela segunda vez, prometi terminar aquela loucura com Inês.

Para começar, ela encontrava motivos para ir a Little Italy. Dizia que estava fazendo compras no mercado ou almoçando com uma amiga. Houve alguns escândalos quando percebeu que eu a tinha deixado para sempre, e eu me senti mal, porque ela não era uma má pessoa, mas Caterina era a minha esposa, e era o seu amor que eu realmente queria.

Mesmo assim, não foi fácil. À noite Caterina dormia de costas para mim, evitava qualquer cômodo onde eu estivesse e cortava qualquer tentativa de conversa que eu fizesse. Esperava que não fosse tarde demais, e que todo o seu amor por mim não houvesse desaparecido.

Contratei outro *chef* e diminuí as horas que passava em Little Italy. Em vez de trabalhar ou jogar baralho com Ernesto, ficava em casa. Caterina parecia confusa, quase tímida comigo, e eu me sentia desconfortável em casa, como se estivesse ocupando o espaço dela. Então, quando a primavera chegou e o clima ficou mais quente, comecei a passar mais tempo no jardim.

Trabalhei o solo do modo que minha *mamma* havia me ensinado quando eu era garoto, plantando ervas e legumes em fileiras simétricas. Quando vi os brotos verdes começando a aparecer, fiquei feliz e plantei mais. Às vezes eu via Caterina me observando da janela da cozinha, aquecendo as mãos com uma xícara de chá. Uma tarde eu a encontrei podando uma muda de tomate.

— Meu pai sempre me pedia para fazer isto — ela disse, antes de desaparecer de novo dentro da casa.

Com o passar do verão, ela me fazia mais companhia no jardim. Parecia que gostava que trabalhássemos lado a lado. Juntos, lutávamos contra as lesmas que comiam nossas alfaces, caçávamos as lagartas e arrancávamos as ervas daninhas. Lá fora, no jardim, enquanto as plantas floresciam ao nosso redor, o amor de Caterina por mim se fortaleceu também. Ela havia mudado. A menina que ela havia sido se fora, e a mulher que havia se tornado era mais frágil e mais insegura. Aos poucos, terminei aceitando isso.

❦

Pieta viu as pálpebras de seu pai se fecharem. Dentro de um instante ele estaria dormindo. Ela olhou para o rosto dele, o modo como as rugas se encontravam onde a pele estava mais flácida e o acinzentado da barba em seu rosto. O pai sempre tinha sido a diversão da casa, brincando de luta com Addolorata, empurrando Pieta no balanço por horas, deixando as meninas se sujarem, tomarem mais sorvete do que era recomendável, e dormirem tarde. De noite, encolhidas no beliche onde dormiam quando crianças, elas conversavam sobre como preferiam o pai à mãe.

Tantos anos mais tarde, Pieta se sentiu desleal. Ela esperava que a mãe jamais tivesse encostado o ouvido na porta do quarto, que jamais tivesse suspeitado como as filhas se sentiam. Seus pais podiam ter defeitos, como qualquer pessoa, mas o amor deles por ela era forte. O rosto de Pieta se cobriu de lágrimas quando se lembrou de que eles estavam envelhecendo e um dia iriam embora, deixando-a, como disse o próprio Beppi, perdida. Descansou a cabeça nas cobertas da cama do pai, segurou a mão dele com força e chorou.

Já era tarde quando Pieta saiu do hospital, mas não se sentia cansada. Desorientada com a segunda viagem ao passado, caminhou pelos corredores fortemente iluminados até encontrar a saída. Precisava de vinho, decidiu, ao sentar-se no banco de trás de um táxi. Uma garrafa de *sauvignon* branco e seco e alguém para dividi-la. Pediu ao motorista que a levasse para o Little Italy, esperando que Addolorata estivesse trabalhando até tarde. Uma parte dela ainda relutava em enfrentar a culpa e a dor da irmã, mas, agora que havia ouvido o lado de seu pai da história, não podia deixar de compartilhá-la.

Frederico estava do lado de fora, limpando uma das mesas.

— Ela está aqui? — Pieta perguntou.

— É claro que está. Há dias que ela fica aqui dia e noite, e isso não é bom nem para ela nem para ninguém.

Não era do feitio de Frederico falar com tanta franqueza, e Pieta podia imaginar como estava ruim o ambiente na cozinha apertada do Little Italy. Ele trouxe uma taça de vinho enquanto ela esperava, e enquanto bebia ela tentava decidir o que dizer. Sua irmã não tinha paciência para ouvir uma história longa e cheia de detalhes. Iria querer apenas os fatos básicos.

— Suponho que você tenha vindo aqui conversar sobre o que vai acontecer quando o *papa* sair do hospital. — Addolorata parecia febril, exausta e deprimida. — Você quer saber se eu vou abandonar o Little Italy?

Pieta deu um gole grande no vinho.

— Na verdade, não é nada disso. Eu vim aqui porque há algumas coisas que preciso lhe contar.

— Que coisas?

— Sente-se e peça a Frederico que nos traga mais vinho. Isto vai levar algum tempo.

Quando terminou de falar, Pieta percebeu que havia visto toda uma gama de emoções no rosto da irmã — choque, tristeza, surpresa, até mesmo horror.

— Como tudo isso pôde acontecer sem que nós soubéssemos? — Addolorata perguntou. Havia uma garrafa de vinho na mesa delas, e tinham bebido quase tudo.

— Eu sei. Ainda não sei o que pensar. Sinto que temos que fazer alguma coisa, mas eu não tenho ideia do quê. — Admitiu Pieta.

Addolorata olhou em volta, para as familiares paredes caiadas do Little Italy.

— Acho que sei o que tenho que fazer.

— Ficar aqui?

Ela assentiu.

— Como é que eu posso fazer outra coisa, depois do que você me contou? Eu achava que era só um restaurante, quando na verdade este lugar é a vida dele. Por isso é que ele quase morreu quando ameacei ir embora.

— Mas ele ama você... não quer vê-la infeliz. — Pieta lembrou à irmã.

— Sim, eu sei. — Addolorata soou derrotada. — Então, acho que vou ter que encontrar um modo de ser feliz aqui.

Capítulo 21

Pieta estava excitada demais para ir para a cama. Sua mente estava fervilhando com as muitas e novas preocupações, e ela se viu no jardim, arrancando ervas daninhas sob a luz amarela da janela da cozinha, apanhando tomates maduros e cutucando com o dedo a terra da horta, para se certificar de que não estava seca. Arrancou uma última erva e voltou para dentro de casa. Tudo o que queria era ir dormir, para poder parar de pensar. Mas tudo conspirava para manter Pieta acordada. Bem quando os seus pensamentos se acalmavam, e podia sentir que estava adormecendo, um cachorro latia ou um carro buzinava, e ela ficava imediatamente consciente de novo, rolando na cama e tentando não abrir os olhos.

Pouco antes do amanhecer, desistiu e tentou se ocupar por algum tempo, dobrando suéteres e pendurando vestidos no quarto que havia se tornado o seu guarda-roupa. Logo que ouviu o som de Londres acordando e indo trabalhar, vestiu um *jeans* e uma blusa decotada, amarrou uma echarpe de seda brilhante ao redor do pescoço e subiu a ladeira até Islington, onde ficava sua *pâtisserie* francesa favorita. Comprou uma caixa de *croissants* de amêndoa e pequenos bolos de limão cobertos de glacê e pegou um táxi de volta para casa.

Quando o táxi parou na frente da casa, percebeu que havia uma mulher parada perto da grade, olhando para a residência. Pieta estava tentando segurar a caixa de doces e, ao mesmo tempo, encontrar dinheiro para pagar a corrida quando notou que a mulher não havia se mexido.

— Olá? A senhora está procurando alguém? — Pieta segurou a caixa contra o peito.

— Você é uma das irmãs com os nomes tristes? — Ela perguntou.

— Eu sou Pieta. — Ela achou que a mulher lhe lançara um olhar avaliativo. — E quem é a senhora?

— Eu sou Gaetana DeMatteo, a mãe do Michele. Estou aqui para ver Catherine, se for possível.

Foi a vez de Pieta fazer uma avaliação. A mãe de Michele era esbelta e elegante. Estava vestindo um *jeans* justos e sandálias de salto alto, e seus cabelos tinham reflexos que pareciam ter sido cuidadosamente feitos em um salão de beleza caro, penteados em camadas que lhe favoreciam o rosto. Pieta se sentiu desmazelada em comparação a ela.

— Minha mãe sabe que a senhora viria?

— Não, e, para ser honesta, não tenho certeza se ela vai querer me receber. Mas, depois de tudo o que aconteceu, acho que é hora de falar com ela.

— É melhor a senhora entrar, então. — Pieta mostrou-lhe a caixa. — Eu comprei bolos. Muitos.

Catherine reconheceu Gaetana no momento em que a viu. A princípio pareceu surpresa ao vê-la parada à sua porta, mas logo se recompôs e pediu-lhe que entrasse.

— Lamento por seu marido. Espero que ele fique bem. — Gaetana começou, sentando-se à mesa da cozinha. Pieta estava ocupada fazendo café e arrumando os *croissants* e bolos em uma travessa.

— Ele está muito melhor, obrigada. — A voz de sua mãe era formal. — Vai voltar do hospital em breve.

— Isso é bom. — Gaetana aceitou um *croissant* e uma xícara de café, mas não tocou em nenhum dos dois.

— Por que você veio? — Pieta ficou surpresa com a calma e a certeza na voz de sua mãe. — Se for para me dizer que Gianfranco quer conversar com Beppi, que o ataque cardíaco o fez perceber que é hora de acertar as contas, sinto muito, mas é tarde demais.

— Não, não é isto que eu estou lhe pedindo. — Disse Gaetana. — Eu sei que você e Beppi jamais irão perdoá-lo, mas talvez vocês possam começar a esquecer. Seria bom se não tivéssemos que ficar longe do Little Italy, quando sabemos que o seu restaurante serve o melhor *zuppa di soffritto*. Seria bom se vocês pudessem ir ao DeMatteo comprar o nosso *sfogliatelle*, que é muito mais delicioso que esses *croissants* franceses. Tudo o que estou pedindo é que deixemos que o ódio seja esquecido, e que sejamos civilizados uns com os outros, se acontecer de nos encontrarmos na vizinhança.

— Não temos problemas com você, Gaetana. — Sua mãe disse.

— Mas nem Beppi nem eu podemos esquecer o que seu marido tentou fazer conosco.

Gaetana mastigou uma unha, pensativa.

— Ele me magoou também, você sabe. Todos aqueles anos ele estava tendo um caso com a irmã de Beppi, Isabella. Ele voltava para a Itália dizendo que ia viajar a negócios quando, na verdade, ia ficar com ela. Por algum tempo ele até mesmo pagou o aluguel do apartamento dela, perto de Termini. Você sabia disso?

— Sim. — Respondeu sua mãe, em voz baixa.

— Não sabia sobre o filho de Isabella, contudo?

Pieta viu a expressão de choque se espalhar pelo rosto de sua mãe.

— Existe um filho?

— Sim, ela teve um menino de meu marido. Ela o chamou de Beppi.

O cansaço de Pieta havia desaparecido. Cada pedaço dela estava vibrando, como se tivesse bebido uma quantidade de *espresso* suficiente para durar uma semana.

— Eu tenho um primo? — Ela perguntou.

Gaetana voltou-se para ela.

— Sim, tem. Ele é alguns anos mais novo que você, eu acho. Seu pai sabia, é claro. Ele foi para Roma para ajudar Isabella a se mudar do apartamento, depois que ela ficou grávida, para que ela não tivesse que aceitar mais nada de Gianfranco. Mas ela não conseguiu terminar com ele completamente. Às vezes me pergunto se ela ainda escreve para ele.

Por um instante houve apenas silêncio, então sua mãe disse:

— Mas Gianfranco só se importava em magoar Beppi, não é? Ele nunca amou Isabella de verdade?

Gaetana não respondeu a pergunta. Em vez disso, suspirou e disse:

— Meu marido ama o que poderia ser e o que poderia ter sido, jamais o que de fato é.

Embora Pieta não compreendesse exatamente o que ela queria dizer, sua mãe assentiu como se entendesse.

Parando de fingir que estava à margem da conversa, Pieta se sentou à mesa.

— Então a senhora o perdoou por ter tido um caso com Isabella? — Perguntou a Gaetana.

— Não, mas tentei esquecer. A vida pode ser curta e muito imprevisível, como seu pai acabou de nos mostrar. Amo meu marido, apesar dos seus defeitos, e quero passar minha vida com ele. — Gaetana olhou diretamente nos olhos de Catherine. — Você nunca escolheu esquecer alguma coisa por amor a seu marido?

De novo houve um longo silêncio. Pieta esperou para ouvir o que sua mãe iria dizer, mas ela também escolheu não responder à pergunta.

— Então, o que você quer que eu faça? — Perguntou.

— O que você achar melhor. — Gaetana se levantou. — Você decide agora, Catherine. Eu já disse o que vim dizer.

Addolorata parecia ter recuperado parte da velha vivacidade. Ela saíra da cozinha para cumprimentar fregueses regulares em uma mesa, e sugeriu outras coisas que talvez eles quisessem experimentar: mozarela de búfala fresca, de Campânia; pêssegos brancos embebidos em vinho tinto.

Com o jornal não lido aberto à sua frente, Pieta esperava em uma mesa vazia. Precisava contar à irmã a parte final da história, e saber se ela tinha alguma resposta para as perguntas que lhe enchiam a mente. Talvez Michele tivesse sugerido à mãe dele que as visitasse. Será que ele vira a doença do pai delas como um ponto de virada, uma chance para mudar o modo como as coisas estavam?

E quanto a Beppi? Qual era a probabilidade de ele concordar em esquecer uma única coisa sequer que Gianfranco havia feito?

Embora fosse verdade que ele próprio cometera erros, ela tinha certeza de que o pai seria irredutível. De certa forma, a briga o havia sustentado por todos aqueles anos.

— Que confusão. — Ela reclamou para Addolorata. — Eu não consigo ver um modo de consertar isso. Será que existem outras famílias tão loucas quanto a nossa?

Um sorrisinho estranho se espalhou lentamente pelo rosto de sua irmã.

— Bem, eu já sei o que vou fazer.

— Fugir?

— Não, vou convidar Michele DeMatteo para meu casamento. E quero lá minha tia Isabella e meu primo Beppi também.

Pieta estava horrorizada.

—Você não pode fazer isso!

— Não? E por que não?

— O *papa* vai ficar histérico. Você quer provocar outro ataque cardíaco nele?

Addolorata acenou com a cabeça para Frederico, que havia acabado de trazer um *espresso* para a mesa delas.

—Tudo bem, o negócio é o seguinte. — Começou, quando ele se afastou. — O *papa* decidiu onde vamos nos casar, e onde vai ser a recepção. Ele escolheu o vinho e me disse várias vezes o que acha que devemos servir no cardápio. Enquanto isso, você fez o vestido que sempre sonhou para mim. Estou extremamente agradecida, não me interprete mal, do mesmo jeito que estou agradecida por você ter organizado tudo. Não tenho tempo agora, e, mesmo que tivesse, duvido que fizesse tudo tão bem quanto você. Não me importo se a *mamma* quer que convidemos as netas da Margaret e do Ernesto como daminhas de honra. Tudo bem para mim. Mas uma coisa que eu gostaria de decidir é a lista de convidados. Pelo menos isso.

Pieta viu Eden entrar no restaurante. Ele sorriu ao vê-las e acenou para elas.

— Tenho que ir. — Addolorata terminou o café. — Eden e eu temos que ir para uma aula idiota que estão dando em São

Pedro para os casais que vão se casar. O *papa* disse que tínhamos que ir, lembra? Pois ele estava certo, é obrigatório, e não pudemos escapar.

Pieta ficou olhando para ela. Tinha medo de que a irmã fosse realmente atrevida o suficiente para adicionar aqueles três nomes extras à lista de convidados.

— Só me prometa que não vai tentar convidar o Michele, por favor. Você quer arruinar seu próprio casamento?

— Pare de se preocupar. — Disse Addolorata, com um tom gentil desta vez. — Tudo vai dar certo.

❦

No dia em que o pai delas voltou para casa foi uma festa. Elas compraram uma caixa do seu Barolo favorito e arrumaram legumes recém-colhidos da horta em uma grande travessa, que colocaram no centro da mesa da cozinha.

— Eu faço o jantar. — Pieta ofereceu.

— Tem certeza? — Sua irmã indagou. — Posso trazer algo do restaurante. Não é problema.

— Não, não, eu quero cozinhar.

Addolorata pareceu surpresa, mas disse apenas:

— Tudo bem, então.

Quando achou que seus pais estariam chegando em casa, Pieta colocou para tocar o CD favorito do pai, de canções de amor napolitanas. A casa inteira tinha o cheiro do molho que borbulhava no fogão, e a sala estava cheia de música. Ela esperava que o seu *papa* esquecesse o ataque cardíaco e ficasse feliz por estar de volta em sua própria cozinha.

Mas a primeira coisa que fez quando entrou, foi cheirar o ar e franzir a testa. Levantando a tampa da panela, ele verificou o conteúdo.

— O que é isto? — Olhou para o molho, desconfiado.

— É o molho para a massa, *papa*.

Ele mexeu a panela com uma colher de pau.

— A carne parece picada.
— E está.
— Nunca piquei carne na minha vida. O que fez você pensar que deveria fazer isso?
— Só achei que ficaria... bom. — Pieta tentou não soar ofendida.
— Bom... uh. — Ele disse, de forma meio crítica, então permitiu que a esposa o ajudasse a sentar-se em uma cadeira e lhe trouxesse uma taça de vinho. Não ficou parado por muito tempo. Logo, estava passeando pela horta, procurando sinais de ataque das lagartas que comiam seus repolhos, e dos insetos que infestavam os tomates. De vez em quando andava pela cozinha, olhando para o que Pieta estava fazendo, mas não dizia nada.
Quando ela colocou a panela de massa para ferver, ele não pôde mais se conter.
— Salgue a água quando estiver fervendo. — Gritou para ela, com urgência. — Não antes.
Pieta tentou ficar calma. Isso era apenas uma amostra do que sua irmã tinha que aguentar no Little Italy todos os dias. Além disso, era a primeira noite de *papa* de volta em casa, e ela não queria terminá-la com uma grande briga.
Quando seu pai se sentou para comer, a expressão em seu rosto era amarga. Ele capturou algumas tiras de espaguete e um pouco de molho com um garfo.
— Teria ficado melhor com *pappardelle*. — Reclamou, engolindo a primeira garfada.
Pieta fingiu que não o ouviu.
— Isto está realmente bom. — Addolorata comia com gosto.
— O que você fez?
— Talvez eu lhe dê a receita. — Pieta observava o pai, que mastigava, pensativo. — *Papa*, você está gostando?
— Sim. — Ele parecia quase rabugento. — Está muito bom, muito gostoso.

Ele limpou o prato com um pedaço de pão, e, mais tarde, quando ela foi para a cozinha buscar um copo de água, ela o encontrou comendo as sobras com uma colher de pau.

— Sim, sim, muito bom — ele resmungava para si mesmo —, mas ficaria melhor com *pappardelle*.

Ragu de Carne Picada da Pieta

Honestamente, eu não tenho a menor noção sobre cozinha. Tudo o que sei é que odeio carne moída. Francamente, não acho que você deva comer qualquer coisa que possa passar facilmente por um ralo.

Eu queria fazer algo delicioso para o *papa* — um ragu, mas sem a carne moída. Então, eis o que eu fiz: peguei dois grandes filés e os bati com um martelo até que estivessem finos e tenros. Então, fritei de ambos os lados, para selar, porque li em algum lugar que é isso que se deve fazer, coloquei-os numa panela com meia garrafa de vinho tinto e pus para cozinhar.

Piquei uma cebola, um pouco de aipo e um dente de alho e os fritei em azeite de oliva, depois adicionei um vidro de tomates maduros, uma lata de purê de tomate, um pouco de sal e pimenta-do-reino. Eu teria colocado um pouco de pimenta vermelha também, mas a *mamma* não gosta. Enfim, quando tudo estava borbulhando, coloquei o vinho e os filés e os deixei cozinhar por algum tempo.

Bebi algumas taças de vinho, então retirei os filés da panela, tirei a gordura e os piquei com garfo e faca. Coloquei a carne picada de volta com os tomates e pus para cozinhar até que o molho engrossou e o filé ficou macio. No final, adicionei um pouco de manjericão da horta. E servi com espaguete.

Talvez o *papa* esteja certo, contudo, e ficasse melhor com *pappardelle*.

Comentário de Addolorata: Sabe, não está ruim. Talvez você não tenha ficado sem o gene da culinária, afinal. Pode ser que eu coloque algo parecido no cardápio do restaurante.

Comentário de Beppi: Não enquanto eu tiver alguma coisa a ver com ele... mas estava muito bom, Pieta, muito gostoso.

Capítulo 22

Todo mundo parecia ter desaparecido. Os pais de Pieta estiveram fora a manhã toda, ela não sabia onde, e, quando ela telefonou para o Little Italy para ver se Addolorata tinha tempo para um almoço mais tarde, disseram que a irmã tirara uns dias de folga.

— Tem certeza? — Ela perguntou a Frederico. — Ela vive dizendo que está muito ocupada e, de repente, tem tempo para férias?

— Não sei. — Frederico jamais se metia em questões familiares. — Ela apenas disse que precisava cuidar de um assunto urgente e que iria tirar alguns dias. Talvez seja algo relacionado com o casamento.

Sentindo-se decepcionada, Pieta desligou o telefone. Não podia entender por que Addolorata precisaria dar um tempo no trabalho para resolver alguma questão do casamento, já que Pieta já tinha resolvido quase todos os detalhes ela mesma. Ela havia contratado a colocação de uma romântica musselina branca drapeada nas paredes e no teto do Little Italy, toalhas de mesa de linho branco, em vez das costumeiras, em xadrez vermelho e branco. No centro de cada longa fila de mesas haveria um rio de sal marinho, brilhante como cristal, pontilhado com velinhas, e ela tinha alugado vasos com orquídeas tropicais de um cor de rosa bem forte, para dar um contraste dramático.

O bolo seria um colosso de quatro andares, coberto de glacê branco, e seria decorado com mais orquídeas rosa. Ela havia encontrado uma banda para tocar enquanto estivessem comendo, para seguir a tradição italiana de dançar durante a interminável sequência de pratos. E, depois que soube que haveria daminhas de honra, comprara lindos vestidinhos românticos para elas. O que mais havia para Addolorata se preocupar?

Depois, Pieta deu-se conta de que havia apenas uma coisa que ela podia estar fazendo. Tremendo de ansiedade, subiu até o quarto da irmã. Estava no estado habitual de bagunça: pilhas de roupas limpas misturadas com as de roupa suja, a cama desarrumada, a penteadeira coberta de potes de base, todos pela metade, e batons esmagados e sem tampa. Pieta deu uma olhada na parte de cima do guarda-roupa. A mala que costumava ficar lá havia desaparecido.

Tirando do caminho um prato coberto de migalhas de torradas e restos de geleia, ela se sentou pesadamente na cama.

— Maldita Addolorata. — Disse, em voz alta.

Ela sabia que, se procurasse nas gavetas do criado-mudo, o passaporte da irmã e seus cartões de crédito também teriam sumido. Era óbvio para Pieta que ela havia ido para Roma procurar pela tia. Ela disse que faria isso, e agora tinha feito mesmo.

— Diabos!

Pieta tentou se confortar com o fato de que Addolorata só soubera da existência da tia alguns dias antes. Quais eram as chances de ela localizar Isabella numa cidade grande como Roma? O problema é que ela sabia como a irmã podia ser determinada e ter atitude. Addolorata nunca parava para pensar nas consequências antes de fazer alguma coisa. Ao contrário, mergulhava de cabeça e fazia.

Mesmo que fosse encontrada, com certeza Isabella não viria a Londres para o casamento. Não seria tão louca. Pieta tentou convencer-se disso, mas, por algum motivo, não estava conseguindo. Precisava de alguém para conversar a respeito, alguém que fosse solidário, entendesse as complexidades da família dela e lhe dissesse o que fazer. Em Roma, a mãe dela havia confiado em Anastasio, o grego dono do bar. Ele havia sido sábio e gentil. Precisava de um amigo como ele.

Pieta voltou para seu próprio quarto, um paraíso de ordem e arrumação, onde não havia pratos sujos nem roupas amassadas e empilhadas pelo chão. Ali ela seria capaz de pensar direito.

Deitou-se na cama e ficou olhando para o teto. Assim que se decidiu, sentou-se em sua penteadeira e escovou seu cabelo negro até fazê-lo brilhar, depois começou a se maquiar metodicamente. Primeiro a base, para que o pó fixasse bem. Depois, sombra de cores neutras, marrom e branco fosco, nas pálpebras, uma passada dramática de rímel preto e uma camada de *gloss* nos lábios. Satisfeita, Pieta voltou sua atenção para o que iria usar. Escolheu *jeans* apertados e uma blusa que exibia suas formas mais do que o habitual, sandálias de salto que lhe davam altura, uma echarpe verde em volta do pescoço e um toque de perfume.

Não queria perder tempo andando, então, pegou um táxi em Clerkenwell Garden e disse ao motorista para onde queria ir. Quando encostaram na calçada da loja dos DeMatteo viu, aliviada, que Michele estava sozinho atrás do balcão.

Ele sorriu ao vê-la.

— Ei, como está? Ouvi dizer que seu pai está em casa.

— Estou bem... acho. Na verdade, vim perguntar se você tem tempo para uma bebida.

— Sim, claro, se você quiser. — Ele pareceu surpreso, mas encantado. — Minha mãe está lá atrás. Vou pedir a ela que venha para cá e cuide da loja por meia hora.

A mãe de Michele ergueu as sobrancelhas quando viu Pieta.

— Você parece muito bem hoje. — Disse. — Vai a algum lugar especial?

— Só ao bar, para um drinque rápido.

Gaetana pareceu confusa.

— Sua *mamma* contou a seu *papa* sobre minha visita?

— Sinceramente, eu não sei.

— Bem — disse Gaetana, como se isso não importasse, tomando seu lugar atrás do balcão —, eu fiz o que pude.

Pieta esperava que Michele não pensasse que ela era muito atirada surgindo assim, do nada, convidando-o para tomar alguma coisa, mas não conseguira pensar em mais ninguém com quem pudesse falar. Seus amigos não entenderiam; diriam que ela estava exagerando. Mas Michele conhecia a família dela, havia crescido acompanhando a briga entre seus pais e entendia o que podia acontecer com o indomável temperamento italiano quando submerso na frieza britânica.

Ele a levou ao mesmo bar, mas desta vez ela pediu uma cerveja gelada.
— Aquela bebida estava deliciosa, mas me deu uma tremenda dor de cabeça. — Confessou.
— Sim, um é bom, mas três não é necessariamente melhor — ele sorriu. — Ainda assim, fiquei impressionado.
Eles se sentaram do lado de fora do bar, para que ela pudesse fumar, e continuaram de onde tinham parado, conversando com facilidade e rindo muito. Então, quando ela lhe contou sobre Addolorata e sobre sua certeza de que a irmã estaria em Roma, ficou surpresa ao vê-lo tão incomodado com a história.
— Para dizer a verdade, de algum modo eu sabia. — Ele admitiu.
—Addolorata veio me ver porque pensou que eu tivesse o endereço.
— Mas por que você teria um endereço que interessasse a ela?
— Os olhos deles se encontraram, e ele encolheu os ombros.
— Bem, porque seu primo Beppi é meu meio-irmão, claro.
Pieta achou que fosse desmaiar. Ele sabia da existência do jovem Beppi, e ela não.
—Você não o mencionou no outro dia. — Ela disse, acusadoramente.
— Eu não sabia o quanto dizer. Desculpe. Devia ter contado.
— Mas como você soube? — Perguntou Pieta. — Seus pais contaram sobre ele?
— Não, mas eles brigaram por causa disso durante anos, e, devido ao modo como gritavam um com o outro quando brigavam, era impossível não ouvir. Então, um dia, quando ambos estavam fora, mexi nas coisas do meu pai e encontrei algumas das cartas de Isabella escondidas atrás das gavetas na mesa dele e copiei seu endereço. Não tenho outros irmãos ou irmãs. — Ele lembrou a ela. — Meu meio-irmão é o único que tenho, então eu quis encontrá-lo.
— E você conseguiu? — Pieta estava fascinada.
— Eu fui a Roma. Exatamente como meu pai fez por tantos anos, fingi que ia a negócios. Quando cheguei lá, peguei um táxi e fui àquele endereço.

— E você os encontrou?

— Sim, encontrei. Foi um susto para sua tia no começo, mas, quando entendeu por que eu estava lá, foi muito simpática. Gostei dela. Ela é muito divertida.

—Você não tinha raiva dela por ter magoado sua mãe?

— Sim, um pouco. — Michele admitiu. — Mas meu pai foi tão responsável quanto ela. E eu gostei do meu meio-irmão. Queria participar da vida dele, e, para isso, tinha que aceitar Isabella.

— Ah, Deus, e você deu o endereço dela para minha irmã. — Pieta escondeu o rosto nas mãos. — Merda.

— Ela disse que você não ia ficar muito feliz quando soubesse disso.

Pieta tentou explicar por que ter a tia e o primo no casamento provavelmente transformaria a coisa toda num desastre. Mas Michele começou a discutir com ela, argumentando que seria a melhor coisa para todos, a longo prazo.

— Acredite em mim, eu conheço meu pai. Ele vai ficar completamente louco. — Ela insistiu.

— Olhe, Pieta, posso entender que você não queira que eu vá. Não se preocupe, eu disse a Addolorata que não iria. Mas é o casamento de sua irmã, não o seu. Então, será que você não está sendo pouco razoável ao tentar impor quem ela deve ou não convidar?

— Suas palavras eram duras, mas a voz dele era gentil, e, por algum motivo, Pieta teve vontade de chorar.

— Só estou pensando em meu pai, não quero vê-lo aborrecido, especialmente agora, que tem estado tão doente.

— E você tem certeza de que é só com seu pai que está preocupada?

Ela apagou seu cigarro e apanhou o maço para pegar outro.

—Trabalhei tanto por esse casamento, não quero vê-lo arruinado. — Ela admitiu.

—Talvez ele não seja arruinado. — Michele sugeriu. —Talvez isso tudo sirva para unir sua família novamente. Será que não foi apenas o orgulho de seu pai que o manteve afastado de Isabella todos esses anos? E não é a família que importa num casamento, em vez das fitas, dos laços e dos vestidos enfeitados?

— Mas Isabella teve um bebê com seu pai, o homem que ele odeia.

— Pieta argumentou. — O *papa* veria isso como parte de um plano de Gianfranco para destruí-lo.

— Meu pai... — Michele fez uma pausa. — Ele não é um homem mau, você sabe. Ele teve um caso, mas muitos maridos fazem isso.

— Sim, mas há mais do que isso.

— O quê? Me conte.

— Eu contaria mas... não cabe a mim.

— O que quer que seja, aconteceu há muito tempo.

— Não para o meu pai. Para ele é como se tudo tivesse acontecido ontem.

Pieta acabou sua bebida e se levantou para ir embora. Havia errado ao pensar que aquilo seria uma boa ideia.

— De qualquer forma, obrigada pela bebida, Michele. Vejo você por aí.

Ela voltou a pé para casa, sentindo-se mais desolada do que nunca. Tudo o que queria era trancar a porta da frente e se esconder entre as quatro paredes de sua casa.

❧

Nikolas Rose havia telefonado três vezes para perguntar quando ela voltaria ao trabalho, e Pieta sabia que não podia mais adiar. A doença de seu pai lhe dera mais uma semana, mas havia chegado a hora de voltar à velha rotina.

Sentou-se no degrau, fumando um cigarro e bebendo seu café. Parecia que estava voltando para a prisão. Não tinha a menor vontade de lidar com Nikolas e seu humor instável, e pensar em todos os problemas que a esperavam era assustador. Aquele vestido chamativo de peônias, por exemplo, que ela havia desenhado para a noiva de Michele. Perguntava-se o que teria acontecido com ele.

Sentada ali, ao sol da manhã, curtindo a paz e o silêncio, Pieta desejou não ter que voltar ao trabalho e que, em vez disso, pudesse passar o dia ajudando seu pai a cuidar da horta.

Relutantemente, vestiu roupas elegantes e encheu sua bolsa de mão com as coisas essenciais ao trabalho: sua agenda, um bloco de anotações, seus lápis favoritos. Cada item parecia um pouco estranho para ela, apesar de fazer apenas três semanas que tinha mexido neles.

Enquanto caminhava em direção a Holborn, ela remoía o que Michele lhe dissera em frente ao bar. Não gostara do quadro que ele havia pintado. Claro que ela não era aquele tipo de pessoa. Vivendo a vida dos outros, sempre colocando os sentimentos de seu pai em primeiro lugar, obcecada com os preparativos do casamento da irmã. Isso soava como se ela não tivesse vida própria.

Do lado de fora do ateliê de Nikolas Rose, ela parou por um momento. Rezou para que ele estivesse de bom humor, caso contrário aquele ia ser um longo dia.

Havia uma bagunça esperando por ela, exatamente como previra.

Sua mesa estava coberta de papéis, a bandeja de entrada, abarrotada. Pieta sentou-se e começou a cuidar dela. Até que tudo estivesse arrumado e cada coisa em seu devido lugar, sabia que não conseguiria se concentrar.

As garotas da oficina de costura ficaram felizes em vê-la. Vieram contar pequenas fofocas, de olho na porta, para que Nikolas não entrasse de repente e as pegasse cochichando.

— Ele tem estado num humor infernal. — Disse Yvette, a chefe das costureiras. — Gritando conosco sem motivo algum. Outro dia ele jogou o telefone na parede, depois veio nos pedir para encontrar outro para ele.

Pieta não podia deixar de sorrir.

— Mas o que havia de errado com ele, você sabe?

— Bem, uma cliente tem causado problemas. A noiva para a qual você desenhou aquele vestido divino, com babados e peônias. É uma pena, porque as meninas estavam morrendo de vontade de colocar as mãos naquilo.

Pieta estava contente que Yvette tivesse gostado de seu desenho. Ela tinha um bom olho e geralmente não tinha medo de dizer quando algo estava errado.

— Então, Nikolas o refez?

— Sim, ele o fez contido, de bom gosto e absolutamente sem graça. Não é de surpreender que a pobre garota não tenha gostado. Ela disse que queria o seu. Foi então que o telefone foi parar na parede.

— Bem, realmente não é um vestido Nikolas Rose. — Pieta concordou. — Não tem o estilo dele, de jeito nenhum.

— Talvez tenha chegado a hora de mudar o estilo dele. Ele vem fazendo a mesma coisa por anos. Estamos todas cheias disso. Seu desenho era diferente, algo divertido, para variar.

Yvette voltou para a costura, e Pieta a arrumar sua mesa. Seu humor havia melhorado muitíssimo com aquela conversa. Subitamente ela começou a se sentir criativa de novo.

A ordem já havia sido restaurada em seu canto da sala de *design* quando Nikolas passou pela porta. Ele vestia um terno de linho claro e um chapéu Panamá, e, quando a viu, seu rosto fino se abriu em um sorriso.

— Pieta, você está de volta, que maravilha! Por que não faz um café para nós e me deixa atualizá-la sobre tudo? — Ele a beijou, os lábios mal encostando em seu rosto. — Estou tão feliz em vê-la, querida. Você nunca mais terá permissão de tirar folga de novo, ouviu? Não posso ficar tanto tempo sem você.

Continuou a falar enquanto ela fazia o café exatamente como ele gostava, forte e com uma gota de leite desnatado. Depois do café, ele mostrou a ela os esboços nos quais estava trabalhando, e também a agenda e o calendário. As coisas andavam agitadas, e Pieta podia imaginar como ele ficara estressado tendo que lidar com tudo aquilo sem ela. Não admira que estivesse de mau humor.

Ele deixou a nova versão do vestido de peônias de Helene Sealy para o final.

— Ah, sim, eu dei uma ajeitada no seu pequeno deslize neste vestido. — Ele disse, casualmente. — Ajustei um pouco as coisas, mantendo o estilo clássico. Melhor assim, não acha?

— E o que a noiva achou disso? — Pieta não pôde deixar de perguntar.

Nikolas fez cara feia.

— Ela gostou?

— Ela vai gostar, querida... quando você falar com ela. Ela virá na hora do almoço para a primeira prova.

Pieta olhou para o novo desenho. Não havia nada de errado com ele. Nikolas havia desenhado um vestido sem alças, bem bonito, com uma saia mais cheia do que aquela que ela havia imaginado. As peônias haviam se transformado em margaridinhas de tecido, e os babados e franzidos haviam desaparecido. Era bonito, mas sem graça. Ela se perguntou como iria convencer a noiva a aceitá-lo.

— Ah, não estarei aqui quando ela chegar. — Nikolas acrescentou. — Mas você ficará bem.

Não havia por que discutir com ele. Isso nunca levara a lugar nenhum. Mas ela passou a manhã toda preocupada com seu encontro com a infeliz noiva de Michele. Tinha como regra nunca pressionar a cliente a aceitar um vestido com o qual não se sentisse confortável e, menos ainda, um de que ela não gostasse. Outros estilistas podiam curtir o desafio de uma venda difícil, mas Pieta acreditava em criar vínculos de confiança com a cliente e tentar entender a mente dela para poder criar uma peça que fosse realmente "a cara" da noiva.

Quando foi levada à sala do champanhe, Helene pareceu tão satisfeita ao vê-la quanto Nikolas tinha ficado.

— Ah, que bom, você voltou! — Disse, enquanto Pieta a acomodava no enorme sofá branco. — Andei brigando com seu chefe. Ele não lhe contou?

— Brigar com ele é uma péssima ideia. — Disse Pieta, irônica.

No colo dela estava o *kit* de apresentação que eles preparavam para toda noiva: uma pasta prateada, amarrada com um laço de tafetá branco, contendo amostras de tecidos e cópias dos modelos impressas em papel prateado. — Porque não dá outra olhada nisto? Depois pode ir experimentar o modelo em algodão.

— Não vai adiantar, vai? Eu sei que não vou gostar.
Pieta fingiu que não tinha ouvido.
— O modelo vai lhe dar uma boa ideia da forma do vestido, e nós vamos poder checar as medidas. — Ela disse. E completou, como sempre: — Mas ele vai parecer muito simples, e não vai ter o mesmo caimento que o vestido, quando estiver pronto no tecido definitivo.
Ela ofereceu a Helene o *kit* de apresentação, e a moça aceitou-o, parecendo exasperada.
— Eu não quero este vestido. — Ela disse, folheando os modelos. — Quero aquele que você desenhou pra mim.
— Mas Nikolas Rose acha... — Pieta parou. Ela não iria mais se aborrecer com aquilo. — Olhe, aquilo foi legal, mas não vai acontecer. A culpa é minha, porque eu não devia ter mostrado o desenho a você. Nenhum vestido parecido com aquele jamais irá sair desse ateliê.
— Ora, está bem, então não é preciso. — Helene parecia determinada. —Você pode fazê-lo para mim em suas horas de folga. Aposto que você sempre faz isso para as pessoas, para ganhar algum dinheiro extra.
— Não, eu não...
—Ainda há muito tempo. — Helene interrompeu. — Eu e meu noivo ainda não marcamos uma nova data para o casamento, e você pode trabalhar tranquilamente.
— Serei despedida se Nikolas descobrir. — Pieta disse a Helene.
— Como ele iria descobrir? Eu certamente não estou planejando convidá-lo para o casamento.
— Não posso. Desculpe-me.
—Você pode pelo menos pensar no assunto, por favor? — A moça pediu. — Como eu disse, não há pressa. Meu noivo e eu temos muitos problemas no momento e precisamos de um pouco de tempo. Mas isto é realmente importante para mim, então, por favor, não decida nada aqui e agora.
—Tudo bem, vou pensar no assunto. — Pieta não tinha forças para discutir mais. — Mas posso garantir que é pouco provável que eu mude de ideia.

Helene sorriu.

— Mas nunca se sabe, não é? Vou ficar com os dedos cruzados.

Quando Nikolas voltou do almoço, ainda estava de bom humor e afável.

— Então, ela experimentou o modelo? Tudo certo? — Perguntou.

— Na verdade não — Pieta sabia que ele não ficaria contente. — Ela decidiu deixar as coisas como estão por enquanto.

— Sério? — Ele pareceu surpreso. — Quanto tempo temos até o casamento?

— Bem, é aí que está o problema; — eles cancelaram a data original e ainda não marcaram outra. Me pergunto se esse casamento realmente vai acontecer.

Nikolas sacudiu a cabeça com certo cansaço teatral.

— Por que essa moça não nos contou isso antes? Talvez ache que vamos cobrar uma fortuna pelo trabalho que fizemos até agora, e então está criando essa confusão toda, dizendo que não gostou do desenho, só para cair fora. A pobrezinha foi abandonada.

— Talvez seja isso mesmo. — Pieta concordou. Ela percebeu que durante todas as suas conversas com Michele ele havia mencionado a noiva apenas uma vez, há muito tempo, quando ela lhe deu os parabéns. Tudo parecia muito estranho.

Naquela tarde, enquanto tentava se concentrar no trabalho, percebeu que sua mente retornava ao pedido de Helene o tempo todo. De certo modo, o vestido de peônias pedia para ser feito. Ela queria tirá-lo do papel e torná-lo real, ajudar Helene a encontrar os sapatos e os brincos certos, aconselhá-la sobre as flores. Embora não estivesse tão certa de que queria que a moça o usasse ao atravessar a nave da igreja em direção a Michele.

Naquela noite, quando chegou em casa do trabalho, Pieta estava exausta. Mas, ainda assim, enquanto o aroma da comida se espalhava pela casa, pegou o bloco de desenho e começou a rabiscar. O que saiu de seu lápis foi um vestido com uma alça assimétrica, feita de peônias de tecido em um tom de rosa pálido, a barra mais curta na frente, num franzido, para mostrar um pouco das pernas. Ela se lembrava de cada detalhe do vestido de Helene, até mesmo do tecido que pensava combinar melhor com ele.

Entusiasmada, examinou novamente os desenhos que havia feito para a coleção que planejava lançar um dia. Já fazia um certo tempo desde que ela os escolhera, e agora eles pareciam um tanto tradicionais e sofisticados demais. Um pouco Nikolas Rose demais.

Ela pegou mais papel e deixou-se sonhar. Os vestidos que desenhava eram românticos e ousados. Nem toda noiva teria a coragem de usar um deles, mas qualquer mulher que adorasse moda tanto quanto ela não deixaria de ficar intrigada. Pieta começou a se sentir animada. Talvez fosse aquela a sua assinatura. Ela certamente não havia visto nada como aquilo em nenhuma revista de moda de noivas.

Quando ouviu o pai gritando lá de baixo que o jantar estava pronto, relutou em pôr o lápis de lado. Mas Pieta não tinha tido tempo para almoçar e estava faminta. Além disso, o que quer que ele estivesse cozinhando tinha um cheiro divino.

Era uma lasanha, a primeira que ele fazia desde que havia saído do hospital. Embora a massa viesse do estoque da despensa, e o molho tivesse sido congelado semanas antes, Pieta tomou aquilo como um sinal de que as forças dele estavam voltando. Durante a semana anterior, seu pai havia andado pela casa com as pernas de um velho. Sentir-se fraco o havia tornado amargo. Ninguém escapava do seu mau humor, e a casa inteira estava quieta. Agora, no entanto, ao tirar a lasanha do forno, ele parecia alegre. Olhou para o prato com satisfação.

— Que pena que sua irmã não esteja aqui para ver isto, Pieta — Comemorou. — Olhe só.

— Está linda. — ela concordou.

— E o gosto está tão bom quanto a aparência.

Enquanto enchia os pratos com comida, ela perguntou casualmente.

— Papa, Addolorata disse a você onde estava indo?

— Não; acho que ela foi a algum lugar com o Eden, tirou uma folga. Toda essa tensão do casamento está mexendo com ela, hein?

Pieta conseguiu não virar os olhos.
— Talvez. — Ela resmungou.
Seu pai colocou um tempero simples de óleo e limão na salada, e deixou as almôndegas mergulhadas no molho, no forno.
— Dois pratos esta noite. — Ele declarou. — Fiz umas *polpette* deliciosas, porque preciso recuperar minhas forças depois de toda aquela terrível comida de hospital. Aquelas pobres pessoas doentes, tendo que comer aquela gororoba dia após dia. Lembre-se delas quando se deliciar com sua lasanha, Pieta.
O gosto estava mesmo muito bom. As camadas finas de massa quase derretiam na boca, e o molho *besciamella* dava ao prato uma cremosidade quase indecente.
— Perfeito. — Declarou sua mãe, conseguindo comer mais do que de costume.
— É uma comida pesada, mas todos sempre adoram. — Seu pai concordou alegremente ao colocar um pouco mais no prato de Pieta. Ela tentou recusar, mas ele não a ouviu. — Cale-se e coma — disse, e ela não se atreveu a discutir.
Foi quando eles estavam no segundo prato que sua mãe resolveu falar.
— Gaetana DeMatteo veio aqui outro dia. — Ela disse, como se fosse um acontecimento comum. Pieta dirigiu um olhar agudo à mãe. Não era do feitio dela mencionar um assunto que pudesse aborrecer seu pai.
— Ela veio aqui? Nesta casa? — Ele parecia confuso.
— Isso mesmo. — Sua mãe continuou a comer.
— Por quê? O que ela queria?
— Ela nos contou sobre Isabella e o filho dela.
— Hum. — Ele grunhiu. — Minha irmã era uma moça tola e agora é uma mulher tola. — Ele empurrou uma almôndega ao redor do prato; seu bom humor havia desaparecido.
— Mas não foi por isso que ela veio. — Sua mãe continuou. — Ela tinha um pedido a fazer.
— Hum. — Ele grunhiu novamente, fingindo não estar interessado.
— Ela acha que é hora de esquecer o passado.

Seu pai atirou o garfo na mesa e empurrou o prato para longe, deixando de comer a última almôndega.

— Não seja assim, Beppi. Ouça-me por um instante. — Sua mãe ainda estava calma. — Tudo o que ela disse é que nós deveríamos poder comprar um pedaço de queijo *pecorino* na Mercearia DeMatteo, e que eles deveriam poder comer no Little Italy. E, se esbarrarmos uns nos outros em São Pedro ou na rua, não deveria ser tão estranho.

— Por quê?

— Porque é mais civilizado.

— Por que temos que ser civilizados?

— Oh, Beppi, eu sei que ele o magoou mais do que qualquer outra pessoa, mas... —

— *Stai zitta!* Eu não quero falar sobre isso.

— Não me mande ficar calada, Beppi. Não gosto que gritem comigo. O fato é que já é hora de essa briga terminar. Ninguém está dizendo que devemos ser amigos de Gianfranco. Isso nunca vai acontecer. Mas podemos ser civilizados. Podemos fazer pelo menos isso.

Pieta olhou para os pais. Eles pareciam diferentes, agora que ela havia ouvido a história de suas vidas; mais vulneráveis, com menos certezas.

— Acho que a *mamma* tem razão. — Ela se atreveu a dizer. — Ele é um homem horrível, mas por que deveríamos descontar isso na mulher e no filho dele? Eles parecem boas pessoas.

Seu pai nem se incomodou em grunhir.

— Escute Pieta; o que ela diz faz sentido. — Sua mãe pediu.

Ele empurrou a cadeira para longe da mesa.

—Vá fazer compras na mercearia dos DeMatteo, então, *figlia*. O dinheiro é seu, você trabalha para ganhá-lo. Dê o dinheiro a eles se quiser. Mas vou lhe dizer uma coisa. Vocês estragaram meu jantar!

Pieta observou o pai enquanto ele saía bufando da cozinha.

— Não deu certo. — Disse à mãe.

— Eu não esperava mesmo que desse. Mas dê tempo a ele. Ele passou anos odiando Gianfranco.

— Ele ama odiá-lo, não é?
— Isso não é verdade. Eu posso ter contado a você o que aconteceu, mas você não estava lá. Não sabe como ele se sentiu. Ele o odeia por bons motivos.

Pieta tirou os pratos da mesa e cuidou da louça. Enquanto esfregava a camada dura de molho e massa da forma, deixou sua mente retornar às preocupações de costume. Se seu pai se recusava até mesmo a falar sobre Isabella, como se sentiria ao vê-la aparecer em São Pedro, vestida para o casamento de Addolorata? Naquela noite, ao encolher-se na cama e tentar adormecer, ouviu um som estranho vindo do andar de baixo — seus pais discutindo. Eles tinham levantado as vozes, e, embora ela não pudesse ouvir o que eles estavam dizendo, percebeu que a mãe estava gritando muito.

— Eles nunca brigam. — Ela resmungou, fechando os olhos e puxando o edredom sobre as orelhas. — Que diabo está acontecendo com esta família?

Capítulo 23

Addolorata estava em casa, a mala cheia de mozarela de búfala e salame, a roupa espremida ao redor de toda aquela comida.
— Eden e eu fomos a Roma em uma viagem pré-casamento. — Ela mentiu a todos, de forma bem convincente. — Quando fizemos aquele curso em São Pedro, disseram que seria uma boa ideia passarmos algum tempo juntos antes da cerimônia.

Pieta não a enfrentou até mais tarde, quando ficaram sozinhas no quarto de costura, verificando se o vestido ainda servia depois de cinco dias de comida italiana. Foi então que começou a dizer as coisas que andara praticando em sua mente desde que havia percebido o que Addolorata estava aprontando.

— Não consigo acreditar que você seja tão estúpida. — Ela sibilou, ajudando Addolorata a entrar no vestido. — Não vê o quanto ele vai ficar aborrecido quando souber que você andou mentindo?

— Mas Isabella é tão adorável. — Sua irmã estava de ótimo humor. — Ela é uma cozinheira brilhante e preparou um prato romano com pequenas alcachofras que seria excelente para acrescentar ao cardápio do restaurante, como algo especial...

— Addolorata. — Ela interrompeu. — Podemos falar sobre o casamento por um minuto? Você a convidou?

— Sim.

— E ela vem?

— Sim.

Pieta abotoou o vestido da irmã com delicadeza, mas seu tom de voz era furioso.

— Bem, é melhor você contar ao *papa*, então. Dê algum tipo de aviso a ele. Ele não vai ficar nada feliz.

— O casamento é meu, e o problema é meu. — Disse Addolorata, teimosa. — Então pare de me dizer o que fazer. Eu tenho um plano, está bem?

— Que plano?

— Addolorata não respondeu. Estava admirando sua própria imagem no espelho, virando-se de um lado para outro para ver seu reflexo de diferentes ângulos. — Tinha me esquecido de como ele era bonito, Pieta. Você é realmente talentosa. Por que ainda está trabalhando para aquele idiota do Nikolas Rose eu não sei.

— Eu sei, eu sei. — Pieta sentou-se à mesa de costura. — Andei pensando sobre isso a semana toda, porque ele está me deixando louca. Estou começando a querer abandoná-lo.

— Ora, e por que você não o deixa e monta o seu próprio negócio? Agora parece uma boa hora. Há provavelmente algumas clientes que você poderia roubar dele para começar, não há?

Pieta contou a ela sobre o vestido de peônias de Helene e sobre os desenhos que ela andava fazendo para uma pequena coleção de amostras.

— O que é que está esperando? Vá em frente. — Encorajou Addolorata. — Vá até lá amanhã e diga a ele que você está saindo.

— Sim, mas e se...

— Pare de se preocupar com o que pode dar errado. Tenha um pouco de fé em si mesma. Você fez este vestido perfeito para mim sem nenhuma ajuda do Nikolas Rose. O *papa* sempre disse que lhe daria o dinheiro para começar. Você pode encontrar um estúdio, colocar alguns anúncios nas revistas de noivas e fazer o vestido da Helene como sua primeira encomenda. Comece a pensar no assunto como algo excitante em vez de uma coisa assustadora.

Pieta sabia que a irmã estava certa. Não fazia sentido esperar mais. Enquanto ajudava a irmã a tirar o vestido, sua mente fervilhava com as possibilidades.

— Demita-se amanhã. — Disse Addolorata, ao ir para a cama.

— Prometa-me que vai se demitir.

— Espere aí. — Pieta chamou a. — Esse seu plano para o casamento...

Mas Addolorata apenas deu um sorrisinho conspirador por sobre o ombro e sacudiu a cabeça.

— Amanhã. — Ela repetiu.

❦

— Vou me demitir do ateliê do Nikolas Rose hoje. — Pieta pensou que, se contasse a muitas pessoas, teria que tomar uma atitude. Sua mãe levantou os olhos do prato de cereais.

— Mesmo? Vai finalmente começar seu próprio negócio? Seu pai vai ficar tão animado! Beppi, Beppi, venha para dentro. Pieta tem grandes notícias para lhe contar.

Seu pai tinha terra nas mãos e vestia apenas um *short* velho.

— Que notícias? O que aconteceu?

— Vou me demitir do meu emprego hoje. Vou começar meu próprio negócio.

Esquecendo-se de que suas mãos estavam imundas, Beppi agarrou os ombros de Pieta e beijou-a nas duas faces.

— Finalmente! Estou tão satisfeito — disse a ela, tentando limpar a sujeira que havia feito na blusa branca da filha, mas só piorando as coisas. — Vai ser trabalho duro, *figlia*, mas sei que você não vai se arrepender. — ele começou a tagarelar alegremente sobre como iria ajudá-la de diversas maneiras.

No caminho para o trabalho, Pieta arriscou-se a parar na mercearia dos DeMatteo para um café da manhã.

— Vou me demitir do meu emprego hoje. — Disse a Gaetana, aceitando um doce. — Vou começar meu próprio negócio, um ateliê de noivas.

— Parabéns! Se eu souber de alguma noiva, vou encaminhá-la a você.

Pieta quis perguntar sobre a noiva de Michele, mas outro freguês chegou, e Gaetana teve de ir atendê-lo.

Tinha sido fácil contar às outras pessoas, mas dar a notícia a Nikolas Rose era outra questão. Pieta passou a maior parte da manhã certificando-se de que tudo estava perfeito, de forma que outra pessoa pudesse continuar seu trabalho facilmente.

Organizou sua mesa, colocou alguns itens pessoais em sua bolsa e copiou os detalhes para contato e as medidas de Helene Sealy em sua agenda. Assim que Nikolas soubesse que ela iria competir com ele nos negócios, iria querer que ela saísse dali imediatamente.

Pieta se sentia um pouco enjoada de nervoso, mas, como já havia contado a quase todo mundo, tinha de ir em frente.

— Nikolas, você tem um minuto? — Perguntou.

Ele olhou rapidamente para o relógio.

— Sim, mas apenas um minuto. Tenho um compromisso para o almoço.

Pieta tentou lembrar-se de respirar.

— Eu decidi me demitir. — Ela começou, nervosa.

— Oh, Pieta, Pieta, agora não. — Nikolas disse, vestindo uma jaqueta Nehru vermelho carmim. — Se quer arrancar mais dinheiro de mim, podemos conversar sobre isso mais tarde, quando eu voltar do almoço.

— Não, estou falando sério. Não tem nada a ver com aumento de salário. Estou me demitindo e vou começar meu próprio negócio.

— Não, não vai. — Ele parecia convencido. — Deixar tudo o que você tem aqui e ir trabalhar sozinha em algum estúdio apertado e absurdamente caro, e provavelmente falir? Não, acho que não. Você precisa de Nikolas Rose e sabe disso.

Pieta podia sentir sua decisão enfraquecendo.

— Tenho algumas ideias e quero trabalhar com elas, e não posso fazer isso aqui. — Tentou explicar. — Não é que eu esteja infeliz trabalhando para você; só acho que é hora de seguir meu caminho.

Nikolas fez um gesto em direção à porta.

— Se você quer partir, então vá. Mas acho que vai fazer isso. Vou almoçar e tenho certeza de que ainda vai estar aqui quando eu voltar. Então vamos conversar sobre essas suas ideias. Talvez você possa trabalhar com uma linha de roupas *prêt-à-porter* ou algo assim. Vou dar uma olhada nos desenhos, pelo menos. — Ele fazia parecer que estava lhe prestando um grande favor. Enquanto saía, com o assistente em seus calcanhares, Nikolas gritou: — Vejo você mais tarde.

Pieta sentiu-se desanimar. Sentou-se à sua mesa por um momento, desejando que houvesse algo para organizar. Algumas revistas para arrumar em uma pilha perfeita, as lombadas todas voltadas para o mesmo lado, ou mesmo alguns clipes de papel para colocar numa gaveta. Mas ela já havia cuidado de tudo.

— Então, você vai sair? —Yvette apareceu, saindo da sala de costuras.

—Você ouviu?

—Todas nós ouvimos. A porta estava aberta.

— Eu não sei. Tinha tanta certeza quando cheguei esta manhã, mas talvez ele esteja certo.

— Por que ele estaria certo? —Yvette sentou-se ao lado dela.

— Conte-me.

— Bom, vai ser difícil. Vou ter que cuidar de cada vestido, do início ao fim. Não vai haver garotas da sala de costura para alinhavar e bordar para mim.

— Mas bordar é a sua parte favorita, não é?

— É, mas... não vou ter apoio nem a qualidade de clientes. É um risco — aqueles eram os motivos que a haviam feito hesitar por tanto tempo. — E não quero abandonar vocês no meio da temporada de verão.

— Pieta, nós vamos sentir sua falta, mas ele não vai. — Disse Yvette, bruscamente. — Ele vai colocar outra moça nesta mesa em um instante, vai treiná-la para produzir a assinatura Nikolas Rose e vai usá-la do jeito que usou você.

— Mas ele estava falando sobre uma linha nova, usando os meus novos modelos.

Yvette deu de ombros.

— Se ele gostar dos modelos, suponho que possa usá-los, mas vai receber todo o crédito por eles. — Ela apanhou a bolsa de

Pieta e a entregou para ela. — Não se atreva a estar sentada aí quando ele chegar.Venha se despedir de nós e depois vá embora.

Houve algumas lágrimas quando ela abraçou as moças da sala de costura, e então Pieta caminhou lentamente pela sala de *design*, dando um último e longo olhar ao lugar onde ela havia passado tantas e tantas horas. A grandiosidade da sala do champanhe a fez pensar em tudo o que estaria perdendo. Nikolas estava certo sobre o fato de que ela jamais teria condições de pagar por algo parecido. Mas, ao fechar as portas pesadas atrás de si e descer as escadas, sentiu as primeiras pontadas de excitação. Estava por sua própria conta agora.

Seguiu direto para o Little Italy, esperando que Addolorata tivesse tempo para uma taça de champanhe para comemorar, e encontrou uma garrafa já esperando por ela em um balde de gelo.

—Você se demitiu? — Perguntou sua irmã, juntando-se a ela em uma das mesas do lado de fora.

Pieta levantou a taça.

— Precisei de um pouco de ajuda, mas cheguei lá afinal. Então, um brinde a Pieta Martinelli, estilista de noivas.

Addolorata deu um grito, e os fregueses da hora do almoço se viraram para olhar para elas.

— Isso é fantástico! Muito bem!

Enquanto bebiam champanhe, Pieta começou a fazer listas de todas as coisas que precisaria providenciar.

— Uma oficina é a primeira coisa, porque não quero ficar usando a sala de costura da *mamma* por mais do que algumas semanas. Preciso de um lugar com estilo, para as noivas irem. Se eu fosse sensata, teria organizado tudo isso antes de me demitir.

—Você passou a vida inteira sendo sensata.— Sua irmã lhe disse.— É muito bom que você esteja correndo riscos, afinal. E aposto que...

O resto da frase foi abafado pelo som de uma furadeira. Pieta percebeu que a loja ao lado do Little Italy, que até recentemente tinha sido uma agência de viagens, estava sendo reformada. Alguém estava trabalhando lá dentro, e havia uma pilha de latas de tinta atravancando a porta.

— O que é que está acontecendo aí? — Pieta perguntou.
— Deve ser um novo negócio. — Addolorata respondeu. — O aluguel do agente de viagens expirou, e ele se mudou para Islington algumas semanas atrás.
— O que será que vai ser? Aposto que o aluguel de um lugar com uma fachada bonita como essa vai ser altíssimo. — Ela estava começando a se preocupar de novo. — Sabe, eu preciso mesmo fazer um planejamento e decidir quanto posso pagar...
Addolorata virou a taça de champanhe.
—Vai dar tudo certo. Isto é excitante, não se esqueça.
Já estavam pensando em pedir uma segunda garrafa quando Michele apareceu.
— Já soube da notícia, Pieta. Parabéns. — Ele disse, por cima da pequena cerca que separava as mesas da rua.
—Venha e junte-se a nós. Estamos comemorando. — Addolorata respondeu.
Michele olhou para Pieta, e ela assentiu.
— Sim, venha. Você é a desculpa de que precisávamos para pedir mais champanhe.
Frederico levantou uma sobrancelha quando viu Michele com elas, mas trouxe uma terceira taça e outra garrafa sem dizer uma palavra.
— Todos esses anos, e eu nunca me sentei a uma destas mesas. — Disse Michele.
— Bem, agora há um motivo duplo para celebrar. — Addolorata levantou a taça. — Um brinde às mudanças. Boas mudanças. Ao final de uma era antiga e ruim, e a um novo começo para todos nós.
Era agradável sentar ali, todos juntos. Eles tomaram champanhe e beliscaram algumas coisas que Frederico lhes trazia: pequenos bolinhos de arroz recheados com mozarela derretida; croquetes de batata fritos; azeitonas ao alho. Pieta não comeu muito. Ela estava muito ocupada fazendo listas das coisas de que precisaria para começar seu negócio.
— Tenho certeza de que você vai ter sua primeira cliente em breve. — Michele a confortou.

— Na verdade, acho que já tenho uma. — Ela confessou. — A Sua noiva me pediu pra fazer o vestido dela.

O sorriso sumiu do rosto dele.

— Ela fez o quê?

— É, ela foi até o ateliê de Nikolas Rose algumas semanas atrás. E agora ela vai ser a minha primeira cliente.

A boca de Michele tinha se contraído em uma linha amarga, e seus olhos se recusavam a encontrar os de Pieta.

— Ela parece ser uma boa moça. — Comentou.

— Sim, ela é. — Michele concordou em um tom de voz que não convidava a mais comentários.

—Vocês estão planejando se casar em São Pedro? —Addolorata não se sentiu desencorajada. — Já marcaram a data?

— Ainda não tive tempo de pensar nisso. — Ele parecia mais desconfortável a cada segundo. — Eu nem sabia que Helene estava cuidando do vestido. Eu não... nós não... — ele virou a taça.

— Eu Preciso mesmo ir. A *mamma* está sozinha na loja. Obrigado pela bebida. Vejo vocês depois.

Intrigadas, Pieta e Addolorata o observaram fugir.

— Eu adoraria saber o que está acontecendo. Viu a cara dele quando você contou sobre o vestido? — Perguntou Addolorata.

— Eu sei, eu sei. Mas a noiva dele insiste em fazer o vestido.

— Ele deve ter mudado de ideia e não teve coragem de dizer a ela. Deve estar esperando que ela se dê conta disso sozinha.

Pieta não gostava da ideia de Michele ser tão covarde.

— Certamente não é isso. Deve haver algo mais aí.

— Não consigo imaginar o que mais possa ser. E então, vai seguir em frente com o vestido?

Pieta terminou o champanhe.

— Bem, não tenho nenhuma outra cliente. E, se ela terminar desistindo dele, posso usá-lo como amostra. Aquele vestido parece ser o começo de algo. Eu preciso fazê-lo.

Enquanto caminhava para casa, Pieta passou pela entrada de São Pedro. A igreja italiana estava encravada no meio de uma fila de edifícios altos. Do lado de fora não parecia grande coisa, mas ela sabia que por trás da pequena porta havia fileiras de colunas de mármore, domos altos, pinturas maravilhosas e estátuas de santos. Era como se um pequeno pedaço da Itália barroca estivesse escondido no centro de Londres.

Em um impulso, Pieta entrou e sentou-se silenciosamente em um dos bancos. Há muito tempo tinha parado de acompanhar seus pais à missa, mas ainda sentia que pertencia àquele lugar. Era a quietude de São Pedro que ela amava e a história. Imigrantes italianos vinham àquela igreja há mais de 150 anos. A maioria era pobre, ganhando a vida como vendedor ambulante ou artesão, mas aquele lugar lhes trazia paz e esperança. Pieta fechou os olhos e tentou esvaziar a mente de todas as preocupações. Pensou nos milhares de pessoas que haviam passado por aquele lugar — aquelas que haviam lutado e perdido, e aquelas que haviam vencido. Ela era apenas uma pequena parte daquilo, uma pessoa a mais tentando encontrar uma vida melhor naquela cidade superpovoada. E, ela tentasse e fracassasse, ninguém ia notar realmente, exceto ela mesma. Abaixando a cabeça, chegou o mais perto de rezar do que havia feito em anos.

Quando chegou em casa, havia outra mala no corredor, mas desta vez não pertencia a Addolorata. Era uma mala velha, com uma alça quebrada, remendada com fita adesiva. Ela encontrou a mãe na cozinha, passando uma pilha de roupas, e parecendo perturbada.

— O que está acontecendo? — Pieta perguntou.

— O seu *papa* conseguiu passagens baratas, mas temos que partir amanhã, e não sei como vou resolver o que levar e arrumar tudo a tempo... — Ela parecia meio histérica.

Confusa, Pieta interrompeu.

— O que é que você está dizendo?

— Itália. — Sua mãe disse. — Beppi e eu vamos para a Itália amanhã. Eu não volto lá há trinta anos. Imagine só.

Capítulo 24

A velha mala estava cheia de roupas passadas com cuidado, e a casa inteira estava uma baderna. Seu pai zanzava de um lado para o outro, como uma mosca varejeira, e sua mãe estava em pânico com medo de esquecer alguma coisa importante. Pieta não conseguia entender nem um nem outro.

— Mas por que a Itália? E por que agora? — Perguntava.

— Foi ideia do Beppi. Ele quer nadar no mar e comer *baccala*.

— Sua mãe disse, subindo e descendo as escadas, indo buscar coisas que ela pensava que poderia precisar.

A história que seu pai contava era diferente.

— Sua mãe quer ver Roma outra vez. Ela jogou uma moeda na Fontana di Trevi, então precisa voltar para lá algum dia.

A mala deles estava tão cheia que ela mal conseguia levantá-la, então Pieta retirou algumas coisas que tinha certeza de que eles não iam precisar e fechou tudo de novo, com cuidado.

—Você está com todos os seus remédios na bagagem de mão, *papa*? O médico deu permissão para você viajar?

— *Si, si, cara*. — Ele já estava falando italiano. —Vou ficar bem. E, se não ficar, existem médicos e hospitais na Itália também, sabia?

Mesmo assim, quando os colocou num táxi, Pieta ficou preocupada; eles pareciam muito frágeis para viajar sozinhos. Ela acenou até que viraram a esquina e desapareceram.

Sem eles, a casa parecia abandonada. O tique-taque do relógio da cozinha soava mais alto do que de costume, o jornal de sua mãe esperava dobrado e intocado na mesa; e, no jardim, os pés de tomate deixavam cair os frutos maduros no solo, despercebidos. Pieta fez um pouco de café e foi para o quarto de costura. Sem ninguém lá para interrompê-la, podia passar o tempo que quisesse planejando o seu negócio. Mas estava distraída demais para se concentrar no que precisava ser feito. Em vez disso, ela se via rabiscando detalhes do decote do vestido de peônias, ou uma ideia para o corte da barra. Desistindo, foi buscar sua agenda, para procurar o número do telefone de Helene Sealy. Enquanto não começasse o vestido dela não conseguiria concentrar a cabeça em nada mais.

Helene ficou animadíssima quando soube o porquê do telefonema.

— Você deixou Nikolas Rose? Que notícia fantástica. Então eu preciso ir vê-la?

— Não, ainda não. — Pieta respondeu. — Eu copiei as suas medidas, então posso fazer um modelo a partir delas. Ligo assim que tiver terminado o molde de algodão, aí você pode vir aqui experimentar.

— Muito obrigada. Nem sei dizer o quanto você me deixou feliz.

— Tem certeza? — Pieta não pôde deixar de perguntar. — Está absolutamente certa de que quer ir em frente com o vestido, já que nem tem uma data para o casamento ainda?

— Sim, tenho certeza. — Não havia o menor tom de dúvida na voz dela.

Pieta passou a tarde fazendo o molde do vestido de Helene e imaginando se o casamento iria acontecer de verdade. Uma parte dela esperava que não acontecesse, mesmo que isso significasse que o vestido jamais seria usado. Michele continuava a invadir seus pensamentos. Ele sempre havia estado ali, nas beiradas da vida dela, frequentando as mesmas escolas e a mesma igreja, mas, por causa da briga entre seus pais, ela havia sempre tentado não notá-lo. Desde que a mãe dele havia aparecido na sua casa, entretanto, andava pensando nele, lembrando das conversas que tiveram no bar, e como era fácil bater papo com ele. Seus cabelos estavam crescendo de novo, e sua pele tinha um tom mais profundo de oliva, resultado dos fins de semana de sol.

Tentava imaginar o que ele fazia quando não estava trabalhando na *salumeria*, aonde ia, quem eram seus amigos. E gostaria de saber o que estava acontecendo entre ele e sua noiva. Enquanto desenhava com cuidado o perfil de Helene no papelão e o cortava para o molde, tentava não imaginar sua nova cliente usando o vestido, ao lado dele, no altar.

Pieta jamais havia oscilado tanto entre felicidade e desespero quanto na semana seguinte. O tempo que passava trabalhando no vestido era puro prazer; ela sempre se sentia satisfeita, como num sonho. Mas o resto do dia era preenchido com a busca por um estúdio e os planos para o seu negócio, e aquilo não estava indo nada bem.

— Tudo é tão caro — disse a Addolorata, num final de tarde, quando dividiam uma garrafa de vinho do lado de fora do Little Italy. — Até mesmo os lugares mais horríveis custam uma fortuna. Eu tinha uma ideia de que seria assim, mas estava esperando ter mais sorte.

Addolorata dirigiu-lhe um olhar estranho.

— Não se apresse com as coisas. — Disse. — Algo vai aparecer, você vai ver.

Ambas estavam famintas e pediram pratos de risoto com cogumelos, manteiga derretida e queijo parmesão.

— Fico imaginando como a *mamma* e o *papa* estão, lá na Itália. — Disse Pieta, saboreando uma garfada deliciosa.

— O *papa* telefonou outro dia para saber se estava tudo bem por aqui. — Addolorata riu. — Ficar longe deste lugar provavelmente está acabando com ele. Mas ele disse que estavam indo para o sul, para Ravenno, ver em que estado a velha casa da família se encontra.

— É muito estranho que ele jamais a tenha vendido.

— Suponho que nunca tenha valido muita coisa. E talvez ele tenha achado que não podia vendê-la porque era a sua última ligação com a Itália e com a família.

— Eu gostaria de vê-la, você não? — Pieta havia viajado para Florença e Veneza, mas nunca para o sul. — Embora a *mamma* tenha feito Ravenno parecer um horror, eu ainda gostaria de ir até lá.

O som da furadeira e de marteladas que vinha da loja ao lado ficou tão alto que foi quase impossível conversar durante o resto da refeição. Pieta imaginava se aquilo estaria afetando os negócios no Little Italy.

— Como é que você consegue aguentar isto o dia inteiro? — Perguntou a Addolorata, quando o barulho afinal parou.

— Ah, eles devem acabar com isso logo, espero. — Ela murmurou, passando o dedo pelo prato vazio e lambendo os últimos resquícios do risoto.

Pieta ainda olhava para a loja com desaprovação quando Eden apareceu à porta, vestindo um macacão coberto de pó e manchas de tinta branca. Ele pareceu envergonhado quando a viu.

— Tudo bem? — Perguntou. — Vocês estão almoçando tarde ou jantando cedo?

Pieta estava confusa.

— O que você está fazendo aí? Pensei que estivesse trabalhando naquele conjunto de mansões em Maida Vale.

— Terminei na semana passada. Isto aqui é só um favor que estou fazendo para um amigo.

— Então, o que é que essa loja vai ser?

— Oh, bem...

Addolorata o interrompeu.

— Uma loja de roupas, aparentemente. Eden está arrancando o assoalho, pintando as paredes de branco e construindo um provador, não é?

— É isso mesmo. — Ele pareceu aliviado. — Não é um trabalho muito grande. Vai terminar em um ou dois dias.

— Ótimo. — Disse Pieta. — Esse barulho é insuportável.

Ele riu e assentiu, sacudindo as trancinhas empoeiradas.

— Não dá para fazer trabalho de construção sem barulho. Eu nem ouço mais o barulho, sabe? De qualquer modo, só vim aqui para ver se há um pouco de café e um prato de *tiramisu* para um trabalhador faminto.

Addolorata se levantou.

— Bem, há, mas você não vai comer aqui fora, sujo desse jeito. Você vai baixar o nível.

Com o estômago cheio de risoto, Pieta decidiu caminhar para casa passando pelo mercado. Queria comprar algumas flores para alegrar o quarto de costura. Até poderia ter parado na Mercearia

DeMatteo para comprar um pouco de café recém-torrado, mas Gianfranco estava atrás do balcão e olhou com raiva para ela através da janela. Obviamente, ninguém havia lhe dito que já era hora de serem civilizados uns com os outros.

Pieta havia arrumado as coisas da melhor forma possível, encostado um espelho de corpo inteiro contra a parede e colocado um grande vaso com flores brancas no canto, mas o quarto de costura de sua mãe ainda estava longe de ser um lugar ideal para receber clientes. Nikolas Rose sempre havia enfatizado a importância da apresentação. Tudo que envolvesse costura para noivas tinha de ser especial, ele dizia, desde a sala onde se recebiam as clientes à sacola onde se colocava o vestido terminado. Pieta sabia que encontrar um estúdio apropriado devia ser sua prioridade, mas por algum motivo não conseguia pensar em outra coisa além do vestido de peônias.

O molde de algodão estava pendurado em um cabide, e ela esperava que Helene não ficasse decepcionada quando o visse. Não importava o quanto ela explicasse que aquela etapa não passava de um tecido barato costurado para ter certeza de que a forma e as medidas estavam certos, e que o algodão era só o esboço do vestido, as noivas sempre pareciam um pouco desapontadas. Nervosa, Pieta colocou os desenhos do modelo, com algumas amostras de tecido, na mesa. Esperava que as coisas corressem bem.

No momento em que ouviu a campainha tocar, correu para o andar de baixo.

— Olá, entre. — Disse a Helene. — Sinto muito por não ter um estúdio adequado. Estou trabalhando no quarto de costura de minha mãe, que é bem diferente do ateliê de Nikolas Rose, como você vai ver. Mas venha.

— Na verdade, detestei aquela sala do champanhe. — Helene confessou, enquanto a seguia escada acima. — Era muito abarrotada e antiquada. Nunca senti que aquele era o meu lugar.

Enquanto a ajudava a vestir o modelo e fazia alterações na forma e no ajuste, Pieta, automaticamente, perguntava sobre as coisas que discutia com todas as noivas. Helene já tinha pensado em flores? Ia usar o cabelo preso ou solto? Precisava de ajuda para escolher sapatos e joias?

Foi só quando a moça já havia trocado de roupa e se preparava para ir embora que a curiosidade de Pieta, afinal, tomou conta dela.

— Sabia que eu conheço o seu noivo? — Perguntou.

— Ah, é? — Helene sorriu. — Ele é adorável, não é? Michele foi o primeiro homem realmente bom com quem eu saí. É por isso que tenho que casar com ele. Mas como foi que vocês se conheceram?

— A mercearia dele é na esquina do restaurante da minha irmã, o Little Italy.

— Eu conheço. Nunca estive lá, entretanto. Por alguma razão, Michele nunca quer comer lá. Provavelmente está cansado de comida italiana. Sempre prefere *curry*. — Helene sorriu, e Pieta percebeu de novo o quanto ela era bonita. — Você disse a ele que estava fazendo o meu vestido? — ela perguntou.

— Na verdade eu disse. Não deveria?

— Oh, não, está tudo bem. — Pela primeira vez Pieta pensou ter percebido um leve tremor de dúvida na voz de Helene.

— Ótimo. Bem, vou fazer o orçamento do vestido e depois aviso a você qual é o valor do depósito. — Pieta tentou soar alegre.

— Ah, e vou fazer outro modelo, de modo que você vai ter que voltar para um novo ajuste.

Quando Helene saiu, beijou Pieta no rosto.

— Muito obrigada. Tenho tido dias bem difíceis, e esta é a primeira coisa que dá certo para mim em muito tempo.

Fechando a porta atrás de si, Pieta se sentiu culpada por ter esperado que o casamento não acontecesse. Helene era uma moça ótima. Como é que ela podia lhe desejar tal infelicidade?

Pieta estava ocupada fazendo o segundo modelo, para ter certeza de que as modificações que havia feito no vestido estariam corretas. Quando o telefone tocou, quase não se incomodou em atender.

— Conferência de família. — Era Addolorata, com uma voz estridente. — No Little Italy, em meia hora. Esteja lá.

— Ei, como é que podemos fazer uma conferência de família? A *mamma* e o *papa* ainda estão na Itália!

— Não estão mais. Acho que você vai encontrá-los sentados do lado de fora do restaurante e comemorando, por algum motivo. É melhor vir para cá o mais depressa possível. Tem alguma coisa acontecendo.

Pieta ficou um pouco irritada. Tudo o que queria era trabalhar naquele vestido, mas parecia haver intermináveis interrupções — reuniões com o gerente do banco, estúdios para visitar e, agora, os pais dela querendo que largasse tudo e corresse para o Little Italy. Estava feliz por terem voltado para casa, mas teria ficado grata por mais algumas horas de paz para terminar o modelo. Sentindo-se desmazelada, foi trocar de roupa para parecer apresentável.

Encontrou os pais sentados a uma das mesas, do lado de fora do Little Italy, tentando conter a excitação.

— *Ciao, bella.* — Seu pai a cumprimentou. Sua pele estava bronzeada, e os lábios rachados de tanto sol.

— Oh, Pieta. — Sua mãe abraçou-a e deu-lhe um beijo no rosto. — Sentimos tanta saudade de você. Está tudo bem em casa?

Beppi assumiu o controle. Acomodou a família e pediu a Frederico um prato de antepasto e uma garrafa de vinho rosê gelado.

— Eu e a sua mãe temos algumas novidades. — Começou. — Tomamos algumas decisões importantes na Itália.

Pieta percebeu que a mãe torcia um guardanapo nervosamente entre as mãos.

— Que tipo de decisões? — Ela perguntou.

— Decidimos comprar uma casa na Itália. Algum lugar não muito longe de uma praia, talvez em Basilicata, para que possamos ter algum sol e boa comida todos os verões.

— Fantástico! Uma casa de veraneio. — Disse Addolorata. — São notícias maravilhosas.

— Sim, mas tem mais, não é, Beppi? — sua mãe disse. — É melhor você contar o resto a elas.

— Decidimos vender a casa em Clerkenwell. Vamos achar algo menor para quando viermos a Londres. Um apartamento pequeno em algum lugar.

— Vender a casa? — Pieta não podia acreditar. — Tem certeza, *papa*?

— Sim, já é hora de uma mudança. — Ele disse.

— Mas e a *mamma*?

— Sua mãe concorda que ficamos naquela casa tempo demais. Queremos ter uma última aventura, antes que seja tarde demais. Então, vamos passar um tempo na Itália, e vocês podem ir nos visitar lá. Voltaremos para Londres quando sentirmos saudades de vocês.

Addolorata assentiu.

— Eu acho ótimo.

Pieta tentou assentir com aprovação, também, mas sua mente estava girando com preocupações. Agora teria que encontrar um lugar para morar, além de um para trabalhar.

— O momento é perfeito. — Seu pai continuou. — Addolorata, quando você se casar, vai se mudar para a casa do Eden, obviamente. Já passa metade do tempo lá, de qualquer modo. E Pieta, você está mudando a sua vida também.

— Sim... — Pieta não sabia bem o que dizer.

— Sua mãe e eu pensamos que você poderia morar no apartamento em cima do Little Italy enquanto começa o seu negócio. Não é muito grande, mas é conveniente. E pelo menos você vai comer direito.

— Boa ideia. — A atitude de Addolorata era positiva. — Estamos armazenando um monte de tralhas lá agora, então vamos limpar tudo para que fique bonitinho.

— Sim, é claro... obrigada. — Pieta estava confusa.

— E tem mais uma coisa. A mais importante para você, Pieta. Venha comigo. — Ele se levantou e a levou para a rua.

— Para onde estamos indo?

— Você vai ver. — Ele parecia excitado de novo. — Venha, venha, siga-me.

Agarrando a mão dela, ela a puxou em direção à loja ao lado do Little Italy. Ainda havia alguns andaimes do lado de fora, e um grande tapume havia sido colocado na frente, para esconder a fachada. Eden apareceu e ajudou seu pai a retirar o tapume. Pieta ficou olhando por um instante, então seus olhos se encheram de lágrimas. Sobre a porta estava uma pequena, mas elegante inscrição. Ela dizia: "Pieta Martinelli, Estilista de Noivas".

— É a sua loja. Entre e dê uma olhada. — Seu pai disse.

Do lado de dentro havia uma sala espaçosa, com paredes pintadas de branco e assoalho de madeira polida. De um lado, uma cortina cor de marfim levava a um grande provador, com uma parede espelhada. E, por trás de um arco, havia outra sala, decorada de modo semelhante, com um quadro de desenho e uma mesa de trabalho.

—Você gostou? — Seu pai parecia ansioso. — Deixamos os detalhes finais para você, porque não queríamos fazer nada errado.

— Se eu gostei? — Pieta envolveu-o nos braços e beijou-o.

— Mas é claro. Eu adorei. Mas não entendo. Vocês alugaram este lugar para mim? Deve ter custado uma fortuna!

—Alugar? — Ele fez um som de desaprovação com a língua. — Uma das coisas que meu sogro me ensinou é que você nunca aluga o que se pode comprar. Todo o lucro que eu consegui com o Little Italy foi investido na compra dos prédios que ele ocupa. Comprei este aqui também, porque achei que um dia poderíamos querer aumentar o restaurante. E você vê, deu tudo certo. Addolorata fica com o Little Italy e você fica com esta loja e algum dinheiro para transformá-la em um bom negócio quando vendermos a casa.

Pieta estava incrédula.

—Vocês não precisam fazer isso...

— É claro que precisamos. — Ele interrompeu. — Todos esses anos eu estive trabalhando para você e para Addolorata, para o futuro de vocês. Fico muito feliz de poder proporcionar isto a vocês, afinal. Agora fique aqui, dê uma olhada, faça seus planos. Vou voltar para ver se minha Caterina está bem. É uma grande mudança. Todos nós devemos cuidar dela.

Pieta ficou parada, por algum tempo, no meio da loja. Já podia ver tantas possibilidades. Havia espaço para exibir uma pequena coleção de joias, lingerie e sapatos para noivas, e, talvez, até mesmo alguns doces finos. Poderia comprar um sofá, onde as noivas se sentariam durante as visitas, e alguns manequins para mostrar os vestidos, e colocá-los na vitrine. Até a localização era perfeita. O público moderno que ela queria atingir acharia a loja original e cheia de estilo.

— É tão perfeita! — Ela disse a todos quando voltou para a mesa. — E já tenho um nome para ela. Vou chamá-la de Casamento à italiana.

Seu pai pensou no nome por um ou dois segundos.

— Casamento à italiana? É um bom nome. — Declarou. — Eu gostei.

Jantaram todos juntos, do lado de fora do Little Italy, e seu pai insistiu em fazer os pedidos.

— Você não vai querer comer *sartu*, Pieta. É pesado demais. Bom para o Eden, talvez, depois de trabalhar tanto, mas não para você. E, Caterina, você está cansada? Talvez só um pouco de *minestrone*, para que haja espaço para o pudim.

Pieta continuou a olhar para sua nova loja. Estava impaciente para estar lá, gerenciando o seu próprio negócio; para ser Pieta Martinelli, Estilista de Noivas, afinal.

Capítulo 25

Addolorata havia percebido subitamente que seu casamento seria em duas semanas, e mostrava sinais de pânico.
— Que foi que você disse que ia fazer a respeito das flores? E as fotos? Oh, meu Deus, eu deveria ter me envolvido mais com isso, não é?
— Já está tudo organizado. Enquanto você estava ocupada correndo pela Itália, procurando parentes perdidos, eu fazia tudo para você. — Pieta não conseguia esconder a acidez de seu tom de voz.
— Sou uma noiva horrível, não sou? — Addolorata riu. — Tenho sorte de ter você, ou a coisa toda seria um desastre.

Estavam deitadas na cama de Pieta, lado a lado, como costumavam fazer nos bons tempos, quando eram meninas. Ter uma irmã parecia, às vezes, uma maldição para Pieta. Quando eram adolescentes havia meses inteiros em que não falavam uma com a outra, quando roupas haviam sido emprestadas e estragadas, e as vozes se erguiam. Mesmo agora, em certas ocasiões, havia tensão entre elas quando Addolorata a acusava de dizer uma coisa e pensar outra, ou quando Pieta se cansava da atitude displicente da irmã a respeito de tudo na vida, exceto comida.

— Seu casamento ainda pode ser um desastre. — Argumentou.
— Ainda não me contou nada sobre seu grande plano. Como vai incluir Isabella e o filho dela na ocasião sem aborrecer o *papa*?
— Ah, sim, isso. — Addolorata puxou um cobertor sobre si e se enrolou nele. — Bem, eles não vão para a cerimônia na igreja, só para a recepção. O *papa* vai estar emocionado e, quando afinal os vir, já vai ter bebido algumas taças de espumante. Acho que vai dar tudo certo.
— E se não der?
— Ah, pare de se preocupar. Venha me ajudar a decidir o que vou fazer com o cabelo e a maquiagem. Você é ótima com essas coisas.

Pieta passou a próxima hora arrumando o cabelo da irmã e maquiando seu rosto. O que quer que acontecesse no dia do casamento, Addolorata estaria linda.

— Nossas vidas vão mudar. — Pieta disse, melancólica, olhando para o reflexo delas no espelho da penteadeira. — Nossa família está se despedaçando.

— Nem sempre a mudança é uma coisa ruim. — Comentou Addolorata. — Embora eu deva admitir que nunca imaginei que a *mamma* fosse abandonar esta casa. Adoraria saber o que aconteceu na Itália para fazê-los voltar para casa com todos esses planos.

— Eu vou descobrir. — Prometeu Pieta. — Agora vamos lá para baixo. Vamos experimentar aquele vestido de noiva uma última vez.

Pieta estava curiosa sobre a Itália também, mas esperou até que o pai saísse para jogar cartas com Ernesto. Encontrou a mãe no depósito, sentada ao lado de uma caixa aberta, olhando para antigas fotografias.

— Estou tentando começar a jogar coisas fora, mas não estou indo muito longe. — Ela admitiu. — Não paro de encontrar coisas que havia esquecido que tinha. Já tinha lhe mostrado esta fotografia de você bebezinha, com minha mãe, na casa de Balls Pond Road?

— Acho que não. — Pieta sentou-se ao lado dela e olhou para a foto. — Eu era uma coisinha feia, não era?

— Não, você era linda. Vocês duas eram. Muito embora eu não fosse uma mãe muito boa naquele tempo.

— Mas você teve depressão pós-parto, *mamma*. — A voz de Pieta era gentil. — Por que nunca foi ao médico procurar um tratamento?

— Naquela época não se fazia isso. Acho que nem havia um nome para o que eu sentia. Minha geração sempre pensou que as mulheres deveriam ser corajosas e não incomodar o médico.

— As coisas poderiam ter sido diferentes se você tivesse ido.

— Mas as coisas não acabaram tão mal no final das contas, não é? — Os olhos dela estavam marejados de lágrimas. — Tenho duas filhas lindas e bem-sucedidas, um bom marido e planos excitantes para o futuro.

— Mas você vai conseguir deixar tudo isso? — Pieta olhou em volta no sótão. — Realmente quer vender a nossa casa?

— Não, é claro que não. Deixar esta casa vai ser a coisa mais difícil que vou fazer na vida. Mas não faz sentido continuar com ela financeiramente falando, e eu entendo isso.

— Mas por quê? — Pieta insistiu. — O que fez você e o *papa* terem essa ideia de morar na Itália? Por que sair daqui, onde vocês são tão felizes?

Sua mãe colocou a fotografia de volta na caixa e disse, pensativa:

— Em parte por causa do ataque cardíaco do seu pai, suponho, e de perceber que a maior parte de nossas vidas já se foi. E em parte por causa da Itália.

—Vocês passaram só dez dias fora e de repente decidem comprar uma casa lá. O que, exatamente, aconteceu?

—Vamos lá para baixo. Vamos fazer um pouco de chá e vou lhe contar. — Sua mãe prometeu.

⚜

Você sabia que até mesmo o café tem um cheiro diferente na Itália? Foi a primeira coisa que percebemos quando descemos do avião. Beppi precisou tomar duas xícaras de *espresso* doce imediatamente. Ele estava com medo de voltar, acho. Tanto tempo havia passado, e ele sabia o quanto as coisas tinham mudado. Roma não estava tão diferente assim, entretanto. As ruas ao redor de Termini ainda eram sujas e perigosas, os cafés se estendiam até as calçadas e os prédios antigos estavam do mesmo jeito. Era um pouco mais agitado e barulhento do que na nossa época. A fila para ver a Capela Sistina tinha quilômetros, e tivemos que nos espremer no meio de um monte de turistas para poder passar algum tempo ao lado da Fontana di Trevi. Isso fez Beppi ficar de mau humor.

Nós dois queríamos voltar à Piazza Navona. Foi lá que nos conhecemos, e onde passamos a maior parte do nosso tempo juntos naquele verão. Mas pareceu estranho estar andando por ali, como se tivéssemos sido jovens apenas cinco minutos antes.

— Já faz mais de trinta anos desde que eu vi você pela primeira vez sentada naquele café, e que você veio falar comigo. — Beppi começou a relembrar, enquanto caminhávamos pelas filas de cavaletes onde artistas de rua pintavam retratos de turistas ou paisagens da Roma antiga.

— Foi você quem veio falar comigo primeiro. — Eu disse.

— Não, não, você está lembrando tudo errado. — Ele insistiu. — Vocês, meninas, estavam loucas para falar conosco. Éramos jovens, tínhamos estilo e estávamos perto da fonte. Como poderiam resistir?

Ainda existia um bar no lugar onde Anastasio tivera o seu. O lugar havia sido redecorado, com cadeiras e mesas modernas, no lugar das velhas cabines, e havia uma máquina de café Gaggia novinha. Quase esperei ver Anastasio ali, um velhinho sentado com seu jornal e uma cerveja na mesa do canto. Mas não havia nem sinal dele, e a moça de ar arrogante que estava atrás do balcão deu de ombros quando mencionei o nome dele.

— Anastasio? — Um homem magro, mais ou menos da nossa idade, estava sentado perto do bar, mergulhando *biscotti* em uma taça alta de *caffe latte*. — Ele se aposentou e voltou para a Grécia anos atrás. Já tinha ganho muito dinheiro e disse que queria aproveitar antes que fosse tarde demais.

— Ele era uma boa pessoa. Fico feliz que tenha se dado bem. — Eu disse, no meu italiano enferrujado.

O homem me olhou com mais atenção, e sua cabeça tombou de lado como a de um cachorrinho.

— Eu a conheço? Já nos vimos antes?

— Eu trabalhei aqui, há trinta anos.

A moça atrás do balcão não pareceu interessada em minhas lembranças, mas o homem magro sorriu.

— Eu me lembro de uma moça inglesa loira, muito bonita, daquela época. Todos os rapazes davam em cima dela. Mas não era você, era?

— Não, aquela era minha amiga Audrey.

Nós nos sentamos com nossos cafés, e, por um instante, o passado nos pareceu mais real do que o presente. Houve um tempo em que eu me sentira triste e sozinha em Roma, mas do que eu me lembrava mais era da sensação de possibilidade. Nós nos sentíamos como se qualquer coisa pudesse acontecer.

Beppi pareceu ler meus pensamentos.

— Ainda estamos na casa dos sessenta, Caterina. A vida não acabou ainda.

— Eu sei, mas me sinto tão velha... Como esses anos todos passaram tão rápido sem que percebêssemos?

— Durante muito tempo nada mudou. Ficamos na mesma casa, trabalhamos no mesmo negócio. Acho que isso fez parecer que a vida passou mais rápido. — Beppi observou a cena, na rua lá fora: o caos das peruas tentando passar pela rua estreita, atravancada com mesas de cafés e enxames de turistas; a mulher parada na calçada, gritando algo para alguém três andares acima; jovens passando com suas motocicletas. — Eu, com certeza, nunca tive a intenção de ficar longe da Itália por tanto tempo. Sou um estrangeiro aqui, Caterina. — Ele disse, de forma triste.

Naquela noite, jantamos no restaurante do hotel onde Beppi havia trabalhado. Ainda era grandioso, mas menor do que nos lembrávamos.

— Hoje não precisamos nos preocupar com o preço de nada. — Ele me disse ao entrarmos. Embora não houvesse ninguém que ele reconhecesse ali, acho que teve uma grande satisfação em voltar. Ele havia partido em desgraça, por causa de Gianfranco, e agora retornava como um homem de sucesso.

Naturalmente, a comida não recebeu sua aprovação.

— Este *saltimbocca* precisa de mais sálvia, e a carne não está macia o suficiente. Acho que não é vitela. — Ele disse, empurrando a comida no prato, alegre.

Comemos em restaurantes diferentes todas as noites, e Beppi pedia mais do que jamais poderíamos consumir: sopas enriquecidas com castanhas e grão-de-bico; rabada cozida com alecrim e vinho tinto; lulas recheadas com camarões. Enquanto ele comia, fazia anotações para levar para Addolorata.

— Beppi, pare com isso! — Eu disse, afinal. — Se ela precisar de inspiração, pode vir para cá. Você tem que se afastar agora. Deixe-a tomar conta do Little Italy sozinha.

Ele pareceu magoado.

— Só estou tentando ajudar.

— Eu sei, mas ela não precisa mais da sua ajuda.

Estávamos jantando em um pequeno restaurante familiar, em Trastevere, com no máximo oito mesas. Beppi olhou em volta, especulando.

— Talvez devêssemos abrir uma pequena *trattoria* como esta. Com um cardápio no quadro-negro. Eu cozinho e você serve as mesas, como nos velhos tempos.

Eu ri.

— Não, Beppi, não.

— Preciso fazer alguma coisa. — A voz dele estava quase desesperada. — Não posso ficar sentado em casa o tempo todo. Se me aposentar eu morro, como já disse centenas de vezes.

— Você tem o seu jardim, o seu jogo de cartas com Ernesto e pode entrar para o comitê que organiza a procissão de Nossa Senhora do Monte Carmelo para a paróquia de São Pedro. Há muitas coisas que pode fazer para preencher o seu tempo.

Ele pareceu chateado.

— Mas eu não quero preencher o meu tempo.

No dia seguinte, ele me disse que estava ficando cansado de Roma.

— Vamos pegar um trem para o sul e achar um lugar para ficar, perto da costa. — Decidiu. — Então, podemos passar um dia em Ravenno e ver a casa da minha mãe, se ainda estiver de pé.

Minhas lembranças de Ravenno não eram felizes, e eu estava relutante em ir até lá, mas a decisão de Beppi estava tomada. Ele foi conversar com o *concierge*, que, por sorte, tinha um primo que conhecia alguém que tinha uma casa de praia em Marina di Marata, e a alugava às vezes. Alguns telefonemas bastaram para organizar tudo.

No momento em que vimos a pequena casa branca, nos apaixonamos. Era bem no Golfo de Policastro, com uma área de pedra na frente e um jardim ao fundo. A casa ficava à sombra das árvores, e dentro dela tudo era muito simples: piso de cerâmica, um forno a lenha na cozinha e paredes caiadas de branco, com pratos coloridos pendurados nelas.

A primeira coisa que Beppi fez foi arrancar as roupas e descer os degraus de pedra que levavam ao mar. Mergulhou a cabeça sob as ondas, submergindo na água salgada.

— É lindo, Caterina. Venha dar um mergulho. — Ele gritou, quando voltou à superfície.

Sacudi a cabeça. Estava feliz ali nas pedras, sentada à sombra de uma grande árvore, cujos grandes galhos negros caíam ao meu redor.

Naquela tarde fomos comprar comida juntos: pequenos e doces tomates-cereja, manjericão fresco, uma garrafa de vinho Aglianico, uma cabeça de alho. Beppi fez um prato de massa simples, e carregamos a mesa e as cadeiras da cozinha até as pedras para comer de frente para o mar.

— Que bela vida. — Disse Beppi, bebendo seu vinho e respirando o ar salgado. — Aqui eu poderia ser feliz sem fazer absolutamente nada.

Adiamos a viagem a Ravenno e durante os dias seguintes entramos em uma rotina tranquila. Um café e um doce todas as manhãs na cafeteria da cidade, depois fazer compras juntos, nada mais do que uma cesta de comida, e então voltar para casa para que Beppi pudesse mergulhar no mar e se bronzear nas pedras. Quando o dia esfriava, dávamos uma caminhada, explorando pequenas baías e estradinhas cheias de folhas, observando as hortas dos fazendeiros e comparando-as com a nossa.

— Eu ficaria feliz em passar os verões aqui. — Beppi repetia. Para minha surpresa, eu concordava com ele. Se ele podia ser feliz ali, eu também podia.

— Devíamos voltar por algumas semanas no ano que vem. — Sugeri. — Talvez Pieta e Addolorata pudessem vir conosco.

— Elas iriam adorar. — Ele concordou. — Como não poderiam?

Eu teria preferido ficar perto do mar, mas infelizmente a viagem a Ravenno não podia ser evitada por mais tempo. A estrada era exatamente como eu me lembrava, dando voltas em torno das montanhas e atravessando túneis, Beppi atrás do volante do carro alugado, xingando por entre os dentes.

— *Cose da pazzi,* todos dirigem como lunáticos. — Reclamava.

—Você costumava dirigir mais ou menos desse jeito. — Eu disse a ele, tentando não olhar para baixo, para a ravina que contornávamos.

Ravenno não havia mudado. Suas casas de pedra, de venezianas verdes, se prendiam às montanhas como os crustáceos às embarcações, e, quando nos aproximamos, pareceu nada amistosa e tão esquecida como sempre fora.

— É um lugar esquecido por Deus. — Reclamei. — Como você conseguiu sobreviver aqui?

— Quando eu era criança, não era tão ruim. Todos os dias havia uma aventura nova.

— Para você e Gianfranco? — Perguntei.

Ele assentiu, mas não disse nada.

Estacionamos o carro na *piazza* e caminhamos até a casa da mãe dele. Para nossa surpresa, havia legumes plantados na horta recentemente tratada. Alguém havia pintado a porta da frente de azul e colocado pedras no telhado para evitar que as telhas de terracota fossem levadas pelos ventos de inverno.

— Tem alguém morando aqui. — Disse Beppi, confuso.

A janela estava aberta, e ele espiou por ela.

— *Buon giorno.* — Ele disse. — Tem alguém em casa?

Ouvimos o som de um bebê chorando, e a voz da mãe tentando acalmá-lo.

— Olá, olá. — Beppi chamou, e bateu à porta.

A moça que atendeu era jovem e muito bonita. Tinha cabelos muito negros, que caíam em anéis em volta de seu rosto, e olhos cor de amêndoa.

— *Signore?* — A moça perguntou. — Posso ajudá-lo? O senhor é estrangeiro?

— Não, eu sou daqui, de Ravenno. — Beppi parecia indignado.
— Oh! — O tom dela era de desculpas. — Não reconheci o seu sotaque. O senhor não fala como as pessoas daqui.
— Esta é a minha casa. — Beppi já tinha um pé na soleira da porta. — O que você está fazendo aqui?

A moça não se perturbou. Abriu um pouco mais a porta, para que ele pudesse ver a sala humilde atrás dela.

— Deve haver algum engano, *signore*. Esta casa pertence à minha senhoria, Isabella Martinelli. Ela mora em Roma.

Beppi pareceu surpreso.

— Ela está alugando este lugar?

— Sim. O aluguel é baixo, porque, como o senhor pode ver, a casa não é grande coisa. Quando nos mudamos, há um ano, tivemos que arrumar muita coisa. Felizmente meu marido é um bom trabalhador.

— Isabella está alugando esta casa? — Beppi estava incrédulo.

A moça pareceu preocupada.

— O *signore* está bem? Acho que o senhor e a sua esposa deviam entrar e se sentar um pouco, enquanto vou buscar um copo de água.

Toda a cor havia sumido do rosto de Beppi.

— É muita gentileza sua. — Eu disse, de forma rápida. Segurando-o pelo cotovelo, levei-o para dentro.

Ela havia feito pequenas mudanças para dar ao lugar um ar mais acolhedor. Cortinas bonitas nas janelas, fotografias de família à mostra, como a mãe de Beppi havia tido, flores do campo arrumadas em um grande vaso com água na mesa da cozinha.

— Isabella Martinelli é a irmã do meu marido. — Expliquei à moça. — Não a vemos, nem voltamos a Ravenno, há muitos anos. Esperávamos que o lugar estivesse vazio.

— Vocês vão nos expulsar daqui? Eu tenho um bebezinho...

— Não, não, não se preocupe. — Assegurei a ela. — Ninguém vai expulsá-los. Isabella tem direito de alugar a casa para vocês se quiser, não é, Beppi?

Ele assentiu, devagar.

— Acho que ela precisa do dinheiro. — Ele fez uma pausa por um momento, então perguntou à moça, hesitando:
— Você a conhece?
— Não, acertamos tudo por telefone. Ela não vem aqui.
Terminei minha água e toquei delicadamente no braço de Beppi.
— Devíamos ir agora. Não há nada para ver aqui. Vamos voltar para a praia.
— Está certo. — Ele concordou.
Me fez andar mais uma vez pela cidade com ele, mas não compartilhou nenhuma lembrança do lugar. Acho que todas elas envolviam Gianfranco, e ele preferia não falar dele.
Foi um alívio entrar no carro e sair em direção à Marina di Maratea.
— Nunca mais quero voltar lá. — Eu disse a ele.
— Não precisamos voltar. — Ele dirigia muito mais depressa do que na ida. — Se Isabella quer a casa, pode ficar com ela.
Nós estávamos de volta à praia a tempo de ver o pôr do sol. Como não tínhamos tido tempo para fazer compras, caminhamos devagar para a pequena pizzaria, subindo a estrada.
— Tudo está poluído por Gianfranco. — Beppi reclamou. — Londres, Ravenno, Roma. Onde quer que eu vá, sou forçado a me lembrar dele.
— Não aqui, entretanto. — Eu disse, enquanto nos sentávamos e aceitávamos os cardápios do garçom. — Gianfranco nunca veio a Maratea.
— Você tem razão. — Beppi franziu o cenho ao ver o cardápio.
— Este lugar está intocado por ele.
No dia seguinte, ficou muito silencioso. Ele ficou deitado ao sol, bronzeando-se até o corpo ficar marrom, nadou no mar e cozinhou na pequena cozinha.
Uma noite, estávamos sentados do lado de fora, perto das pedras, ouvindo as ondas e observando o sol mergulhar no mar. De repente, Beppi disse.
— Tomei uma decisão.
— Que decisão?

—Vamos comprar esta casa e passar os verões aqui. Addolorata vai ter liberdade de fazer o que quiser no Little Italy, sem minha interferência. E eu não vou precisar me preocupar, a cada vez que dobrar uma esquina, se vou dar de cara com Gianfranco. Aqui posso me esquecer dele e dessa briga estúpida, e aproveitar minha vida... e minha esposa. — Sorriu para mim, e eu vi os dentes brancos e fortes, que ainda podiam quebrar uma noz. Já estava pronta para discutir, mas parei por um instante e pensei no assunto. Havia uma possibilidade de que Beppi estivesse certo. Eu não podia negar que tínhamos sido felizes naqueles últimos dias, juntos, perto do mar.

— Tudo bem por uma semana ou duas, mas você não vai ficar entediado passando o verão inteiro aqui? — Perguntei.

— Talvez. — Ele concordou. — Mas nós podemos manter um lugar em Londres, para voltarmos quando quisermos.

— E como é que você sabe que este lugar está à venda? — Eu tinha certeza de que haveria um obstáculo, se procurasse direito.

— Ontem eu estava falando com o homem da loja de vinhos, enquanto você estava na casa ao lado, procurando *souvenirs*. Ele pareceu achar que o dono aceitaria uma oferta. Vale a pena tentar.

Nenhum de nós mencionou nossa própria casa, o lugar que havia sido o meu refúgio por tantos anos. Desconfiei que o plano de Beppi envolvia vendê-la, mas não estava pronta para pensar naquilo ainda.

Quando o sol se pôs, entramos em casa. O dia havia sido quente, mas agora havia uma friagem no ar, e parecia o começo do outono. Beppi acendeu o forno a lenha e nos sentamos ao lado dele, olhando as chamas crepitando atrás do vidro. Foi então que decidi que, se aquele pudesse ser o nosso futuro, talvez eu não me importasse em deixar o passado para trás.

Capítulo 26

A vida estava caótica. A casa estava à venda, e eles, ocupados lidando com os pertences que a família havia acumulado durante os últimos trinta anos. Na maioria dos dias, a poeira pairava grossa pelo ar, quando mexiam em pilhas de livros e armários cheios de coisas de que nunca haviam precisado de verdade. Todos pareciam nervosos. Addolorata passava pela tensão pré-casamento, e estava deixando todos malucos com perguntas sobre todos os detalhes que ela não se importara em mencionar até então. Pieta tentava organizar o pequeno apartamento, assim como a loja, e lutava para encontrar tempo para terminar o vestido. E Beppi passava horas ao telefone, fazendo os preparativos para a vida nova na Itália.

— Há muita coisa para organizar, muita coisa para fazer. — Resmungava.

Com todo aquele barulho e confusão, Pieta tinha achado impossível trabalhar no quarto de costura e havia se mudado para a loja nova. Mesmo que as coisas não estivessem arrumadas como queria, pelo menos ela tinha paz e mais espaço para cortar o tecido e começar a costurar o vestido.

Estava imersa no trabalho certa manhã quando ouviu uma batida na porta, levantou os olhos e encontrou Michele, acenando para ela com um café para viagem e uma caixa de doces, através da janela.

— Eu trouxe o seu café da manhã. — Disse, quando ela destrancou a porta.

— Você não pode entrar, de jeito nenhum. — Ela disse. — Estou terminando o vestido da sua noiva, e você é a última pessoa que deveria vê-lo.

— Não importa mais, agora. — Ele parecia pesaroso. — Deixe-me entrar e eu explico por quê.

Ele se sentou no elegante sofá branco que tinha acabado de chegar e fez um pequeno e formal discurso.

— Helene estava chateada demais para falar com você, então, eu disse a ela que viria. — Começou. — Cancelamos o casamento, assim ela não vai mais precisar do vestido. É claro que vamos pagar tudo o que lhe devemos por ele. E lamento termos desperdiçado seu tempo.

Pieta percebeu que estava feliz em saber que o casamento havia sido cancelado e se sentiu culpada de imediato.

— Não se preocupem com o dinheiro. — Ela disse, tentando manter a voz firme. — Posso usar o vestido como amostra. Vou colocá-lo em um dos manequins na vitrine.

— É muita gentileza sua.

— Mas Michele, o que eu não consigo entender é por que você deu esperanças a ela por todo esse tempo. — Pieta falou sem pensar. —Você já sabia semanas atrás que não queria levar os planos do casamento adiante, não é? Estava com medo de dizer a ela?

— Não, medo não. — Michele mexeu-se de forma desconfortável no sofá. — Mas tive meus motivos.

Agora que a conversa já tinha tomado aquela direção, Pieta não conseguia parar.

— Eu sei que não é da minha conta, mas tenho que perguntar... quais foram os seus motivos?

Ele mexeu os pés, desconfortável.

— Helene tem passado por maus momentos. — Começou. — A mãe dela esteve gravemente doente, ela perdeu o emprego e teve que começar a fazer trabalhos temporários, o que detestou. Ela repetia que nosso casamento era a única coisa que a fazia seguir em frente. Achei que contar a ela que havia mudado de ideia iria destruí-la.

— E agora?

— A mãe dela já saiu do hospital, ela conseguiu um bom emprego e parece um pouco mais forte. Não seria justo adiar ainda mais. Helene é uma moça adorável. Ela não fez nada de errado, e eu não quis magoá-la ainda mais do que era necessário.

Pieta quis perguntar o que o havia feito mudar de ideia, mas achou que já havia ido longe demais.

— Bem, ouça, obrigada por vir até aqui me avisar, e por favor diga a Helene que não se preocupe em ter desperdiçado meu tempo, porque não é verdade. — Ela disse, de forma brusca. — Na verdade, é graças a ela que estou aqui, em vez de continuar trabalhando como uma escrava para Nikolas Rose.

— A loja está linda. — Ele disse, aliviado com a mudança de assunto. — Me mostre.

Ela passou meia hora conversando com Michele, depois levou-o para o apartamento ainda bagunçado, no andar de cima, e mostrou-lhe as tabelas de cores e amostras de tecido, descrevendo seus planos.

— Me desculpe, estou exagerando um pouco, não é? — Ela riu. — Mas estou muito excitada com tudo isso e talvez um pouco obcecada.

— É bom ver você tão apaixonada pela vida. E vai ser bom tê-la por aqui, morando e trabalhando na vizinhança. Espero que nos vejamos com mais frequência.

Pieta sentiu uma pequena pontada de felicidade.

— Espero que sim.

Despediram-se na rua, no meio da agitação do mercado. Quando ela estava para ir embora, Michele esticou a mão e tocou-lhe o braço.

— Eu gosto de Helene, você sabe. — Ele disse, baixinho. — Mas percebi que só estava com ela porque a pessoa por quem estou apaixonado estava fora do meu alcance. É por isso que não pude me casar com ela no final.

Ele se virou e voltou para o balcão da mercearia de seu pai, enquanto Pieta retornava ao trabalho no agora indesejado vestido, pensando se haveria algum tipo de mensagem para ela nas últimas palavras de Michele.

Na véspera do casamento de Addolorata, haviam combinado jantar em família, só os quatro, ao redor da mesa da cozinha, como haviam feito por tantos anos.

—Você vai cozinhar? — Pieta perguntou ao pai. — É melhor que não seja nada pesado, porque o vestido já está bem justo no corpo de Addolorata.

— Pesado? Minha comida não é pesada. — Seu pai parecia aborrecido ao examinar o conteúdo da despensa. — Tem tanta massa aqui... Você deve levar um pouco quando se mudar para o apartamento, senão vai estragar.

Depois de ter tirado quase todas as panelas do armário, começou a picar alho e salsa para fazer um *soffritto*. Observando os temperos fritando no azeite de oliva, Pieta se lembrou dos verões de sua infância, brincando com Addolorata no jardim lá fora enquanto o cheiro da comida de seu pai saía pela janela da cozinha e dava água na boca. Em breve, a vida deles naquela casa seria apenas uma lembrança. Seu pai faria barulho com as panelas em outra cozinha, menor, e ela faria suas refeições sozinha, no apartamento em cima do Little Italy.

Essa ideia a fez se sentir tão infeliz que não conseguiu mais observar o pai cozinhando. Em vez disso, foi para o quarto, arrumar suas roupas em pilhas. Algumas iriam para lojas de caridade, outras para brechós. Até isso era triste. Cada vestido ou sapato trazia uma lembrança, mesmo que pequena, e Pieta se sentiu como se estivesse se desfazendo de sua vida. Mas o apartamento era pequeno, e não havia espaço para tudo.

— Mudanças podem ser boas, lembra? — Addolorata estava parada à porta, sorrindo para ela.

— Se você está dizendo... — Pieta respondeu. — Não parece algo tão bom agora. Apenas triste.

— Eu sei. Por anos e anos tenho reclamado da *mamma* e do *papa*, e, agora que não vão mais estar por perto, vou sentir saudades. É uma loucura, não é? — Tirou um vestido florido da pilha que iria para a loja de caridade. — Você acha que me serve? Sempre gostei dele.

Pieta parou com a arrumação e ajudou a irmã a abotoar o vestido e também a encontrar sapatos e uma bolsa que combinassem.

— Isto aqui é o paraíso. — Addolorata admitiu. — Cobicei o seu guarda-roupa durante anos. E as roupas me servem direitinho... ou quase.

— Se você não engordar, não vai ter problemas.

Addolorata começou a examinar as pilhas de roupas em busca de algo de que gostasse.

— Sabe, vai ser bom ter você morando e trabalhando na vizinhança. — Ela disse, escolhendo uma blusa azul. —Vamos nos ver com muito mais frequência.

— Que engraçado. Michele disse mais ou menos a mesma coisa. — Pieta havia contado à irmã que o casamento estava cancelado, mas não sobre o resto da conversa.

— Bom, você sabe o que eu acho...

— Sei, sei.

Addolorata virou-se para ela.

— Agora que as coisas estão mudando, e que o *papa* vai morar na Itália a maior parte do ano, talvez possamos parar de nos preocupar com essa briga idiota. E você pode ver Michele, se quiser.

— Oh, eu não sei. — Pieta tentou manter o tom neutro. — Michele disse que está apaixonado por alguém que está fora do alcance dele, então...

Virando os olhos, sua irmã interrompeu:

— *Você* é a moça fora do alcance dele, Pieta. É tão incrivelmente óbvio.

— Bem, veremos. — Pieta não queria pensar naquilo. Passou uma de suas velhas saias em estilo cigano para Addolorata. — Esta vai ficar bem em você. Experimente.

A mesa da cozinha estava tão cheia de pratos de comida que Pieta não conteve um suspiro quando a viu. Sabia quem é que ia ter que lavar a louça no final do banquete de seu pai.

— Nós temos cebolas vermelhas assadas, recheadas com queijo *pecorino*, e *braciole* com um lindo ragu. — Anunciou Beppi. — Para começar, temos um espaguete servido com o molho em que cozinhei a carne. Perfeito, muito simples. Oh, e um pouco de *caponata*, porque achei algumas berinjelas bonitas, e também um pouco de alcachofra com molho de amêndoas. Eu estava guardando as alcachofras no freezer. Nós tínhamos que usá-las. Mas, Addolorata, sua

irmã disse que você não pode comer muito antes do seu casamento, então só prove um pouquinho de tudo.
Sentada à cabeceira da mesa, sua mãe parecia tonta.
—Você está bem, *mamma*? — Pieta perguntou.
Ela sorriu, fracamente.
— Está tudo acontecendo tão depressa, não é? — Ela olhou para o prato de espaguete que Beppi colocou à sua frente como se não estivesse bem certa do que fazer com ele. — Acho que não esperava que as coisas fossem mudar tão rápido.
Quando a massa foi servida, seu pai sentou-se. Ele não ficava sentado por muito tempo. Entre as garfadas, gostava de se movimentar, verificando o que ainda estava no forno, pegando mais guardanapos ou empilhando pratos na pia.
Pieta achava que nunca o havia visto fazer uma refeição completa sem se levantar da cadeira a cada cinco minutos.
— Tenho algumas notícias. — Ele declarou quando terminaram de comer a massa. — A casa em Marina di Maratea é nossa. Custou um pouco mais do que eu queria pagar, mas está tudo certo. Ela é perfeita, vocês vão ver, então valeu a pena.
— E quanto à nossa casa? Já foi vendida? — Perguntou Pieta.
— Temos uma oferta. Não acho que vá demorar muito para vendermos.
Pieta imaginou outra família sentando-se à mesa naquela cozinha, plantando flores no lugar dos legumes de seu pai, fazendo da casa o seu próprio lugar.
— Isto é bom. — Ela disse, numa voz fraca.
— Não pensei que fosse acontecer tão rápido. — Sua mãe repetiu.
Por alguns momentos, fez-se um silêncio estranho. Ninguém sabia o que dizer. O único som era o tilintar das colheres contra os pratos, enquanto eles se serviam de mais comida.
— Minha garotinha vai se casar amanhã. — Disse Beppi, afinal.
—Vender a casa, ir para a Itália, nada disso é importante agora. Só quero pensar, agora, no casamento de Addolorata e Eden.
Pieta levantou a taça e encostou-a na dele.

— Um brinde a Addolorata e Eden. — Disse.
— Que sejam sempre tão felizes como Caterina e eu somos agora. — Seu pai completou.
Addolorata tomou um gole de vinho e então disse:
— *Papa*, sobre amanhã. Prometa-me que, não importa o que aconteça, não vai perder a calma.
— Mas o que é que vai acontecer? — Ele perguntou.
— Só prometa.
— Claro, claro. O dia de amanhã é para você e Eden, não para mim. Por que eu iria perder a calma?
Como Pieta havia previsto, havia comida demais. Depois do jantar, ela guardou as sobras na geladeira e foi cuidar da louça.
— Só vou ter um prato para lavar quando me mudar para o apartamento. — Ela disse, passando um prato para Addolorata secar. — Eu vivo à base de torrada e ovos.
— Por alguns dias, talvez. Depois você vai correr para o restaurante, procurando alguma coisa deliciosa. Ou pode telefonar, e nós levaremos uma refeição para você.
Pieta observou a irmã colocar o prato de volta no armário, onde havia estado por mais tempo do que ela conseguia se lembrar.
—Vai dar tudo certo, não vai?
Addolorata pegou um prato pingando e enxugou-o com o pano.
— Espero que sim, mas quem sabe? Qualquer coisa pode acontecer. É isso que torna a vida interessante.
A manhã do casamento de Addolorata foi quase insuportavelmente triste. Sentada no degrau da porta dos fundos, tomando café e dividindo um cigarro com a irmã pela última vez, Pieta já sentia saudades da vida que estava terminando.
— O que fez você ter tanta certeza de que queria se casar com Eden? — Perguntou a Addolorata.
— Eu não sei, na verdade. Ele sempre me pareceu mais como parte da família do que um namorado, desde o começo. Mesmo quando brigamos, ou quando ele volta para casa bêbado e ronca a noite toda, não consigo imaginar a vida sem ele.

— Acho que nunca me senti assim a respeito de ninguém.
— Sério? Ninguém?
— Talvez Michele, um pouco — admitiu Pieta —, o que é uma loucura, porque ele nem é meu namorado. Mas, de algum modo, ele é como parte da família.
— Tentei convencê-lo a ir ao casamento. — Confessou Addolorata. — Mas ele disse não, porque não quer causar nenhum problema com o *papa*.
— Como ele pode ser tão bom com um pai tão horrível?
— As pessoas não são exatamente como seus pais. Nós não somos, não é?

Pieta sorriu. Addolorata não conseguia ver o quanto era parecida com o pai, da mesma forma que, até algumas semanas atrás, ela própria hão havia percebido o quanto tinha em comum com sua mãe.

— Bem, vamos esperar que você seja como eles quanto a ter um longo casamento. — Foi tudo o que ela disse.

— É, eles parecem mais felizes do que nunca agora, não é mesmo? Desde que o *papa* teve o ataque cardíaco, eles andam tão doces um com o outro. Você notou que vivem de mãos dadas?
— Addolorata ficou pensativa por um momento. — Se Eden e eu pudermos continuar assim depois de trinta anos, talvez eu não me importe em me parecer com eles.

O dia era lindo, mas não havia calor no sol. Até mesmo a estação estava mudando. Terminado o cigarro, as irmãs se levantaram do degrau e fecharam a porta atrás de si.

— Vamos começar a arrumar seu cabelo e a fazer sua maquiagem. — Disse Pieta. — E transformá-la em uma noiva.

Capítulo 27

Para Pieta, a cerimônia pareceu terminar muito rápido. Num minuto ela estava sentada na igreja de São Pedro, esperando a noiva chegar e desejando que os padres não tivessem trocado as antigas velas votivas pela versão elétrica moderna, que você acende colocando uma moedinha em um cofre. No outro, Eden e Addolorata estavam de pé na escadaria da igreja, enquanto todos jogavam *confetti* neles e tiravam fotografias.

No instante em que viu a filha em seu deslumbrante vestido de noiva, Beppi ficou tocado.

— Tão linda, tão perfeita. — Ele sussurrara ao ouvido de Pieta durante a cerimônia, e ela percebeu como de vez em quando ele apertava a mão de sua mãe. No altar, as trancinhas amarradas em um rabo de cavalo, Eden tinha feito o mesmo com Addolorata.

Agora, olhando pela última vez a cena feliz na escadaria da igreja, Pieta virou-se com relutância e dirigiu-se para o Little Italy. Queria ter certeza de que todos os detalhes estavam prontos para a festa.

A sala de jantar havia sido transformada, e sua visão de musselina branca drapeada, velas tremeluzentes, cristais de sal marinho e dramáticas orquídeas cor de rosa era tão elegante quanto esperava que fosse. Aos seus olhos, tudo estava perfeito. Da próxima vez que Pieta teve uma chance de olhar em volta, as mesas elegantes estavam cheias de taças de vinho, pratos de comida e cestas de pão. O barulho de vozes falando em italiano era ensurdecedor. Todos falavam ao mesmo tempo, gesticulando para enfatizar as opiniões, enchendo as taças, comendo e bebendo mais. Pieta já havia contado cinco pratos até o momento — alguns eram pequenas porções, uns camarões, um pouco de risoto —, mas ela sabia que ainda tinha muito mais por vir.

Na pista de dança, mulheres de quadris largos rebolavam ao som da música, e homens velhos e carecas tentavam girá-las. A amiga de sua mãe, Margaret, estava lá com o marido, Ernesto, rindo de alguma coisa que ele dizia. Addolorata sussurrava algo ao ouvido do chefe dos garçons, Frederico, que era incapaz de parar de trabalhar, mesmo em um dia como aquele. Eden e um grupo de amigos estavam lá fora, fumando charutos. Mas até então não havia sinal de Isabella e seu filho.

Então, Pieta a viu, uma estranha parada à porta. Seu nariz era um pouco largo demais e ela tinha dentes tortos, mas havia uma vivacidade nela, algo que animava de tal forma o seu rosto, que era fácil esquecer que não era nenhuma beleza. A mãe de Pieta deve ter notado a presença de Isabella, porque sua boca se abriu levemente, e estendeu a mão para tocar o ombro de Beppi. Envolvido em uma conversa com alguém, ele a ignorou por um momento, mas ela bateu em seu ombro de novo. Desta vez ele se virou, e, seguindo o olhar da mulher, viu sua irmã à porta. Por um instante, ninguém se moveu. Como gatos à noite, ficaram imóveis e se olharam. Então Isabella deu dois passos à frente, e um jovem alto a seguiu. Lentamente, Beppi se levantou, mas não fez nenhum movimento na direção deles.

Pieta não conseguiu aguentar mais. Levantando-se rápido, atravessou a sala, em meio a cadeiras e mesas, e chegou à porta.

— Olá, você deve ser Isabella. — Beijou a mulher em ambas as faces. — Eu sou Pieta, sua sobrinha. Bem-vinda ao Little Italy.

— Obrigada. — Disse Isabella, em um inglês hesitante. — Ainda não estou certa de que devíamos ter vindo, mas meu filho Beppi queria vir, e achei que ele merecia conhecer sua família.

Ela deu um passo para o lado, e um jovem moreno se apresentou. Ele se parecia incrivelmente com as fotografias que Pieta havia visto de seu pai quando jovem. Ela o cumprimentou e depois se virou para procurar pela irmã.

Addolorata já estava vindo na direção deles, sorrindo.

— Estou tão feliz por vocês terem vindo. Estava com medo de terem mudado de ideia. — Estendeu os braços para abraçá-los.

Como um grupo ensaiado, todos se voltaram para Beppi para checar sua reação. Ele ainda estava olhando para a dupla, sem se mexer.

— Venham dizer-lhe olá. — Pieta encorajou-os. — Ele quer falar com vocês, é só seu orgulho que não deixa.

Quando Isabella falou com Beppi, foi num dialeto que, aos ouvidos de Pieta, era mais duro e mais gutural que italiano e impossível de entender. Por um momento o rosto dele permaneceu duro e impassível, mas, quando ela fez um gesto em direção ao filho e Beppi olhou para ele pela primeira vez, sua expressão se suavizou.

—Você poderia ser meu próprio filho, e não de Gianfranco.— Ele disse, maravilhado. —Você tem o meu rosto, além do meu nome.

— Estou tão feliz em conhecê-lo, afinal. — O rapaz falava um italiano puro, mas a timidez tornava sua voz baixa e Pieta teve que se esforçar para ouvi-lo. — Toda a minha vida, minha mãe me contou histórias sobre a infância de vocês em Ravenno.

Frederico, observador como sempre, trouxe algumas cadeiras extras, e todos eles se apertaram ao redor da mesa. Logo Isabella e o jovem Beppi tinham taças de vinho e pratos de comida à sua frente, como todos os outros convidados da festa. Pieta se sentia quase tonta de alívio. O momento mais difícil havia passado. Agora, podia relaxar.

Uma hora mais tarde, sentindo-se quente e de estômago cheio, ela foi para o lado de fora do restaurante. Achou que poderia fugir um pouco da festa e caminhar até o fim da rua, para fazer a digestão. Mas, assim que saiu do Little Italy, viu Michele. Devia ter acabado de sair do trabalho e estava parado ali, olhando para o restaurante cheio, onde havia tantos de seus amigos e vizinhos. Ele sorriu ao vê-la.

— Meu irmão está lá dentro? — Perguntou.

Ela assentiu.

— Chegaram há uns dez minutos.

— E como foi? Como o seu pai reagiu?

— Ficou muito chocado, mas feliz também, eu acho. Pelo menos acho que ele vai acabar ficando. Este é um dia muito emocionante para ele.

— Preciso ir. — Michele parecia pesaroso. — Diga *auguri* a sua irmã por mim.

— Não, fique. — As palavras lhe escaparam antes que Pieta tivesse tempo de pensar direito.

Ele sacudiu a cabeça.

— As coisas estão indo bem lá dentro. Não quero ser a causa de um problema.

—Venha sentar-se comigo.Vou pedir a Frederico que traga alguma coisa para você, uma taça de vinho e um pouco de comida. E vou dizer ao seu irmão que você está aqui. Não gostaria de dizer olá?

— Sim, é claro. Mas só se você tiver certeza...

Pieta sorriu.

— É claro que eu tenho.

Com alguma relutância, ele a seguiu através do arco coberto de flores, e se sentou com ela a uma das mesas do lado de fora.

Ela entrou no restaurante para procurar por Frederico, e voltou à mesa de seus pais. Seu pai estava sentado ao lado do jovem Beppi, o rosto cheio de tristeza e arrependimento.

— Eu não o conheço. — Ela o ouviu dizer. — Não sei nada sobre você.

Ela cochichou rapidamente ao ouvido do rapaz e, então, voltou para fora, para sentar-se com Michele ao ar fresco, ouvindo o barulho da festa. Enquanto dividiam uma garrafa de vinho, Pieta imaginava como estas novas pessoas iam mudar sua família, que já havia se alterado tanto nas últimas semanas.

※

Era uma cena que Pieta jamais havia imaginado ver. Dentro do Little Italy, os garçons limpavam as mesas, enquanto algumas poucas pessoas ainda terminavam seu vinho ou aproveitavam uma última dança. Do lado de fora, reunidos em torno de uma das mesas, estavam seu pai, seu primo Beppi e Michele. Havia uma garrafa de conhaque aberta, e os três homens fumavam grandes charutos. Seu pai, já bem embriagado com champanhe e muito sentimental, estava compartilhando as lembranças com eles.

Ele havia ficado chocado a princípio, quando encontrou Pieta conversando com Michele lá fora.

— O que ele pensa que está fazendo aqui? — Sibilara para ela.

Mas o jovem Beppi o havia interrompido, levantando a mão e dizendo rápido:

— Ele é meu irmão, *zio*. Minha família. Veio me ver.

Seu pai parecia ter perdido as forças para ficar zangado. Ele pediu a Frederico para trazer o conhaque e os charutos e sentou-se com eles.

— Quando tinha a sua idade. — Ele começou, olhando para o jovem Beppi —, idolatrava Gianfranco. Eu o idolatrei por anos e anos. Olhando para trás, agora, posso ver que ele nunca mereceu. Mesmo quando éramos garotos, o real caráter dele estava bem ali, para que qualquer um que olhasse com atenção pudesse ver. Não percebi, é claro. Eu o seguia, o imitava, fazia coisas de que hoje em dia ainda me lembro e das quais sinto vergonha.

No começo eram travessuras normais, como bater nas portas das casas e sair correndo, ou espirrar água nas pessoas que passavam. Tenho certeza de que todos os garotos fazem coisas assim. Mas, quando crescemos, Gianfranco sempre queria ir um passo além. Roubávamos coisas de pessoas que não tinham muito. Pequenas coisas, nada que quiséssemos de verdade, só roubávamos por diversão. Nós matávamos, também — pequenos animais e pássaros —, e fingíamos que estávamos caçando, mas agora eu percebo que era algo diferente.

Pieta nunca havia ouvido falar de nada daquilo.

— Era uma questão de poder. — Ela adivinhou.

— É isso mesmo. — Beppi deu uma tragada no charuto. — Poder, sobre mim e sobre todo o resto.

Michele ouvira com cuidado, a expressão impassível.

— O senhor pensou muito nisso todos esses anos, não é? — Ele disse, de forma suave.

Beppi pareceu surpreso, quase como se tivesse esquecido que estava falando com dois filhos de Gianfranco.

— Eu tive muito tempo para pensar. — Disse, em voz igualmente suave. — Não é que eu culpe o seu pai totalmente. Eu poderia ter dito não. Seguido o meu próprio caminho. Mas em Ravenno não havia muito para fazer, e Gianfranco sempre inventava alguma coisa excitante. Eu era ingênuo demais para perceber que um dia ele se voltaria contra mim também. Mais tarde ele fez muitas coisas — tentou roubar minha Caterina, me fez perder o emprego. Estive zangado por muito tempo, mas agora vejo que ele foi assim desde o começo. Ele nunca foi o amigo que eu queria que fosse.

Michele não podia deixar de defender o pai.

— Ele cometeu erros, como todo mundo. Mas não é um homem mau. Tem sido um bom pai para mim. Ele me ama.

Beppi deu de ombros.

— É fácil amar seus filhos. — Ele disse. — Não significa que você seja, necessariamente, uma boa pessoa.

Os dois homens se encararam, e, por um instante, Pieta pensou que o casamento ia mesmo acabar em briga.

— Mas você não pode fazer o que a mãe de Michele sugeriu, *papá*? — Ela interferiu. — Acabar com essa rixa? É só vocês serem educados um com o outro.

— Sim, *cara*, eu poderia ser educado. Sorrir quando passasse por ele, cumprimentá-lo. Mas não seria sincero. Então, qual seria a razão para fazer isso?

Pieta olhou para Michele, impotente. Parecia que a situação jamais seria resolvida.

— Tudo bem, o senhor odeia o meu pai. — Michele parecia mais triste do que zangado. — Que seja. Mas isso significa que tem que me odiar também? Não entendo por que o senhor tem que descontar a raiva em mim e no meu irmão.

O pai de Pieta serviu um pouco mais de conhaque para todos.

— Talvez eu tenha cometido alguns erros. — Ele concedeu. —

Eu queria proteger a minha família do Gianfranco, é tudo. Parecia melhor ficar longe de tudo o que dizia respeito a ele.
— Mesmo depois de todos esses anos? — Michele indagou.
— O que é que o tempo tem a ver com isso? Vocês três podem não perceber, mas daqui a trinta anos vocês serão as mesmas pessoas, só mais velhos e mais cansados. O tempo passa muito rápido e não muda ninguém, como pensam.
— E agora? — Michele perguntou. — O senhor está tomando conhaque conosco. É só porque este é um dia emocionante, e o senhor está um pouco bêbado? Amanhã o senhor vai se recusar a falar conosco de novo?

Pieta olhou para o pai, esperando a resposta.

— Bêbado? Sim, talvez um pouco. — Beppi deu um gole no conhaque, pensativo. — Mas para mim esta é uma época de finais e novos começos. Não me peça para ser gentil com seu pai. Não vai acontecer. Nunca. Eu o odeio tanto agora quanto tenho odiado por todos esses anos. Mas vocês, rapazes... Eu estava errado em descontar meus sentimentos em vocês — olhou para o sobrinho que se parecia tanto com ele. — Desperdicei tanto tempo...

— Não é tarde demais, *papa*. — Disse Pieta, pousando a mão no braço do pai. — Ainda há tempo para você conhecer o primo Beppi... e Michele também.

Ficaram sentados lá fora por um longo tempo e vestiram casacos quando ficou frio. Ninguém queria ser o primeiro a ir embora. Mas, quando Pieta viu o céu clareando, percebeu que estava na hora de separar o grupo.

Despediu-se de Michele ao lado do arco de flores.

—Você vai trabalhar mais tarde? Eu levo o seu almoço — Ele prometeu.

— Ou aqui ou no apartamento. Tenho muita coisa para arrumar.

— Vejo você mais tarde, então. — Michele beijou-a rapidamente na face.

— Certo, até mais tarde.

Embora estivesse cansada, Pieta ainda não estava pronta para ir para casa. Havia uma aura de tristeza lá, e ela ainda estava no espírito de celebração. Então, destrancou a porta de sua nova loja e entrou.

O lugar parecia ter estado esperando por ela. O manequim com o vestido de peônias, o sofá novinho em folha e as prateleiras que ela tinha começado a arrumar com acessórios estavam como havia deixado. Sentou-se no sofá e deixou escapar um suspiro. De certo modo, era um alívio que o casamento de Addolorata houvesse passado. Ela tinha ficado tão estressada com os preparativos... Mas, quando as luzes do Little Italy se apagaram, ela também se sentiu triste, porque aquilo marcava o fim de uma era.

Pieta olhou para o vestido. Sabia que era a hora certa para todos pararem de se agarrar ao passado. Addolorata estava vivendo com Eden agora, seus pais estavam se tornando ciganos e ela assumia o controle de sua própria vida, afinal.

Levantando-se, começou a tirar o vestido do manequim. Não podia evitar. O vestido terminado nunca tinha sido usado, e queria saber como seria trazê-lo à vida pela primeira vez.

Ela o vestiu, e, embora fosse difícil, conseguiu abotoar as costas sozinha. Então, virou-se para olhar no espelho. Era extraordinário se ver em um vestido de noiva. Ela criara tantos, e nunca havia usado um. Embora o tamanho não fosse perfeito, Pieta ficou contente com o que viu.

O vestido era *sexy*, mas não demais. Era divertido sem ser exagerado; cheio de detalhes, mas não muito enfeitado. Ela se virou devagar, para ver o reflexo de suas costas, e, ao fazê-lo, pensou na ex-noiva de Michele, Helene. Aquele era o vestido dos sonhos dela. Como era triste que jamais fosse usá-lo!

Pieta andou até o fim da loja para checar o movimento do vestido, então, deu uma volta, retornando ao espelho. Triste para Helene, talvez, mas não para ela. Michele havia encontrado o caminho através das frestas da sua vida, e, embora ela tivesse medo de estar desafiando o destino, já podia se imaginar passando mais tempo com ele. Mais tarde ele lhe traria o almoço. Talvez no dia seguinte saíssem para jantar juntos. No outro dia, quem sabe? Sempre havia a chance de não dar em nada, mas pela primeira vez em sua vida, Pieta ousou sonhar. De pé, em frente ao espelho de sua pequena loja, olhando para o reflexo de si mesma transformada em noiva, ela se deixou acreditar que um dia aquilo poderia, de verdade, acontecer para ela.

※

Estou sentada nas pedras, em frente à nossa pequena casa branca, olhando Beppi nadar no mar. A cada dia que passa ele vai um pouco mais longe, e eu fico aterrorizada com a ideia de que vai chegar àquele ponto em que a água é tão profunda que é mais negra que azul. Não sei o que faria se ele tivesse problemas. Eu, com certeza, não poderia pular na água e salvá-lo. Mas me sinto melhor sentada aqui, observando sua cabeça grisalha emergindo das ondas.

— Não vá muito longe. — Eu grito, como sempre, mas ele me ignora. Seus braços cortam as ondas, e ele se sente mais jovem e mais forte do que em terra firme.

Beppi jamais conseguiu ficar parado por muito tempo. Ele vai de bicicleta para a vila todos os dias comprar comida, embora seja uma subida íngreme. Seu rosto está bronzeado, e seus olhos, mais claros. Ele diz que não tem dores no peito, mas eu não deixo de me preocupar. Estamos tão longe de um hospital aqui, e nem posso imaginar o que aconteceria se algo desse errado.

Mas deixe-me descrever a nossa casa. Todo este ar salgado havia deixado a pintura esmaecida, e a primeira coisa que Beppi fez foi mandar repintar tudo de um branco brilhante. Ele pagou a um homem da vila para fazer o serviço, mas ficou atrás dele o tempo todo, para ter certeza de que estava fazendo certo. Então, ele mesmo envernizou toda a madeira e encheu as jardineiras nas janelas com flores bonitas. Meu trabalho é regá-las todas as noites para que não murchem e morram com o calor do verão.

Agora ele começou a fazer uma horta no pequeno espaço atrás da casa. Ele fica lá, sem camisa, todas as manhãs bem cedo, mexendo com esterco e adubo, e brilhando de suor quando o sol aparece. Quando fica muito quente, mergulha no mar e testa seus limites, para ver até onde pode ir. É então que eu saio de casa e me sento nas pedras. Levo um livro comigo e finjo ler, mas na verdade jamais tiro os olhos dele.

Quando ele termina de nadar, nós vamos à vila de carro, juntos. Há um pequeno café, onde gostamos de beber *espresso* e dividir uma torta. O dono já começou a nos tratar como fregueses regulares, e ficamos sabendo de todas as fofocas locais. Pode ser um lugar pequeno, mas acontece muita coisa por aqui.

Às vezes me sinto sozinha. Sinto saudades de minha casa e gostaria de estar segura entre suas paredes de novo. Mas, na maior parte do tempo, me sinto como uma pessoa diferente aqui, mais jovem e mais forte, como Beppi quando está nadando no mar.

Daqui a algumas semanas todos estarão aqui: Addolorata com seu marido e a filhinha deles; Pieta com seu noivo, Michele. Levou algum tempo para Beppi aceitar os dois rapazes na família, em especial Michele, por causa de todas as coisas que ocorreram no passado. Mas está tudo bem agora. No geral, está tudo bem.

Beppi está nadando em águas profundas agora. Ele se virou, e está acenando para mim. Ele sabe que eu não quero que vá muito longe, e tenho certeza de que está me provocando. Ele se vira de novo, como se fosse continuar nadando, e, não me preocupo em chamá-lo. Ele não vai me ouvir, e mesmo que pudesse, não me obedeceria.

Mas então ele muda de ideia e começa a nadar de volta, na minha direção, firme e forte como um jovem, a água escorrendo de seu corpo. E eu continuo sentada ali nas pedras, com o livro nas mãos, olhando para ele e esperando por ele.

Como Beppi cozinha a lasanha

Agora você já sabe como fazer o ragu e a massa. Mas, para fazer uma linda lasanha, precisa juntar tudo no final, como quem conta uma história.

Então, você já fez a massa, e agora vai encher uma panela grande com água até a metade, e deixá-la ferver. Adicione uma colher de azeite para impedir que os pedaços de massa grudem uns nos outros, e uma generosa pitada de sal. Se você cozinhar a massa enquanto ela ainda está fresca, só precisa ferver um minuto; um pouco mais se ela estiver seca.

Eu coloco apenas pequenas quantidades para ferver de cada vez. Depois, ponha tudo em um escorredor, passe pela torneira de água fria e deixe escorrer. Agora pegue uma tigela grande e espalhe o molho do ragu por ela, então arrume as camadas de massa, cobrindo cada uma com uma generosa porção do molho. Complete o trabalho cobrindo a última camada com molho *bescianella*. Suponho que eu tenha que ensinar a fazer o molho também:

60 g de manteiga
2 colheres de sopa de farinha
500 ml de leite
Noz moscada
Sal e pimenta

Coloque a manteiga em uma panela pequena, aqueça até que derreta, adicione a farinha e mexa por alguns minutos até que a mistura esteja farinhenta. Adicione o leite devagar e continue mexendo até desmanchar. Acrescente o sal, a pimenta e a noz moscada, deixe ferver e cozinhe até engrossar.

Quando estiver pronta, despeje a *bescianella* sobre a lasanha, coloque a travessa em forno aquecido a 180 °C e asse de trinta a quarenta e cinco minutos, dependendo do tamanho da travessa. Isso deve ser suficiente para alimentar um batalhão. Todo esse trabalho, todas essas horas, e eles vão cair em cima da comida e devorá-la em minutos. Mas o que é que eu posso fazer? Todo mundo adora a minha linda lasanha.

Comentário de Addolorata: E você diz que minha comida é muito complicada, *papa*.

Agradecimentos

Este livro é dedicado à minha mãe a ao meu pai, que plantaram a semente desta história. Em sua juventude, minha mãe realmente esteve na Itália com suas amigas. Ela conheceu meu pai nas ruas de Roma, apaixonou-se por ele e o levou para Liverpool. Lá, depois de um breve encontro com o *scouse* (um prato local, uma espécie de cozido), ele implorou às suas três irmãs que lhe enviassem algumas receitas. Ele assombrava os corredores do supermercado nas tardes de sábado até que vegetais "exóticos" como pimentões vermelhos e berinjelas estivessem com preços razoáveis. Então ele os trazia para casa e cozinhava como um louco. Todas as receitas de Beppi nesse livro foram preparadas, por ele, em nossa casa, por anos a fio.

A história dos meus pais é o *soffritto* deste livro, o ingrediente básico que dá sabor a todo o resto. Mas Beppi e Caterina não são meu pai e minha mãe. Eles e todos os outros personagens foram inventados por mim. Eu os criei e deixei que seguissem seu curso, mesmo assim, muitas vezes, suas atitudes me surpreenderam.

Assim como a meus pais, também quero agradecer, como sempre, à minha editora, Yvette Goulden, e à minha agente, Caroline Sheldon, por abrirem as portas para mim. Também sou grata a Theresa Lim, *designer* de vestidos de noiva, por compartilhar seu tempo e seus conhecimentos comigo. E ao meu marido, Carne, que sempre ficou feliz por me acompanhar nas viagens de pesquisa, desde que fossem pela Itália e que envolvessem comer e beber.

Finalmente, tenho uma grande dívida de gratidão para com minha primeira agente, a falecida Maggie Noach, e para com a também falecida Angela D'Audney, duas mulheres extraordinárias que nunca se conheceram, mas que, de formas diferentes, ajudaram-me a chegar até aqui.

Este livro foi impresso pela Prol Editora Gráfica
para a Editora Prumo Ltda.